——想象，比知识更重要

幻象文库

图书馆员与遗失的神灯

［美］
格雷格·考克斯 —著
赵阳 —译

GREG COX

新 星 出 版 社 NEW STAR PRESS

献给世界所有公共图书馆管理员

1

· 2006 ·

苏格兰 爱丁堡

麦克法兰的啤酒厂位于老城区的偏远角落，距城中更吸引旅客的皇家英里大道沿线有好几个街区。炭黑色砖石结构的建筑物和高耸的烟筒，仿佛让人瞬间回到维多利亚时代。一股浓郁的麦芽味从古老的砖石房屋缝隙中飘散出来，刺骨的秋风将这一醉人的酒香推送至黑暗中空无一人的街道。此刻，弗林正站在街上，抬头端详眼前的建筑。现在刚好是凌晨三点多，啤酒厂还关着，但这不妨碍弗林。他本来就不是到这里来找酒喝的。

并不是说我不能喝一杯，他想。*鉴于有任务在身，不想喝而已。*

这个三十出头的男子身形瘦高，有着孩子气的外貌，在他还在凝视酿酒厂时，一阵寒冷的微风袭来，沙沙地吹动他乱蓬蓬的棕色头发。这里的夜晚寒意十足，嘴边能看到喘出来的白汽。他拽紧了风衣，把身体裹紧，在考虑下一步的行动时，他忽然很盼望能感受到一股来自亚马孙热带雨林的闷热空气。他直接从劳恩市场的作家博物馆过来，只需快步走一小会儿就能到达这里。闭馆后，他私自拜访了那家博物馆，却发现已经有人捷足先登，把一份稀有的手稿盗走了。弗林非常确定是谁抢先他一步——也十分确定这小偷的贼窝所在之处。

邓肯·麦克法兰是一位脾气古怪的酿酒厂老板，也是一位按照自己喜好行事的收藏狂人。从某种意义上说，他和弗林是对手，都在追寻一份几乎遗失的手稿，但弗林代表着图书馆，所以弗林对获取这份手稿有充足的正当理由——为全人类的福祉而收藏。麦克法兰则出于个人目的，而这一目的着实让弗林忧心。

如果那份手稿里有我认为的那些内容……

担心所剩时间不多，弗林偷偷溜进一个昏暗的小巷子，找到啤酒厂的一扇侧门，上面标示着“员工通道”。当然了，门是锁着的，但他不可能让一扇门阻碍自己。撬锁，是他过去几年新学会的实用技能之一。有趣的是，曾经，也就是几年前，他做梦都不会想到自己会私闯他人宅邸，但那是他成为图书馆员之前的事了。所遇的境况变了，他也跟着改变。当你经常冒险闯进迷失的墓穴或者是被掩埋的神殿，你就会发现，私自进入一家苏格兰的啤酒厂几乎不需要费什么力气。

而且，如果幸运的话，这里也没有那么多陷坑和机关陷阱。

尽管手指被冻得疼痛，他试了几下就把那把锁打开了。回头瞄一眼小巷子的两端，在确保没人看到后，他用力拉开门，蹑手蹑脚地溜进大楼里，心里还为终于摆脱外面严酷的寒冷而高兴了片刻。映入他眼帘的，是一间宽敞的底楼贮藏室。一排排高大的木架上，堆满了袋子，里面装着香味四溢的麦粒、麦芽和啤酒花，这些东西散发出一种比室外空气更辛辣的气味。

还有更多的袋子高高堆砌在木质托盘上。一辆叉车停在这堆谷物的旁边，等待随时根据需要运输这些沉沉的袋子。嗡嗡作响的通风机保持着整间贮藏室的凉爽和干燥。

弗林只是随意地瞥了一眼赫然耸立的货架。他要找的东西不太可能会放在这种地方。

尽管已经是凌晨，另一边仍然不停地发出沉重的“咔嗒”机器运转声，这声音引导他来到一间自动化灌装区。为了防止太阳光让啤酒发生变质反应，所以瓶子都是棕色的，这些棕色瓶子被机械化的传送带一排排整齐列好，灌装，扣盖，贴上标签，装进盒子，从生产线卸下，速度快到每分钟都有几百瓶啤酒完成生产。旁边有一条独立的生产线，也正在运作，它在给大容量的金属桶灌装，这些大桶啤酒要送到市中心和其他更远地方的酒吧里。头顶上方布满了不锈钢管，将满是泡沫的啤酒从酿酒厂上层楼的大桶、铜锅炉和贮酒池里引下来。绝缘的蒸汽管连接着这栋建筑物里其他地方的大型工业用蒸煮设备。瓶子发出“咔嗒咔嗒”的声响，十分嘈杂，几乎无法让弗林思考。

而思考，恰恰是弗林最擅长的。

考虑到任务紧急，他只占用了一小会儿时间瞻仰整个生产系统和它背后的历史。爱丁堡有着悠久、辉煌的啤酒酿制文化遗产。曾几何时，在一千年前吧，大约有四十家这样的酿酒厂，为这座城市带来“啤酒之乡”的美誉。甚至，因为酿酒厂的烧煤锅炉和蒸煮锅产生的巨量烟尘，这座城市曾被冠以“老烟城”的别号，还有……

别多想了，弗林责备自己。他的大脑像是一座自己亲手打造出来的图书馆，海量的晦涩信息和深奥知识被他打包封存起来，而现在显然不是挨个浏览他脑海中目录卡片的时候。他需

要把精力集中到眼前的事情上。他环视了一周，想弄明白该往哪里走。一个写着“实验区”的标示牌映入他的眼帘，吸引了他的注意力。

这个地方看上去有点希望。

从喧闹的自动机械灌装区走出来，他进入一间小点的房间，里面的布置像极了古老高中的化学实验室，或者是电影中疯狂的老科学家置办的那种器具。实验用的大量玻璃器皿，包括各种型号的烧瓶、烧杯、量筒、培养皿、曲颈瓶和试管，都排列在污迹斑斑的岩石面实验台上，旁边还有老式的本生灯和加热板。屋里的架子上，放着装有各种试剂的瓶瓶罐罐。

“不错，这个地方还有点可能。”弗林喃喃自语道，同时，他的心又沉到了谷底。他担心起来，这个实验室并不像是用来试验新型酵母或者是特殊风味啤酒的配方。*哦，邓肯老兄，你想要干什么？*

经过他进一步查看，确定无疑的是，有一摞泛黄的纸页散落在台面的某个角落。弗林的心跳开始加速，他快步走上前去检查那份文件，发现纸上的手写字体已经褪色。他立刻就辨认出这些密密麻麻的潦草文字，正出自爱丁堡本地最杰出的三大文豪之一——罗伯特 · 路易斯 · 史蒂文森，文学作品《金银岛》《绑架》和《化身博士》① 的作者。

除了啤酒之外，爱丁堡还以英杰辈出的文学历史而自豪。城中到处都有史蒂文森的纪念碑和雕像，还有专门的作家博物

---

①《化身博士》(*The Strange Case of Dr. Jekyll and Mr. Hyde*)，又译名为：《杰基尔博士和海德先生》。这本科幻小说讲述的故事是：亨利 · 杰基尔博士研究出一种神奇的药水，可以把自己的“恶”分离出去，但当他喝下药水后，分离出去的恶竟变成了一个独立的人格——海德，海德面容丑陋，生性凶残，最终，无法控制海德的杰基尔博士在绝望和苦恼中自杀而亡。——译者注

馆，就是弗林刚刚离开的那个地方，它自诩收集了丰富的曾属于如瓦尔特·司各特、罗伯特·彭斯和史蒂文森等文豪的手工艺品和收藏品。弗林匆匆浏览了一遍散落的纸页，更加确定他先前的猜想，他驾轻就熟地辨认出史蒂文森潦草的文字：

终于，是时候来准备药水了。我量出了几滴红色溶液，前面讲过它的制作过程，然后，加进去恰当剂量的专用药粉，这可是我倍加小心做成的。混合后，液体先是变成深红色，然后颜色开始变深，直到开始冒泡，发出有毒的气体，混合的液体变成紫黑色，就完成了。我颤抖着，把杯子递到嘴边……

"哇哦。"弗林下意识地吐出一句，感受到一阵惊恐，比实验室中这份手稿所涉及的骇人内容还严重。就是这个，他明白：这是史蒂文森所写杰基尔和海德这一故事的原始手稿，曾被认为很早之前就被作者本人毁掉了。

根据史料记载，史蒂文森曾经在1885年将他的第一份手稿烧毁，因为他的妻子芬妮认为故事内容太过恐怖，而且未免伤风败俗。但多年间都流传着一种传言——史蒂文森没有真的损毁第一份手稿，只是将它藏匿起来不公布，而他的后续作品里，就有这份手稿藏匿地点的线索。在过去的一周多时间里，弗林一直在追踪这条线索，曲折（还十分疲惫）地到萨摩亚群岛那里一座山峰顶端——史蒂文森的坟墓追寻，然后又去了夏威夷岛、纽约、旧金山、伦敦这些地方作者的故居，最后，来到他的出生地，在史蒂文森先生用于写作时的第一张书桌中，找到了这份秘密的手稿。

麦克法兰先拿到了这部分手稿，这太糟糕了。

如果我没有错过希思罗机场的航班，弗林如此想道，如果沙琳没有坚持让我坐民用航空飞机，也许不会这么糟。

作为图书馆员，看到珍贵的手稿乱七八糟地散落在试验台上，他不由得皱起了眉头。飞快地拾起这些易损的纸张，在时间允许的范围内，他尽可能温柔地整理好，将手稿小心地放进一个密封的无酸塑料包装纸中，然后将包装好的手稿插到其他文件中间，放进斜挂在肩上的破旧皮书包里。接着，他仔细查看了一遍台面，暗暗祈祷事情还没有升级、恶化。

上帝啊，请告诉我，他还没有研制出“神药”吧。

但是种种迹象都和他期盼的相反。一块电子加热板摸起来还有余温。破碎的玻璃片在他的脚下被踩得“嘎吱”作响。肮脏的烧瓶和烧杯明显散发出一种和啤酒差之千里的化学气味。实际上，那味道更像是硫黄或者硫化物。

“唉，糟糕！”弗林脱口而出。把手稿完好地拿到手，他本想转身走掉，收工回家，但是他心里十分清楚，他的工作还没有完全做完。图书馆员不仅仅是收集和归类各种遗失的文件和文物，他们还要负责保护某些古老的知识和物件不被坏人利用，并且，他们要负责处理这些珍贵遗产出错产生的消极后果。

无论事情变得有多凶险。

“邓肯？”他大声喊道。“邓肯·麦克法兰？你现在……还是你吗？”

无人应答，但弗林知道，在他没弄清楚麦克法兰到底误入歧途到何种程度之前，他不可以离开。走出实验室，他开始寻找那个胆大妄为的酿酒师，这个家伙说不定还潜藏在这栋建筑物里的某个角落。面对着要查看的庞大五层楼建筑，他疲惫地叹了一口粗气，眼睛却仔细地搜寻起麦克法兰，这个家伙大概此时已经不是他本人了。

为什么就不能是个小型啤酒厂呢？

“麦克法兰先生？”他高声喊。“我是弗林·卡森。我觉得我们应该好好谈谈！”

离开一楼，他攀上一架铁制螺旋楼梯到啤酒厂的更高楼层上，逐一排查每一层。这里充分运用了地球吸引力，将酿制过程中的啤酒自然顺流输送到下一生产阶段的容器里，整个酿制厂都是这种布局，所以弗林发现：他又退回到容器林立的迷宫里，盛放发酵液体冒着泡的大桶、古老的铜锅炉、不锈钢水箱……水管和真空管的列阵让人眼花缭乱。有些管子上贴着“热酒”和“凉酒”的标签，但是弗林明白，那“酒”字不过是指酿酒过程中的水而已。瓦斯的火焰给第二层超大容量的铜锅炉加热，保持没有发酵的麦芽汁在文火中沸腾，这一流传已有一千多年的工艺，取自维多利亚时期酿酒师们的杰作。

这真是个有趣的地方，弗林充满好奇，真希望能在其他时间好好地游览一番，但眼下，他要先找到消失的麦克法兰先生。弗林疲惫地爬着楼梯，速度越来越慢，他正担心自己这样是不是浪费了太多时间时，头顶传来开心的大笑声。

不，他在心里纠正道，*这不是开心的大笑。*

这是狞笑。

“好吧，听上去似乎不妙。”他一听到那笑声，就知道是狞笑，尤其是属于恶魔发出的那种狰狞笑声。*难道还有不狰狞的狞笑吗？*他思忖了片刻，登上酿酒厂的最高一层，眼前呈现的正是最糟糕的景象。“为什么事情从来都不能容易点？”

超大容量的不锈钢麦芽发酵桶里，大麦粒经过浸泡发芽制成的麦芽和水第一次混合，然后由蒸汽加热，这一装置占满了整个房间。一条金属铸成的架空窄道横在弗林头上大约十几米高的地方，从那条窄道上可以俯瞰整个生产系统。另一声大笑吸引他仰头注视。他看见一个畸形的人影在窄道上乱窜。沉重的脚步声在头顶上方回响。

“麦克法兰先生？”

“麦克法兰？”回答他的是一声嘲弄。“不，这里再也没有麦克法兰了。只有海德！”

一个弓着身近似猿人的身影隐约出现，蹒跚着从给大酒桶注水的金属阀门后面闪出来，走到旁边窗子透进来的月光下。他头上顶着粗野杂乱的红头发，浓密的长眉毛，满脸络腮胡子。那像毛发一样红的眼睛里布满血丝，从眼窝里突出来。凸出的眉骨和下巴让他看起来比真正的缺环[①]生物更像缺环，刚好去年的感恩节时，弗林在坦桑尼亚遇见过真正的缺环生物。一对下门齿从他嘴里戳出来，就像一对獠牙。他发育不良的身材使一身松垮的实验服看起来过于肥大。他长满毛发、粗糙嶙峋的手中，紧握着一个不断冒泡的烧瓶。

不用说，这肯定不是麦克法兰平日里的模样。

我最担心的就是这个，弗林想道。“你是不是刚刚试过那个‘神药’了？”

正如弗林所猜想的，史蒂文森之所以会把他的第一份手稿藏起来，并重新把故事改成“讽喻”效果，是因为最初的那版手稿里包含有杰基尔博士那臭名昭著的药水的真实配方，这一配方可能是史蒂文森在环球旅行时无意中得到的。

“为什么不？”站在窄道上的那个生物回答道，言语间还保留了他浓重的苏格兰口音。“这可是个摆脱令人窒息的道德约束、释放真我的好办法。我从来没感觉过这么自由，这么舒

①缺环，根据达尔文的进化论，推想的从类人猿发展到人类之间的过渡动物。——译者注

畅！”他在窄道上雀跃得像个发疯的猴子，“现在，我要把我这邪恶的乐事分享到全世界！”

他举起烧瓶，里面的紫色药水正冒着泡。弗林感受到麦克法兰——或者说是他凶残第二自我的恐怖，这个疯子要把杰基尔的药水兑进酿酒的麦芽浆里。从铁制发酵桶的庞大体积来看，弗林估计至少会酿制八百小桶的啤酒，这些啤酒很快会装瓶、装桶，送到苏格兰和全世界其他地方的酒吧里，这意味着将有成千上万的海德先生和海德女士发狂，如果麦克法兰先生有这份配方，将有更多的药水，也会有更多的作恶狂徒。这一历史上最大的邪恶啤酒狂欢，将会引发全球的混乱和杀戮。

“等一下！”弗林喊道。“对我而言，这听上去可不是个好主意。”

麦克法兰从窄道上怒气冲冲地瞪着他。“不用你来教我该干什么。你以为你是谁啊？”

“图书馆员。”弗林回答。

那个疯狂的生物很是迷惑，迅速皱起眉头。“一个图书管理员？”

“不，”弗林纠正他，“是图书馆员。”

自从亚历山大时期第一座伟大的图书馆建立起，已有两千多年，图书馆员保护这个世界免受危险秘密和魔法遗物的侵害，这些秘密和遗物应该谨慎地收好，直到人类准备好合理地使用它们——大概永远也不会有这个时候。弗林不是第一位图书馆员，也不会是最后一位，他只是现任唯一的一位图书馆员。试图阻止发狂的酿酒师毒害千万个喝啤酒者把他们变成魔鬼，这完全在他的工作职责范围内。

当然，说起来容易，做起来难。

“有什么关系！”麦克法兰咆哮道，“现在没人能阻止我！”

他把烧瓶里的液体倒进阀门里，液体流进发酵桶，在桶里，毒液和热水、麦粒充分搅拌。一只污迹斑斑的手“砰”的一声关上发酵桶的盖子，按下加热键。

“这只是第一批！”他说着，又狞笑起来，“我要用我神圣的药水淹满这个世界……释放所有人内心的猛兽！”

“啊哦，”弗林不由得说，“这个世界可不需要这种生灵。”

他急切地搜寻着解决办法，眼睛突然看到发酵桶底下的控制阀。他冲过去，两只手一起用力，往反方向拧。*往左是松，往右是紧*，他像过去拧阀门训练时一样提醒自己。倔强的金属阀门一开始还在抵抗，但是他狠劲踢了两脚以后，阀门就拧得动了。

“不！”麦克法兰怒不可遏地吼道，“你不可以这么做！你无权这么做！”

“我不同意你的观点。我反而觉得，这正是我的工作职责。”控制阀被拧开，受到污染的麦芽浆从桶里涌出来，倾泻到地面上。弗林赶忙后退，避免被流淌的汁液沾到身体。看到有毒的麦芽浆流进下水道时，弗林长长地舒了一口气。看来这批药水不会毁坏其他人的性情了。

“你该死！”麦克法兰朝着铁栏杆砸碎了手里的空烧瓶，把烧瓶变成有锋利锯齿的武器。他嘴里唾沫横飞：“你要为此付出代价，你这个爱管闲事的臭收书匠！我要把你的脑子和血扔进下一批酿制的啤酒里！”

说着，他从窄道上跳起来，伸手抓住悬在头上的管道，像秋千一样晃悠过来，逼迫弗林朝楼梯的方向后退了好几步。麦克法兰在湿地面上滑了个趔趄，他努力保持住平衡，防止脸直接摔到地上。周围流出来的液体并没有让这个怪兽的情绪恶化。

“你过来，你这个胆小的破坏鬼！”

手里挥舞着破碎的烧瓶残身，麦克法兰大步朝弗林跑过去，踩进漏出液体形成的水洼中，溅起了“哗哗”的水花。他的鼻翼气得扇动着，嘴边还挂着口水。他肮脏的实验室白大褂拖进地面的泥水里。

“下次吧，”弗林喊着回复他，“下次你不受药水影响的时候吧。”

弗林跑下楼梯，每步越过两阶。他是个学者，不是个打架能手，所以，对他来说，此刻战略上的撤退是更英勇的行为。之前他经历过一系列热身赛，刁滑的盗宝贼、全副武装的雇佣兵，偶尔还有神话中的野兽，和他们交过手，使他变强，但他仍旧更喜欢用头脑来制敌，而不是用拳头或者枪。他已经拿到手稿，也挫败了麦克法兰的邪恶计划，今晚能有这样的结果已经足够了。现在，他只需要完好无损地离开这里。他可以稍后再重新部署计划怎样对付变形的麦克法兰。

药水最终会失效的，不是吗？

冲到一楼后，弗林回头看了一眼追过来的麦克法兰。破碎的烧瓶反射出灌装区日光灯刺眼的光芒。麦克法兰狞笑着逼近，算计着要把弗林做成生肉饼。不管是不是图书馆员，顷刻间，弗林真希望史蒂文森早已把他的手稿烧掉。

“你等一下，”他对麦克法兰大喊，“在你做出让我们两个都后悔的事之前，或许你应该清醒一下。”

麦克法兰对这个提议不屑一顾，哈哈大笑：“我的脑子从没有像现在这么清醒过！”他把弗林逼近一条正在运转的传送带。新灌装好的啤酒瓶有节奏地朝标签粘贴机移动。“决不后悔，绝不有罪恶感……决不留情！”

他突然刺向弗林，弗林突然弯下腰双手撑地，从传送带下面仓皇逃走，跳到另一边。弗林撕下一页麦克法兰的操作手册，从机器生产线上一把抓住一个酒瓶，像发射导弹一样猛地朝发疯的酿酒师掷过去。瓶子打到麦克法兰的胸部破碎了，让他向后摇晃了片刻。此举激怒了麦克法兰，他暴怒地把手中的烧瓶碎片摔向弗林，但是他投掷得太过野蛮，离弗林的脑袋至少有六英寸左右的距离。那个烧瓶摔在深陷险境的图书馆员身后的机器上，被摔得粉碎。

“呸！”麦克法兰啐了一口，“就算只有两只手，我也能把你掐死！”

弗林当然相信，但他不打算给麦克法兰其他机会威胁自己的生命。为了让已经变身的酿酒师不能轻举妄动，他朝那个怪物一瓶又一瓶地扔酒瓶子，此时，传送带似乎给他提供了无穷无尽的武器。酒瓶破碎的声音十分响亮，一声又一声，使得整间房子都充满了洒出的啤酒味。弗林觉得这种味道，像是逃生的希望。

直到麦克法兰关掉了传送带的开关。

这个矮墩墩的科学产物疯狂奔向房间的另一边。那里一面光秃秃的砖墙上有一块控制面板。他毛茸茸的手气势汹汹地拍掉开关，整个组装生产线顿时停止了。

看来不能总往好的地方想，弗林想着。

弗林把最后几瓶能够着的酒瓶扔过去减缓麦克法兰的速度，然后快速冲过冒着水泡的地板，跑进前面的储藏室。在四处寻找出口时，他留意到那辆待命的叉车和前面托盘上高高堆起的啤酒花和麦粒之类的货物。

一秒的思考后，他想，或许不用留着麦克法兰继续这么暴躁地发疯……

“你在哪儿，管闲事的浑蛋？”麦克法兰冲进储藏室，猩红的双眼写满了杀气。怒气让他本就不得体的面容更加扭曲。他的双手在身体两边紧紧握成拳头。“你别再捣乱了。我有正经的酿酒大事要去做！”

“没有史蒂文森手稿里的配方，你就不能得逞。”弗林从叉车的驾驶室里对着他喊，“而且，你也别想把邪恶散播到城里。”

他发动叉车的引擎，踩下油门。这辆满载着货物的叉车猛冲向前，狠狠撞上酿酒师，一大堆啤酒花袋子散落，在麦克法兰身上堆成小山，把他实实地压在底下。那个震惊的怪物只有时间哀嚎一句，就被坍塌的货物掩埋起来，消失不见。

*和小说里战胜海德的方式不太一样，*弗林这样想，*但如果这样可以成功……*

弗林拉起手刹，费力爬出叉车。他小心翼翼地接近那堆掉落的袋子，希望这些坍塌的袋子只是暂时困住了麦克法兰，而不是杀死他。一声低沉的呻吟从散落的袋子下面传出来，燃起弗林的希望，接着，他用尽力气，把麦克法兰头上的袋子移开，留下其他压在酿酒师身上的重物，防止杀人狂魔的第二人格还在。

“麦克法兰？”

被击晕的怪物一动不动，而且，还不止是被制伏了这么简单。弗林惊奇地发现麦克法兰野兽似的脸庞开始消退，逐渐恢复到原本的面容。突出的眉骨和下巴，还有戳出嘴的獠牙都缩回了，乱蓬蓬的红头发和眉毛变得不那么狂野。一缕缕银发散布于稀疏的姜黄色发丝中。仅仅过了几秒钟，怪物那返祖似的外表蜕变成了邓肯·麦克法兰平和、谦逊的模样，希望原本的他是善良之人。

这就成了吧？弗林暗自揣摩。在史蒂文森的书中，杰基尔需要多次喝下药水，才能不再借助药水之力自动切换成海德状态。所以，理论上来说，麦克法兰没有手稿中的配方，他就不能再变身了。只能希望史蒂文森在他后来的手稿中没有再提及药水配方。

等失去意识的酿酒师清醒时，大概会有种做魔鬼之后的遗留感觉。弗林从酿酒师身边走开，又低头检查一下，确保被盗的手稿还安全地在他的挎包中，然后，他回望了一眼整个酿酒厂。据他所知，他已经处理了唯一一批受到污染的啤酒，但是能确定就只有这一批产品吗？如果让整个啤酒厂的啤酒都浪费掉，又似乎很可惜，但是……

他掏出手机，拨打了999，这是苏格兰地区的报警电话，等同于美国的911。

"你好，"一听到线路被接通，弗林就开口说，"我想要举报一起公共健康安全事故。我有证据证明，麦克法兰啤酒厂的啤酒被……有毒的细菌污染了。你们应该派一组食品卫生调查员过来检查一下。"接着，他想到了其他事情。"还有，呃，你最好马上派一辆救护车来。恐怕这里发生了严重的生产事故。"

他迅速挂断电话，防止对方要求他详细说明，接着，他朝出口走去。他必须马上离开，在别人来调查之前消失，但首先，有件事得做。他在一张货运发票的背面潦草地写下一行字，然后贴到前门上。

因为产品的健康安全问题而关闭。

“这应该就没问题了。”他自言自语，慵懒地打了个呵欠，“一天的工作终于结束了。”

该回家了。

2

· 2006 ·

纽约州 纽约市

纽约大都会图书馆，是全世界最伟大的研究机构之一，它储存着超过六百万册的图书和一千两百万份文件，同时，也是弗林的另一个家。这一地标式建筑有着优雅的砖墙和大理石外立面，这里可以俯瞰曼哈顿市中心一座广阔的露天广场。图书馆的正门口两侧，有一对沉睡的大理石石狮子。宽敞的石阶引导着访客步入图书馆雄伟的大门，大门前面是高耸的科林斯石柱[①]。入口上方悬挂着一条横幅，写着图书馆里正在进行的亚瑟王和圆桌骑士新展览的宣传语。

呵，弗林瞥见条幅时，不由得想感叹一声。如果我们把故事的全貌展示出来会怎么样……

拖着还在颠倒时差的疲惫身躯，他穿过一扇铜制前门，进入图书馆宏大的大理石大厅，大厅两侧是通往上层的弧形双旋楼梯。弗林回想起那个重要的日子，他站在左侧那架楼梯上排

①科林斯石柱属于古希腊建筑风格，顶部雕刻有莨苕叶纹装饰，柱体较纤细。雅典的宙斯神庙采用的就是科林斯柱建筑样式。——译者注

队，队伍长得似乎没有尽头。两年前，那时，他接到一封神秘的邀约，前来应聘一份图书馆的“受尊敬职位”。那个时候，他还不知道，他的生活将彻底改变，整个世界变成他从未设想过的那般陌生、奇幻。在此之前，他是一个职业大学生，取得一个学位又一个学位——一共取得了二十二个学位，他有意地回避学校外面的真实世界。有时候，他也会猜想，如果没有通过图书馆的面试，他如今会在做什么呢。

大概是什么安全一点的工作吧，不过也一定很乏味。

大多数的访客会直接走上三楼的主阅览室，但是弗林却转向走进一个家具稀少的宽敞办公室，这间屋子总让他觉得有点太大了。一位女士坐在一张手工雕刻的宽阔红木办公桌后面。弗林进屋时，她从账簿中抬起头。

“哦，你回来了。”沙琳冷淡地和他打招呼。这是位上了年纪的女士，薄薄的嘴唇上没有一丝笑容，她比弗林更符合那种严肃、缺乏幽默感的图书馆员特征。她戴着一副玳瑁框眼镜，表情冷峻。微红的金色头发开始染上银霜。“我还在想有什么事会让你耽搁这么久。”

现在，弗林已经习惯了她冰冷的态度。他已经不那么往心里去了……多数时候是。

“你也早上好。”他一边说，一边打呵欠。他刚刚结束从希思罗机场来的夜航航班的旅行，直接从肯尼迪国际机场赶来这里。他迫不及待地想回到自己在布鲁克林的简陋单身公寓，好好睡上一觉，但首先，他想把历尽千辛万苦才拿到的史蒂文森手稿安全地收好，放在图书馆里，图书馆的安保可比他的公寓要牢固得多。怎么说呢，图书馆的安全措施都让诺克斯堡[1]的安防体系显得相形见绌，与图书馆相比，诺克斯堡就像凌晨三点盗贼容易得手的商店。图书馆是全世界最固若金汤的地方之一。

他从挎包里掏出那份手稿，“啪嗒”一声放到沙琳的办公桌上。“任务完成。”他扬扬得意，“《化身博士》的第一版手稿，包装仔细，完好无损。”

“我更喜欢音乐版本的故事[2]。”沙琳不为所动。她捏开桌子上的手稿，好保持办公桌上物品的整齐排列，然后，伸出手。

“收据呢？”

弗林开始在全身上下的口袋里搜罗。“等一等，我确定我就随手放在什么地方了。”

“别让我总是催你。”沙琳冷冰冰地说。“还有件事，你欠图书馆 1.62 美元的违约金。”

“违约金？什么违约金？”

“几周前你从图书馆借了一本《夏威夷旅行指南》。已经超期四天没归还。”

弗林隐约记得她说的那本书，似乎在苏门答腊岛喷发的火山下逃跑时弄丢了。“这个算是工作原因遗失的。”

“那你交一份费用报告，”沙琳依旧语气冰冷，“当然了，所有费用和物品损失要逐条写明。”

“真要这样吗？”弗林严重缺觉，在飞机上，有个婴儿哭闹不止，他座位旁边那位来自新泽西的游客还不停地打呼噜，所以一路上他一点儿也没睡着。现在他最不想看到的画面，就是

---

①诺克斯堡，美国肯塔基州一个军事基地名，因存放大部分美国储备黄金而戒备森严。——译者注

②史蒂文森的小说《化身博士》曾被改编为同名音乐剧。——译者注

沙琳一如既往地细细追究每一分钱。“我们可是一个古老的神秘组织，保护了世界上那么多伟大的宝藏。你就不能偶尔不那么计较这丁点儿费用吗？”

“哦，当然可以，”沙琳扬起眉毛挑衅地说，“我为什么不把约柜[①] 典当了换点零花钱？或者，我把潘多拉的盒子拿到 eBay 或者 Craigslist 网站上去卖？”她从眼镜里瞥他一眼。“你应该很清楚。大量花费很容易觉得监管是多余的，有时候腐败就是从几美分开始的。而谨慎的记账，是保持组织运作良好的关键。”

“这话你已经说过很多次了。”弗林无力地说，他太累了，不想再在这个问题上和沙琳争辩，“听我说，等我小睡几个小时以后，我一定会把所有票据都找齐。”

“这话你以前也说过，”她不以为然地说，“哦，对了，贾德森要见你。好像有什么事。”

弗林嘟囔：“以后再见行吗，沙琳？我真的太需要睡一会儿了。”

“那好吧，那我想我只能这么告诉他，你回来到图书馆了，但是却无暇顺路去见他一面……”

“好吧，好吧。”弗林无奈，向她妥协，“哪边走？”

“我认为他此刻应该在大附件收藏区照料那些小玩意儿，”她说，“别让他等太久。我们这帮老家伙可不年轻了，你知道的。”

弗林很想追问沙琳一句，她到底有多大年纪，不过他决定先不提这个话题了。他从办公桌前走开，不过没走几步就被她叫住了。

“别走那么快。”她示意桌上放着的手稿，“你是不是忘了什

①约柜：古代以色列民族的圣物，传说是盛放上帝与以色列先人所立契约的柜子。约，是指先知摩西在西奈山上从上帝耶和华那取得的“十诫”石。——译者注

么东西？”

弗林伸手拿回文件，和来这之前一样，放到挎包里。步行向上攀登一小会儿，他走进一个以普通阅览室为假象的房间，这里有两个面容严肃的警卫站在满是书的书架两旁。这两个警卫的外套下鼓囊囊的，很明显，比起普通图书馆里的保安，这两个人可是全副武装。

“嘿，巴德，嘿，卢。”弗林向两个警卫打招呼。他们允许他走近书架。他来到书架前，随手一拉莎士比亚所写的那本皮面的《仲夏夜之梦》，和他被招聘为新图书馆员后第一次来到这里时的情形一样。他的举动触发了一个隐秘机关，书架后面出现了一扇门，门后藏着一部电梯。两名警卫步伐一致地走上前，每人拿出一把钥匙插进电梯门上反方向的两个钥匙孔。他们两个人一同扭动钥匙，就像是在遵循发射核武器的指令。

弗林觉得，五角大楼极有可能是从图书馆这儿学到的怎么布置发射核武器的步骤。

电梯门打开迎接他，他走进去，站稳。去真正图书馆的电梯要运行好一会儿，那是在公共图书馆下面很深的地方。也许是因为他的身体疲倦至极，这次电梯运送的时间似乎比平日都要久，但最终，电梯还是把他送到了两扇磨砂玻璃门前。他按开一块墙板，一个隐藏的触控屏出现了。玻璃门是自动开关的，他在触控屏上输入密码，门的气动铰链自动运行，把门朝两边打开。

*家啊，温馨的家，*弗林如此想道，*差不多算得上我的家了吧。*

门的这一侧石阶，由坚硬的基岩雕刻而成。一对金色的石狮子镇守在台阶两边，与地面上图书馆门外的那对石狮子很相称。台阶引领他走进一个巨大、深邃的房间。深色的木质书架和壁板整齐地排列在墙上，一行又一行陈列柜中存放着这个世界遗失已久的宝物：命运之矛①、贤者之石②、达·芬奇的秘密日记、从消失的亚特兰蒂斯出土的水晶头骨，还有很多其他的神奇宝贝和历史遗物。真正的《蒙娜丽莎》挂在墙上，距离放真正的都灵裹尸布③ 的陈列柜不远。独角兽在图书馆幽深的某处嘶鸣，焦躁地等待它的每日餐食——一份野燕麦粥和橄榄油。圆拱形的穹顶高耸在弗林头顶上方。

沙琳曾经和他说过，这座图书馆永远根据需要扩大它的规模，他眼前这令人瞠目结舌的景象只是众所周知的冰山一角（真正的一角冰山存放在图书馆某个特制大冰窖中）。即使是已经来到这里两年，弗林还总是能无意中发现图书馆的陌生领域，之前完全没看到过的新地方。有时候，他都怀疑，也许穷尽一生他都无法解开所有图书馆里归类保存好的秘密。

他没走几步来到一排书架前，忽然，一柄闪着寒光的银色长剑呼啸而来，仿佛被某种无形的力量推动着。弗林叹了口气，迅速弯腰躲过那柄 15 世纪的英格兰利刃的袭击，而这柄剑又凑过来，在他身边舞来舞去。实际上，这柄剑是自己飘浮在空中的，没有任何人用手持住它，它的活跃没有让他感到烦恼。

“嘿，卡利老兄，”他和神话中亚瑟王的佩剑打招呼道，“再见到你，我也很高兴。”

---

①命运之矛，又称圣矛，相传耶稣在十字架上受刑时，罗马士兵为了确认耶稣是否已死，将一柄长矛刺入耶稣侧腹部，这柄长矛后来被称为“命运之矛”，成为神器。——译者注

②贤者之石，又称点金石，神话中的圣物，传说形态各异，集道德和神的力量为一身，被炼金术师们奉为至宝，可以点石成金。——译者注

③都灵裹尸布，是一块沾有血迹的亚麻布，年代久远，传说中用于包裹在十字架上受刑而亡的耶稣遗体，后来被认为是一种神器。——译者注

“王者之剑”埃克斯卡利伯[①] 玩闹般在他身边跃动。

“抱歉，老兄。我现在太累了，不能和你玩决斗游戏了。”

其他时候，弗林也许会从图书馆那广博的古代冷兵器中借用一柄长剑，和埃克斯卡利伯进行一场酣畅淋漓的击剑运动。但现在不是时候，此刻他已经累得筋疲力尽。他已经料到会遇见神剑，所以，他从口袋里摸出一个小橡胶球，然后使出全部力气猛投向远处。

“去捡回来吧！”

神剑欢乐地去追赶那个从地上弹跳起来的橡胶球，飞向看上去似乎没有尽头的走廊。如果幸运的话，那个小球可以让神剑玩一会儿，足够弗林走到大附件收藏区。他走小路，穿过名人堂，这里排列着先前历任图书馆员的画像，从古代，到近期。小路的尽头是一间更宏大的房间，里面放着各种体积超大的遗物，因为体积过大，这些文化遗产放不进书架，也放不进陈列柜。诺亚方舟笨重地耸立其中。不老泉在旁边汩汩流淌。弗林渴望地看了一眼泛着水花的泉水。他这一路行来，太渴了，不过他不愿冒着回到幼儿园时代的风险去喝一口泉水。他离那种看《警犬追杀令》[②] 的时光已经相当遥远了。

他看到贾德森坐在赫伯特 · 乔治 · 威尔斯著名的时间机器

①王者之剑，名为埃克斯卡利伯（Excalibur），传说中亚瑟王的佩剑。亚瑟王最初的佩剑——石中剑在与人决斗时断掉之后，从湖中女神那里，亚瑟王得到了这把拥有魔力的宝剑——埃克斯卡利伯，又称“王者之剑”。——译者注

②《警犬追杀令》是一部 2001 年上映的喜剧电影，主要讲述一只警犬的传奇经历，很受小朋友的喜爱。这里弗林认为这部电影已经成为过去，暗示出弗林年幼时曾很喜欢这部电影。——译者注

里[①]，这架时间机器有着让人惊叹的蒸汽朋克式外观，整个奇异装置既有抛光的黄铜，还有涂油的红色皮革，形状大致如同一个沙漏。在熄火到达今天目前这个时间点之前，时间机器一会儿闪现，一会儿又消失不见。贾德森身体僵硬地从机器里爬出来，机器仍继续“嘀嗒嘀嗒”地响着，就像一口古老的落地大摆钟发出的声音。他伸手抚平身上老式黑礼服上的褶皱。

“欢迎你回来，”他和弗林打招呼，语气比沙琳要温和许多，“埃克斯卡利伯一直很想你。”

他个子不算高，说话柔声细语的，沉闷、忧伤的面容掩饰了他本身和蔼可亲的性格。头顶稀疏的头发和松弛的皮肤显示出他已经上了年纪，但有时候弗林觉得，实际上贾德森的年纪比他的外貌还要老很多。他说话语速缓慢，使他看上去温和而谦逊，可是颇有经验的弗林知道，这位老先生其实非常严厉，也比他表现出来的样子更诡计多端。

“去哪儿啦？”弗林问他，暗指时间机器的旅行，“或者我该问，你到哪个时空去了？”

“没，没有，哪儿都没去。”贾德森摇摇头，“到了我这个年纪，我更愿意待在这里，待在此刻。我刚才只是重置了机器的时间，从夏令时间换到东部标准时间。要不然，它会开始损失时间的……从字面上来说。”

弗林转移了话题，说：“沙琳说你想见我？”

“等一下。”贾德森朝着他的挎包轻轻扬了一下头，“这里面就是书稿？”

---

①赫伯特·乔治·威尔斯是英国著名的科幻小说家，历史学家，社会学家，新闻记者。他的著名小说《时间机器》描写的是时间旅行者乘坐时间机器后发生的传奇故事，故事中，时间机器可以自由出入不同的时空。——译者注

“你猜对了。”弗林把手稿递给他的导师，“不过，你别问我是怎么费尽千辛万苦拿到手的。”

贾德森嗅了嗅空气。“我怎么闻到一股……啤酒味？”

“大概有吧，”弗林回应他，“在赶返程的飞机之前，我实在没有时间洗澡。”

“我，我了解了。”贾德森结巴地说，不过他茫然不解的语气和表情却没有了解的意味。“无论如何，祝贺你又完成了一项任务。”他掂量起那份手稿，“我要把它放在‘遗失的手稿和伪经’那个书架，就放在莎士比亚的《爱的徒劳》和阿里斯托芬的《公民妇女大会》这两份手稿中间。”

看到这些诱人的标题，弗林的眼睛睁得大大的，让他作为图书馆员的好奇心加速跳动。他在脑海中做了一份标签，等稍作休息后，他要好好瞻仰这些巨作。

“没问题。如果没什么事的话……”

“弗林，你回来得很及时。正好中东地区发生了一件事，需要你去调查。”

“中东地区？”弗林的语气夹杂着一丝抱怨，“贾德森，我刚刚才从苏格兰回来……”

“那是一个可爱的国家。希望你很享受这次旅行。”他把手稿夹到胳膊下面，从附件馆信步来到旁边的图书馆其他区域。“恐怕，在你游玩苏格兰高地的时候，这个世界并没有停止转动，图书馆员的工作也永远不会结束。”

*好了，别讲大道理啦，和我直说吧，*弗林脑袋里想着。

他跟随着贾德森往前走，忽然被埃克斯卡利伯打断。神剑终于追上了他，得意扬扬地展示剑尖上刺穿着的橡胶小球。它在弗林前面盘旋，热切地摇晃着剑刃。

“还要扔？”他从剑尖拽下小球，“好了，就再玩这一次了哦。”

他狠劲地扔出橡胶球，让神剑疾速追上去。接着，他跟随贾德森进入了一间小一点的屋子，里面放着更多的书架。走进去后，弗林略微惊奇地发现沙琳早已等在那里。他感到一种寡不敌众的压抑，还有一种被设计进入圈套的郁闷。

“好吧，我猜不出来，”他说，“海外发生什么事了？”

“在你执行任务的时候，”贾德森说，“巴格达艺术与文物博物馆被一群不明身份的团伙抢劫了。目前还不清楚谁该对这起抢劫案负责，也不知道他们到底想要抢夺什么东西，但我们怀疑，这起事件和‘四十大盗’脱不了干系。”

弗林露出疑惑的神情。“四十大盗？”

“就是神话中的‘四十大盗’。”贾德森拿起一本《一千零一夜》的复印本，把它放到木桌上。他浏览着一张张书页，在一张彩色雕版画插图上停住，那幅插图描绘的是阿里巴巴如何躲避嗜杀成性的盗贼，这些盗贼的财宝被阿里巴巴从一个隐秘的山洞里偷走了。图中盗贼们拔刀相向，凶神恶煞般地打算报仇。“现实中，这是一个贻害千年的犯罪团伙，以前的图书馆员曾经不止一次和他们交手过，不过这些都是在你任职之前的事。自从 1903 年他们想要夺取‘七星宝石’[①]但行动失败以后，他们很久没有动静了，我当然希望最终他们一个接一个死去，但现在，恐怕这种希望只是美好的愿望。”

“为什么你会觉得‘四十大盗’和巴格达博物馆的抢劫案有关呢？”弗林问道，“恕我直言，中东地区战乱不断，政局不稳，

①七星宝石，布莱姆·斯托克于 1903 年发表的小说《七星宝石》中的一件魔法宝石，具有能够让一具古埃及女木乃伊的灵魂穿梭千年的神秘力量。——译者注

现在这种局势下，历史遗迹和博物馆被抢夺应该算是老新闻了吧。确实很可惜，但我不确定这是不是我们该管的。”

贾德森看向弗林。“你知道‘智慧宫’吗？”

“当然知道。”弗林回答，隐约觉得导师的提问似乎在侮辱自己的博学。“在伊斯兰的黄金时期，大约是从 8 世纪到 13 世纪吧，智慧宫是当时世界上最伟大的图书馆，吸引了全世界各国的学者去巴格达，那时，巴格达是中世纪时无可争议的权力、经济和知识中心。唉，可惜的是，智慧宫在 1258 年蒙古入侵时被洗劫破坏，大量稀有的书籍和文献都永远地遗失了。”

“被世人误认为遗失了，”贾德森纠正他，“蒙古军那次入侵，至少有一部分原因是受了‘四十大盗’的挑唆，只有这样，这群盗贼才有机会突袭智慧宫，获取里面的秘密。好在那时的图书馆员设法将智慧宫里的文献资料转移到不那么危险的地方……但在转移过程中，还是有许多无价的书卷遗失了。”贾德森惋惜地摇了摇头。“也许是直觉吧，但这次巴格达事件让我有种不舒服的熟悉感。那些盗贼直接奔向档案馆，越过了更值钱的手工艺品和金银珠宝区域，就好像他们要寻找的是某种古老的知识，而不是金钱。对我来说，这很像‘四十大盗’的做法，在曾经那段辉煌的历史时期，巴格达曾经是他们的大本营。”

“我不知道，”弗林直言道，“没有质疑你的意思，但这件事对我来讲，听上去有点离谱。”

“也许吧，”贾德森说，“可能我是错的。我也会犯错。但我们不能冒这个险。即使‘四十大盗’没有参与这起抢劫，但终归是有人劫掠了档案室，如今你应该明白，过去的神秘事物会严重威胁着今日……如果它们落入坏人的手中。如果我们要说起后果，最糟糕的情况甚至是……”

"整个世界的命运，"弗林接着他的话说，现在已经完全了解他要说的冗长套话，"我明白，真的明白啦。我只是想稍微休息一下，毕竟下一份任务极有可能需要我冒着生命危险辛苦跋涉到地球的另一端。"

"哦，我还希望我的下一位相亲对象是安东尼奥·班德拉斯呢[①]，"沙琳挖苦道，"显然这不太可能。我们不会总是心想事成。"她交给他一张经济舱的机票。"三个小时后，你的飞机会从拉瓜迪亚机场起飞。如果我是你，现在就会为出发做准备了。"

弗林最终接受了这不可推脱的差事。如果他抓紧一点时间，也许他可以简单冲个澡，换身干净衣服，然后在飞机起飞前一秒赶到机场。从纽约飞到巴格达至少有12个小时，所以说不定他可以在路上睡一会儿。

或者至少，他可以读一读书。

"祝你好运，"贾德森说，"但仍要小心。'四十大盗'可不仅仅是盗贼，他们还是凶残的杀人恶魔，擅于割喉的专业杀手。如果他们回来重操旧业的话，不达目的是不会罢休的……不论什么阻碍到他们，都会被他们清除掉。"

"你听到他说的话了吧。"沙琳紧接着说。虽然只有一秒钟，但一丝真切的关心从她苍白清瘦的面容上一闪而过，给她冷峻的表情添加了片刻的温和色彩。"小心一点。还有，别忘了……"

"别忘了拿好收据，"弗林说，"我知道啦，知道啦。"

---

①安东尼奥·班德拉斯是著名的动作戏演员、导演、编剧和制作人，外形硬朗英俊，曾参演《贝隆夫人》《佐罗的面具》《敢死队3》《地心营救》等电影，还曾导演电影《疯狂阿拉巴马》。——译者注

他认输般叹了一口气。每到这种时候，他都希望自己不是唯一的图书馆员。

这项工作对一个人来说，工作量有点太巨大了……

3

· 2016 ·

十年后

俄勒冈州 波特兰

魔法真的存在，伊芙 · 贝尔德上校这样想。看看这个地方就知道。

高耸的悬索桥横跨威拉米特河两岸，桥南岸的不显眼处是一座平淡无奇的灰白公用设施建筑，那是图书馆波特兰附件收藏区的所在地。图书馆附件馆所在大楼里面的景象要比外观壮观得多。古老的电灯为附件馆的底层办公室营造出昏黄、温和的氛围，这里散发着某种无穷魅力，和大楼外面风化后的外表给人的感觉大相径庭。坚固的木质书架上，堆满了各种封面破损的书，书的内容包罗万象，从集邮到学术前沿的弦理论都有。老式的卡片目录挂在弧形楼梯的侧立面上，楼梯的顶端直通可以俯瞰整个办公室的中层楼。一个巨大的罗盘形状图案作为装饰物嵌在硬木地板中。侧门很神奇地连接着附件馆和图书馆主体，主图书馆里面有数不清的陈列室和收藏馆，然而标写着“后门”的磨砂玻璃能通向，呃，可以说她能想到的任何地方，还有很多她都无法料想到的目的地。

贝尔德查看一眼她办公桌上熟悉的设备情况，仔细检查了图书馆的安防系统和紧急行动方案。她是位个子高挑、外形靓丽的金发美女，不过她超模般的美貌只能算得上她的第三个标签，她最出彩的可贵之处是参加过一流的军事训练，还有她宝贵的直截了当、绝对服从的行事态度。在护卫图书馆、图书馆里的收藏品和图书馆员时，她总是处事周密，不留一丝隐患。的确，附件馆这种带有迷惑性的惬意氛围和她之前的工作地点相去甚远，之前作为北约反恐精英，她要经常到交战区和其他危险地区工作；不用猜都能知道，当时的她常常要处理那些最危险的大规模杀伤性武器。

魔法真的存在，而且往往是致命的，她这样提醒自己有千百次。*也许有一天，我会习惯这些，不再觉得魔法是疯狂的事。*

自从图书馆招聘她为守护者，已经过去一年时间了，她目前的工作职责是保护三位新图书馆员的安全。她开始觉得波特兰的图书馆附件馆已经变成另一个家，不过魔法和怪兽这类东西还需要她慢慢习惯。她一边打着呵欠，一边在座位上伸展四肢，免得身体待久了会僵硬。

她本可以在工作中好好锻炼身体的。但自从美国国防部高级研究计划局发生的“时间循环项目”诡异事件以后，工作中再遇到的案子都很平静——也许对她来说，惊心动魄的经历太多了。那些闯祸的恐龙和傀儡魔像去哪儿了呢？一定有什么遗失很久的魔法物需要他们去追踪的吧？

两位需要她负责照看的新人——雅各布·斯通和卡桑德拉·基里安，都正坐在办公室中央那张凌乱的会议桌边上，就在贝尔德办公桌的对面。身为典型的图书馆员，他们两个正在利用停工期抓紧时间看书。卡桑德拉身材娇小，一头红发，喜欢穿着荷叶领的上衣、迷你短裙和过膝长袜。此刻，她正在如饥似渴地阅读一本深奥的数学书，聚精会神的样子好像读的是一本最新最畅销的恐怖小说。时不时地，她会抬头凝视头脑中想象出来的螺旋图案和计算公式，这要感谢她的特殊天赋。她用纤细的手指比比画画，在空中描写出方程式。贝尔德已经不再去猜测卡桑德拉到底在看什么了。就算知道她在写什么，贝尔德也不明白其中的含义。

健壮的雅各布 · 斯通坐在卡桑德拉的对面，显得她更加娇小、瘦弱。雅各布的长相属于西部乡村式的粗犷英俊型。这位帅哥正在一边翻阅一本讲述前哥伦布时期洞穴壁画的大开本画册[①]，一边在一个黄色便笺本上抄写笔记，毫无疑问在为写一篇相关主题的学术专著做准备。他穿着一件皱巴巴的格子衬衫，下身穿着褪色的旧牛仔裤，脚上是一双劳动靴，这身穿着掩盖了他作为世界顶级艺术和建筑专家的地位——他曾以笔名发表了无数专业论著。正如每个图书馆员所知，你绝对不能以貌取人。

让人担心的是还没出现的伊齐基尔 · 琼斯，那个总是自诩为“神秘人”和“偷盗大师”的家伙。贝尔德暗自祈祷琼斯能守规矩，但她太明白这几乎不可能。

千万别惹上麻烦被通缉了，琼斯，她这么想着。*这次别犯浑*。

“搞什么？”斯通愤慨地指着他正在查阅的书喊道。他低沉厚重的声音中多少带一点俄克拉何马州的味道，他曾在那里一

①前哥伦布时期，又称印第安时期，是指1492年前美洲未受欧洲文化影响的时期。前哥伦布时期的美洲有很多支印第安部族，他们也有灿烂的文化。印第安人的舞蹈、壁画、服饰、仪式等文化符号一直被相关学者和历史学家关注、研究。——译者注

家不合规的油田做工人。“你管这些叫‘阿兹特克文化’的生育象征[①]？一个傻子都知道这些明显源于‘托尔特克文明’[②]。”

“是很明显。”贝尔德敷衍地说。

斯通从书中抬起头。“话说起来，你是不是曾经和弗林去过一座托尔特克神庙探险？”他把书指给她看。“你还能记起来当时在那里是否看过这种岩石壁画吗？”

“恐怕，我没看到。”她回答。“那时我忙着逃命呢，那里有致命的熔岩，还有一条长着羽毛的臭脾气毒蛇，我实在无暇去查看神庙里有没有精美的装饰。”

他们的讨论把卡桑德拉从她的独特幻想里唤醒。“说到弗林，你最近有他的消息吗？”

我倒是希望有他的消息，贝尔德想着。“我了解到他的最新动态，是他在尼泊尔或是西藏吧，一如往常，在做……做他自己的事。”

最后几个字从她口中说出来，无意中透露出一丝尖酸味道。尽管她很喜欢弗林，觉得他有一种令人惊奇的吸引力，但他总是习惯性地在不了解具体情况时就莽撞行事，还总是擅自做主，让她有时候很抓狂。总的来说，他习惯了自己是唯一的图书馆员，不太适应团队合作，这是她和他相处中的一大痛处。她所知道的，也不过是此时他正深陷于一场新冒险，独自一人，单独行动，很明显这正是他喜欢的工作方式。

“对不起，”卡桑德拉羞怯地呢喃，好像担心她的无心之言有点出格了，“我没有要窥探你俩关系的意思。”

---

①阿兹特克，北美洲南部墨西哥地区人数最多的印第安部族。——译者注

②托尔特克，美洲北部的一支印第安种族，受阿兹特克文明和玛雅文明影响，形成自己独特的托尔特克文明。——译者注

“没事的，我的红发姑娘，”贝尔德安慰她道，“弗林是个男子汉。他会照顾好自己的。”

“我们也这么想的。”詹金斯一边说着，一边从旁边的阅览室悠闲地步入办公室。他整洁优雅，满头银发，举手投足间尽显绅士风范。他的年纪比面容要老很多，有几百岁了，他从多年以前就负责照看附件馆，久到贝尔德不知道也不想去猜测究竟是多少年。他把一本被世人忽略的《卡廖斯特罗[①]私人笔记》放回书架，准确地放到它应该待的地方。“很难说图书馆员总是人类中最行事周全的人。以我超级丰富的经验来看，他们的学识始终不需要质疑，但是他们的常识和判断力，哎呦，那就是另外一回事了。”

两扇磨砂玻璃门被推开，伊齐基尔伴着一阵微风进入办公室。这个昂首挺胸的年轻小贼悠闲地走进来，脸上带着富有感染力的笑容，手里提着一个粉色纸盒。他的年纪刚刚二十出头，一头黑发，一双顽皮的眼睛，身材清瘦结实，穿着名牌衣服，这套衣服说不定是他刚刚从最时髦的服装专卖店信手偷来的。他时尚的着装和斯通那种更像蓝领的工作装形成鲜明对比，也让贝尔德身上那身衣服显得乏味、普通。通常，她更喜欢穿得实用些，比方说一件保守的白衬衫和简洁的长裤。

“想我了没有？”一句带有澳大利亚口音的问候透露出他的大洋洲血统。他顽劣的笑容瞬间点亮了整个房间。“我说什么呢？你们当然会想我啦。我可是伊齐基尔·琼斯啊。谁会不想

①卡廖斯特罗，全名为亚历山德罗·卡廖斯特罗（Alessandro Cagliostro），18世纪意大利的一位冒险家，他自诩为巫师，曾为皇室进行驱病、占卜、炼金术等巫术活动，名噪一时。后来，被著名哲学家托马斯·卡莱尔批评为“江湖郎中”，之后，卡廖斯特罗彻底被人们遗忘。——译者注

念我愉快的陪伴呢？”

“那些被你坑蒙拐骗的人？”斯通严厉地回应，就像一个大哥哥向自己刚愎自用的弟弟说话。“你到哪里去了？蒙特卡罗[①]？里维埃拉[②]？诺克斯堡？”

贝尔德忧心忡忡地看着那个盒子。千万别是御用珠宝或是毕加索的画。

“不是，”伊齐基尔说，“这是‘巫毒甜甜圈’。就是大街南边店里的甜甜圈。”

卡桑德拉的眼睛瞪得比平时更圆了。“甜甜圈？”

“波特兰最棒的。”伊齐基尔把盒子放到会议桌上，打开盒盖，露出一排引人流口水的美味甜甜圈。“先一饱眼福吧，然后，再一饱口福。我请大家吃这些甜甜圈。”

贝尔德从她的办公桌后面走出来查看，也被这些油炸甜品的诱人香气吸引过来。她必须承认，它们闻起来真是相当美味。

“你真是大方，琼斯。虽然，有点和平时不一样。”她怀疑地望着他，“我猜，该不会是这些甜甜圈其实不是买的？”

“你在开玩笑呢，对吧？”他对这种想法嗤之以鼻，“别忘了，我还要保持练习呢。你不会希望我手生的。”

“真是天理难容，”詹金斯傲慢地说，“但也许琼斯先生，你能善良地别把那些来路不正的点心放到这些拿破仑和约瑟芬的私人情书上吗？信上有拿破仑被放逐到厄尔巴岛后真实状况的细节线索。”他一边夸张地叹气，一边从甜甜圈盒子底下抽出几张泛黄的信纸，纸上隐约留有一丝微弱的法国香水味。“在你们把这里变成儿童乐园之前，要记得，这里可曾是一处静谧、幽

①蒙特卡罗，摩纳哥的一个地名。——译者注

②里维埃拉，地中海沿岸一处观光胜地，又称“蓝色海岸”。——译者注

思的胜地。”

贝尔德现在已经习惯了这类抱怨。当图书馆的其他实体部分在现实中消失后，她和刚组建的图书馆员团队逐一来到波特兰附件馆工作。詹金斯早已是附件馆终身任职的馆长，和卡片目录、桌椅一样，都要长期待在这里，除了他经常叹息，嗤之以鼻，出言讽刺。贝尔德觉得，他一贯的专横霸道坏脾气很大程度上是假装出来的。

“我不知道，”她说，“听上去，你好像在强烈抗议。你确定不喜欢我们在你身边？”

“我们正在用游吟诗人的方式说话[①]，不是吗，上校？”詹金斯把厄尔巴岛的相关信件放入办公桌抽屉里，让它们免遭糖霜和黏糊糊手指的污染，“为什么你不把那本莎士比亚放下去参加你饕餮同事的甜食狂欢呢？”

“好像你从来不让自己享受美味的甜食。”伊齐基尔也打趣他。他为自己拿起了个头最大、上面铺有厚厚糖霜的甜甜圈，满足地咬下一大口，然后还舔舔嘴唇。“哇，这才称得上对味蕾的犒赏啊。几乎和去年复活节我在迪拜偷来的那些瑞士金色斑点巧克力一样好吃，那些巧克力我是从一个吃得太饱的石油大亨那拿的，说实话，就算自己丢几块宝石，那个富豪都不会太在意。”他舔了舔灵活手指上的糖霜，“快过来，伙计们。过来吃呀。”

斯通耸耸肩。“我是不介意来尝一个。”

一个树莓果冻的甜甜圈入了他的法眼。“哇哦，这是十足的罪过啊！”他站到一边，好让卡桑德拉也能够到甜甜圈，“过来

①游吟诗人，古代欧洲地区擅于讲述英雄事迹、神话故事和讽刺寓言的诗人和歌手，这里詹金斯是指他认为贝尔德在绕弯子，反复讲已经是事实的事。——译者注

吧，卡西[①]。你真应该过来好好尝一尝。”

对眼前太过诱人的美餐，她思考了片刻。“好吧，那我就吃一个……”

“就吃一个？”伊齐基尔不敢相信地问，“享受一次生命好吗，卡桑德拉。你还有什么好失去的？”

当他的草率言论刚一出口，一种尴尬的安静立刻降临到整个办公室，因为他的话提醒了所有人——此刻卡桑德拉大脑中那葡萄大小的肿瘤时刻威胁着她的生命，她的生命将会很短暂。当意识到自己刚刚出言欠妥之后，一种窘迫、难堪的表情爬上伊齐基尔的脸。他脸上挂不住标志性自傲表情的时候不太多，这是其中一次。

“呃，我不是有意这么说的。就是嘴秃噜了……”

“没事的，”她回应道，“你和我说话用不着小心翼翼的。你们都不需要这样。”她从盒子里大胆地拽起一个沾着三块巧克力的甜甜圈，起劲儿地吃着。“而且你说得对。生命太短暂了，你就该偶尔放纵自己一下。”

“太同意了。”贝尔德说，希望打破这种尴尬的情景，“我觉得我也有权利享用一次豪华的苹果糖霜甜甜圈。”

在她还没咬下手里诱人的美食时，不知怎的，剪贴簿吸引了她的注意力。那本有魔力的剪贴簿原本是竖着放在桌上的，此时它“砰砰”地打开，仿佛有双看不见的手正在翻阅它，书页一篇篇翻过，展示出一些之前没见过的新闻简报。

“大家看那里。似乎我们又有新工作任务了。”

从某种程度上来说，剪贴簿是图书馆发出警示的古老方式，

①卡西，卡桑德拉的简称。——译者注

让他们关注某些重大事件。这是一本贴在老式剪贴本上的报纸新闻集合，就像在电子时代之前那类订阅报纸的办公室常用的剪贴簿。这本剪贴簿上的新闻很少向他们详细说明会遇到什么神奇的灾难，有些新闻魔法般出现在本子上，这个本子只是把新闻线索提供给他们，让他们去探索新闻中寥寥数语之后的更多故事。

“感谢上帝，”詹金斯说，“终于能安静一会儿，让我不受打扰了。”

“别高兴太早哦。”贝尔德揶揄他。詹金斯很少加入他们团队出去冒险，但这不意味她不需要他在这里——在附件馆坚守阵地，在他们需要时提供关键的锦囊妙计。“所有人，集合！包括你。”

詹金斯无奈地说：“当然了，上校。任您差遣。”

“当然，我知道你会的。”

几个图书馆员和他们的守护者都围在剪贴簿旁，一起查看出现了什么新的神秘事件。贝尔德扫了一眼标题：

> 当地居民获得百万头奖。
>
> 彩票得主身份是一位拉斯维加斯居民

整个团队挤到一起轮流读那篇简报，只有詹金斯远远地站在原地。他们浏览了这条新闻，内容很简单，内华达州拉斯维加斯城的格斯·邓菲最近中了该州乐透彩票的巨额奖金。新闻中间有一张黑白的照片：笑容满面的邓菲正接受一张小型广告牌大小的特大号支票。这张照片丝毫没有引起贝尔德的警惕，确实会有人不用借助魔法的力量能中彩票头奖，而且邓菲本人看上去是那种不爱出风头的类型。

但是如果图书馆认为这件事值得调查……

“超棒哦！”伊齐基尔说，“我们要去拉斯维加斯啦。”

“看上去是这样，”贝尔德同意他的话，“来吧，大伙儿，开始工作啦。我们要在半个小时内到达‘罪恶之城’，最多半个小时。”

品尝点心的中断时间并不长，她转过身伸手去够之前那个苹果霜糖甜甜圈，结果发现：它竟然神秘地消失了。

“嘿，我的甜甜圈去哪儿了？”

詹金斯正用从口袋里抽出的一条手帕擦拭掉嘴角的霜糖碎屑。

“我保证，我对此一无所知。”他说。

4

· 2016 ·

内华达州 拉斯维加斯

“让你的爱温柔，让你的爱真诚，”猫王说，“以我手中被伟大的内华达州所赋予的权利，以及你们炙热浓烈的爱，我现在宣布，你们……”

伴随着一道刺眼的白光，结婚礼堂的门忽然“砰”的一声被打开，图书馆员们和他们的守护者一起冲进礼堂的过道。整间礼堂被鲜花和花环点缀得当，一串串小彩灯装饰显得这里温馨、甜蜜。轻柔回响在耳边的背景音乐是猫王曾风靡一时的歌曲伴奏版。猫王穿着镶满人造钻石光彩夺目的华服站在讲台正中间，他主持的结婚仪式被突然打断。而新娘和新郎都穿着情侣装——带有“优雅园”[①] 图案的T恤和蓝绒鞋，他们也都回过头，目瞪口呆地看着这些不速之客。斯通立刻明白：他们打断了一场庄重有余、活泼不足的婚礼仪式。

“请别介意我们，”他说，“继续……呃，还有，祝贺你们。”

①优雅园，美国著名歌星猫王——埃尔维斯 · 普雷斯利的居所，猫王去世后被葬于优雅园内，此后优雅园成为猫王粉丝们凭吊偶像的场所。——译者注

附件馆的后门神奇地可以通向这个星球的任何一个地方，但把人运输到准确的目的地毕竟不是严谨、精确的科学。它把人送到准确的城市非常容易，但若要到达那座城市里确切的某个地方，就和赌博差不多了。

但这种婚礼场景，无疑是发生在拉斯维加斯，好歹到达了对的城市。

“抱歉打扰到你们，”贝尔德致歉，“我们马上就走。”

这支团队匆忙地从婚礼小教堂退了出来，走出大楼，来到阳光刺眼的人行道旁，这是拉斯维加斯大道沿线的某个地方。湛蓝的天空下，棕榈树郁郁葱葱，这里的气温比波特兰更暖和，即使这两座城市处于同一时区。租金低廉的沿街商业区、快餐连锁店和典当行都显示出——这里是拉斯维加斯大道的边缘，绝不是著名的拉斯维加斯大街的中心地带，因为那繁华的市中心有许多驰名海外的赌场和度假村。斯通觉得这样也不错，毕竟他们不是来消遣游玩的。

“一个‘猫王’主持的婚礼？”伊齐基尔窃笑道，“说起复古，究竟他们以为现在是什么时代呢？”

斯通恼怒地回应：“你不喜欢猫王？”

“嘿，我确定他的确是很伟大，如果你喜欢发霉的糟老头的话，他就是爷爷们曾经竞相模仿的那种过气明星嘛。”

斯通不敢相信他竟然敢这么说。“你必须学会尊重经典，知道吗，臭小孩？”

“我忙着要追赶潮流呢，抱歉了。”伊齐基尔朝斯通咧嘴笑，“如果有机会，从你的后花园里给我发一份电报啊。”

“我觉得很甜蜜，”卡桑德拉说，“这对幸福的情侣显然有很多共同语言。”

“先假设他们不是两个小时前刚在酒吧认识的陌生人吧。”伊齐基尔加了这一句，自鸣得意地笑了一下，“我的意思是，这可是拉斯维加斯啊。”

“别这么煞风景行吗？”她斥责他。

“别这么天真行吗？”他戏谑地回击，“否则这座小城会把你生吞活剥了。”

“好了，都别说了，”贝尔德说，像往常一样又扮演起童子军女教官的角色，“让我们把注意力都放在任务上。琼斯，你能想办法查到邓菲家的地址吗？”

“小菜一碟。”他拿出手机查询。“根据当地车管所的数据，他住在郊区，大概……”他打开另一个App，“距离这里有十六英里。”

斯通懊恼为什么后门没有把他们送到距最终目的地更近一点的地方。“看来我们需要拦下一辆出租车。”

“出租车？”伊齐基尔嘲笑道，“老兄，你真的需要跟上时代步伐了哦。”他在手机上又按了一通。“现在出行都用Uber。”

“琼斯，用最简易的方法，”贝尔德说，“把我们带到目的地。”

“交给我了，”他自信满满地说，“不过，到时候你得给我钱。”

他们四人挤进一辆车，来到一座破败的拖车公园，这里丝毫没有拉斯维加斯那种耀眼、浮华的气氛。生了锈的房车坐落在坑洼的马路两侧，车身都有不同程度的修补。放眼看去，湿衣服搭在晾晒绳上；烧烤架、玩具和廉价的塑料儿童游乐设施散落在斑驳的褐色草地上；人行道上杂草丛生，坑洼遍地。一条脖子上套着锁链的野狗冲图书馆员们吼叫着，看得出，这一带是它的地盘。

“不太像我们想要找的百万大奖得主会住的地方。”贝尔德看了一圈，如此说道。

斯通耸耸肩：“也许是他交好运了。”

“看到没，这根本就是个错误，”伊齐基尔反驳道，“随机挑选几个数字，根本不需要任何智慧、技能和胆量。你想要一百万，你就该用正确的方法得到。”

“用偷窃的方法？”卡桑德拉猜测他的意思。

“那是自然。”伊齐基尔扔给她一记不可捉摸的眼色，“还能是什么？”

斯通没有理会他不可理喻的观念。“现在问题是，邓菲赢得大奖究竟是真的来自好运气，还是他借助某种魔法的力量改变了命运？”

“就像‘兔子脚’[①]，”卡桑德拉推测，“也可能是‘四叶草’？”

“现在说这件事和圣巴特里克节[②]有关还为时尚早，”贝尔德说，“但我觉得可能是类似的东西吧。否则，剪贴簿也不会派我们来这里了。”

他们打听了好几个人才确定邓菲住的是哪辆房车，不过他们很快就来到那处衰颓的破家前。这是一辆铝框外壳的房车，从外观看上去也曾闪亮风光过，如今的外壳已经褪色，变得锈

①兔子脚，是英国巫术中的一种幸运护身符。在英国传说中，受到恶灵侵害的人，可以在午夜月圆时分，把一根兔子的左后脚挂在脖子上，就能保护自己。这种迷信思想长期留存，后来兔子脚就成为一种幸运符的象征。——译者注

②圣巴特里克节，爱尔兰为纪念传教士巴特里克而设立的节日。传说圣徒巴特里克将基督教福音传到野蛮、残忍的爱尔兰地区。他曾用三叶草比喻基督教的“三位一体”理论，后来，基督教徒发现有四片叶子的三叶草，便认为四叶草形似十字架，有魔力，是幸运草。——译者注

迹斑斑。管道胶带修补着窗户的裂缝，有的窗户则完全被胶带糊起来。房车前的草地上杂草遍布，需要修剪。

“我打赌，”斯通说，“我敢说：中了彩票大奖以后，邓菲必定已经改善了他的生活条件，不会住在这里了。”

“大概你猜得没错，”贝尔德说，“但我们要先找到个切入点。”

她走上前去，敲了敲房车的门。“邓菲先生？有人在吗？”

“如果你想要找格斯，”一句刺耳的声音插进话来，“那可不太走运。他几天前跑了，甚至没说一句‘再见’。”

那声音来自路对面的一位老妇人，她斜靠在房车外草地上的椅子里。老妇人干瘪的相貌让斯通想起伦勃朗画过的一幅画，唯一的区别是，伦勃朗的模特没有一位是一边晒着太阳一边“吧嗒吧嗒”地抽着烟。邓菲的邻居有一头像蜂窝似的银发，发型让科学怪人的新娘[①] 都自叹不如。她穿着紧身短背心、沙滩短裤、凉鞋，还戴着一副粉红的太阳镜。一罐已经打开的啤酒放在她很容易够着的地方——紧挨着椅子的一个塑料冷藏箱上面。

斯通和其他成员走过去，和她交谈。“感谢您告诉我们，女士。我猜您会知道在哪里我们能找到他，是吗？”

“你是谁？”她抬起一只手，拒绝任何回答。“等一下，让我猜猜。”她把眼镜推上去，露出狡猾的棕色眼睛，仔细打量起眼前这几个人。“你们是收账员？高利贷老板的打手？前妻们的代理人？女朋友？还是想要寻求接济的远房亲戚？”

---

①《科学怪人的新娘》是一部科幻恐怖电影。电影情节是根据玛丽·雪莱所写的《科学怪人》小说的内容为前提续编的。在小说中，科学家弗兰肯斯坦创造出一个巨大的怪物，之后发生了种种离奇事件。电影则讲述弗兰肯斯坦如何为怪人寻找新娘的故事。电影中，新娘是头发蓬松、高耸的怪诞形象。——译者注

“都不是，女士，”斯通回答，“我们是……图书馆员。”

那女人惊奇地眨了眨眼睛。“你再说一遍？”

“他借的很多书超期了。”卡桑德拉进一步解释。过去他们在陌生地方打探消息的时候，还说过更离谱的理由，这不是他们给出的最牵强的解释。绝对不是。

“是这样吗？”那个女人问。“从来没觉得格斯会是个能读进去书的人。”

“那您认为他是什么样的人呢？”贝尔德问道，想要间接问出点什么东西，“如果您不介意我这样问，女士……”

“你可以叫我娜奥米，”这位邻居回答，“所有人都知道。”她深吸一口烟。“你应该知道，格斯是个不折不扣的赌徒，而且说实话，他还是个手气不好的赌徒。偶尔会赢一两把，大多数时候都在输钱。可话说回来，确实，他中了那注彩票，就是这样，我能和谁说理去呀？”

“您知道他搬家后的新地址吗？”斯通问。

“我不知道。就像我和另外一群人说的那样，他在得到巨款以后就把这里的一切都彻底丢弃了。这是人之常情，无可指摘，你知道的。”

斯通听到了关键。“另一群人？”

“是啊。昨天来找格斯的那群阿拉伯家伙，还有那个发号施令的美妞，说实话，那妞可是格斯望尘莫及的那类美女，相当有架子。我告诉那个女的和她手下同样的话，在格斯知道中奖以后就迅速离开这里搬进金窝了，我觉得我再也不会看到他那张惨兮兮的蠢脸了。”娜奥米摇摇头，“有的人啊，确实能交上大运。”

“他们就只是……”斯通看了一眼邓菲的房车，“您觉得我们可不可以四处看看？只是想找出点蛛丝马迹看看格斯能到哪里去。”

“因为那些从图书馆借的书，”卡桑德拉补充道，“有很多人等着看呢，你知道吧，有很多人想要读这些书……”

快适可而止啊，卡西，斯通在脑海里大喊，没必要说这么掩耳盗铃的话。

“随便。”娜奥米无所谓，“跟我一点儿关系都没有。”

一声婴儿啼哭声从她的房车里面传来，催促她进屋。她捻灭手里的烟，“嘎吱”一声从躺椅里站起身。“现在如果你们不介意的话，我要去照看我的侄孙子了。”

“了解，女士，”斯通善解人意地说，“非常感谢您给我们的帮助。”

“大老远来催图书馆的书。”她一边摇头，一边自言自语，“真是长见识了……”

她的身影消失在房车中，留下这支团队可以自行畅谈。

“似乎我们不是唯一来找邓菲的人，”伊齐基尔说，“我们想想那队人马会是谁呢？”

“听刚才她说的话，可能是任何人，”斯通说，“一百万元可以招引来很多不知从哪儿冒出来的利益群体，可能是债主，也可能是骗子，但凡你能说得出来，就有可能是。”

卡桑德拉的脸蒙上一层担忧的阴影。“你觉得我们还有其他竞争者？”

“这么下结论还为时尚早，”贝尔德说，“另外一伙人也可能是为了邓菲的钱，或许和魔力无关。真见鬼，我们甚至不知道我们到底要调查的是什么，更不用说还有可能其他人也在追踪那个东西。”

“我用钱打赌，肯定是一块马蹄铁的幸运物[①]，”伊齐基尔说，“这和格斯的赌棍行径完全一致。”

“我来和你打赌，”斯通说，“贝尔德说得对，可能是任何东西。一个幸运币，一个水晶球，和魔鬼的一项交易，或者其他什么东西。”

伊齐基尔咧嘴笑道：“想来点刺激吗？”

“哇哦，”贝尔德一边朝他翻白眼，一边说，“到拉斯维加斯不足一个小时，你们两个就已经被传染上赌瘾了。”

斯通耸耸肩。“打个无伤大雅的小赌，无所谓。”他得意地朝伊齐基尔笑，“二十块，赌我们要找的东西不是一块马蹄铁。”

“老兄，你可是下了赌注了哟。随时准备赔钱吧。”

“好吧，你们玩儿吧，我可不参与。”贝尔德不耐烦地叹了口气，像一个野外郊游时饱受折磨的小学老师，要费劲力气管理一群任性的小孩子。“也许我们可以开始调查工作了。”

“随时都可以开始。”斯通首先服从命令。

他们朝邓菲的房车出发。贝尔德冲着关闭的前门一扬头。

“轮到你展现魔法的时刻了，琼斯。让我们进到房车里面吧。”

“真是浪费我天才本领的悲哀时刻。”他走到门把手前面，“我可以闭上双眼，一只手不用就进到这个‘易拉罐’里……”

那扇门轻松地打开了。

斯通非常羡慕地说：“干得漂亮，伙计。”

“不，不是我。”伊齐基尔摆弄着手里的门把手略微有些失望地说，“这把锁已经被撬开过了，手法非常专业。”

---

①马蹄铁，钉在马蹄上防止马蹄受泥水等侵蚀的铁器。古代欧洲的很多国家都把别人送的马蹄铁当作幸运物，有的家庭会把马蹄铁钉在家门口，期望能驱走厄运。——译者注

斯通瞬间变得愁眉苦脸。“我不喜欢这样，这听上去可不太妙。”

“我也是这么觉得，”贝尔德一边掏出手枪，一边说，“都小心点。”

他们小心翼翼地走进昏暗的房车，贝尔德打头阵，她仔细地检查，确保所有隐蔽的角落都安全。斯通按开电灯开关，但没有任何光源发亮。他明白这意味着房车的电力供应已经被切断了，于是他拉开窗帘。太阳光射进房车里，让众人看清眼前的景象，显然那队不知底细的人马已经洗劫了邓菲的往日住所。衣柜、壁橱和抽屉都被清空，家具里面放的东西都被草率地倾倒在地上。卧室里，没支付的账单散落在被打翻的垃圾桶旁边，大多数账单上面都标示着“最后催缴”字样。为了检查墙里面是否藏着东西，墙上的壁纸和石膏板都被撕了下来。甚至睡觉的床上那块床垫都被刀子划开，搜寻了一遍。充当填充物的大量海绵被丢得满屋都是。

“有人彻底搜查了这里，”斯通说，“但是，在找什么呢？”

“问得好。”贝尔德把枪收起来，“好的情况是，很明显，我们追查的东西确有其事。这样东西很可疑，或者说很值得追查，又或者说是很值得追查的可疑物品。”

伊齐基尔轻蔑地看了一眼满室狼藉，那神情好像在说：这里根本就没什么值得一偷的东西。“你觉得这是刚才老太太所说的那些中东家伙干的？”

“很可能，”贝尔德说，“但他们在找什么，还有，找到了没有？”

“唯一能解答这些问题的，就是邓菲了，”卡桑德拉说，“太糟糕了，我们还不知道他去了哪里。”

“你开玩笑吧？”伊齐基尔说，“你都不必是夏洛克·福尔摩斯[①]，也不必是我们的老朋友莫里亚蒂，就能知道他在哪里。这可是拉斯维加斯。一个铁杆赌棍刚刚得到一大笔钱，他能去哪儿？”

“拉斯维加斯城中心的赌场。”其他的图书馆员想法一致。

“绕了这么大弯子才让你们想到哇。”伊齐基尔眼中流露出期待的色彩，“万岁，拉斯维加斯！”

①夏洛克·福尔摩斯是阿瑟·柯南·道尔所著的侦探小说《福尔摩斯探案全集》中的主人公。莫里亚蒂是该小说中的主要反面角色。——译者注

5

· 2006 ·

在告别纽约和图书馆后，越过了六万英里，横跨了七个时区，经过 12 个小时的飞行之后，弗林到达了伊拉克。灰尘、高温和随风摇摆的棕榈树已经准备好了欢迎他，但他没看见有什么灯神或者飞毯。自 21 世纪开始，巴格达的命运就异常艰辛。美军入驻巴格达三年后，智慧宫的旧址仍处于交战区，被暴乱、冲突和毁坏了的基础设施摧残得让人心疼。因为有荷枪实弹的军方护卫，而且机场班车本身武装齐全，所以班车得以从飞机场安全地到达巴格达市中心的绿区[①] 要塞，那里几乎是整个城市唯一安全的地方。从茶色的车窗玻璃向外看去，弗林看到整个城市都被封锁戒严。头顶上“嗡嗡”飞过军方的直升机，大街上有美国的装甲军队和坦克在巡逻。几年来的坦克和迫击炮弹造成了城市道路坑洼遍布，这导致他一路行来的路途又拥堵又

①绿区，即美国与伊拉克交战后，在伊拉克首都巴格达城中规划出的一块“国际区域”，多个西方国家在此设立常驻机构，因为美军重重设防和严密的安全护卫，绿区成为战时巴格达相对安全的区域。与此相对应的是“红区”，是指绿区之外的其他伊拉克地区，泛指美伊两军占领和交战的地方。——译者注

颠簸。

眼前的景象和几百年前黄金时期的巴格达相去甚远，那时，这座城市还是所有文明大国中科学和知识的中心，因为这里有许多高质量的图书馆，在图书馆里，大量专注的学士、文人全身心投入到古希腊、波斯、中国和印度等国悠久的智慧和文明中，他们保存、翻译这些智慧结晶，著书立说，孜孜不倦。在几任富有传奇色彩的哈里发统治期间，例如伟大的哈里发——哈伦·拉希德[①] 统治时期，巴格达的光辉闪耀整个人类文明，那个时候，欧洲还是中世纪的恐怖黑暗时代。看到窗外的一切，弗林结束了幻想，回想起这座城市往日的辉煌和对人类文明的贡献，他的心像是被人重重地锤了一下。很难想象如辛巴达和阿拉丁这样的人还能神气活现地穿越如今惨遭战争蹂躏的巴格达。

但也许，“四十大盗”仍在继续工作？

尽管现在进入被战争席卷的伊拉克很难，沙琳却通过运作成功地为弗林拿到了签证。在 2003 年美军占领伊拉克初期，巴格达博物馆遭受了一次劫掠，名义上，他来巴格达是为了追查和修复丢失的珍贵文物和文件。对于掩饰真实目的的借口来说，这个理由相当不错——它让一位从纽约大都会图书馆的专家有正当理由参与文物追寻这类事情。弗林甚至都不需要假冒资历证书就能胜任。

终于有这么一次不用伪装成别人。

幸运的是，巴格达艺术与文物博物馆位于绿区中，所以弗

①哈伦·拉希德，阿拉伯帝国阿拔斯王朝的第五任哈里发，在他统治期内，巴格达成为世界最繁华的城市之一。文学作品《一千零一夜》中有多篇赞扬哈伦·拉希德功绩的故事，后世人们认为他是阿拔斯王朝最伟大的哈里发。——译者注

林不用担心在不安全的路上穿行，若在不安全地带，美国图书馆员孤零零一个人，很容易会成为被攻击的对象。经过一连串的大门和检查点后，弗林的车才把他送到博物馆门外。手里拎着仅有的那只行李箱，他离开了带有空调的舒适班车，走出车门，来到酷热的外面，接受着烈日的考验。太阳光强烈得难以睁开双眼，他跌跌撞撞地在人行道上走了几步，才想起他把太阳镜就别在旅行夹克前面的口袋里。他停下来，眯起眼睛摸索着寻找眼镜。

“卡森先生？”

声音来自一位有魅力的女子，她年纪和弗林相仿，看上去一直在路边等他。卷曲的棕色头发衬得她脸型更加柔美。一身保守的西装，洋溢着专业人士的气质，和她的外貌尤其协调。

“我是，”他回应，“但请叫我弗林就好。”

“我是希林 · 马斯里。”她说。她用一口挑不出毛病的英语介绍自己，尽管她的口音里带有吸引人的异域风情。“我是这座博物馆稀有文献档案馆的馆长。我被通知要在这里接你。”

她中立的口吻难以让人明白她是不是情愿等他。她的那双棕色眼睛谨慎地将弗林打量一番。眼睛真是漂亮，他注意到，相当的迷人。

不要胡思乱想哦，弗林提醒自己，把注意力集中到工作任务上。

“感谢你能来接我。”他伸出手，另一只手忙着捋顺一缕倔强翘起的头发，“抱歉，坐了 12 个小时的飞机，我的形象看起来有点邋遢。恐怕，飞行时差把我搅和得有点难看。”

她同他握手，只礼貌性地握了一下，没多握一秒。

“我认为你没必要大老远跑这一趟。我已经和领导谈过最近的这起盗窃案。”她诧异地看着他，“你来自纽约大都会图书馆？他们是这样告诉我的。”

“没错。我来自调查黑市非法买卖稀有文稿和文物的一支新工作小组。”

“我没听说过还有这种工作任务的小组。”她说。

“嗯，我们更关心工作的结果，不太喜欢公开宣传自己。”他擦了擦额头，在高温的烘烤下，他的额头出了不少汗。“我们可不可以移步到室内讨论？我还不太适应这里的天气。”

“当然可以，”她说，“请跟我来。”

他的行李箱随着他颠簸行进，在凹凸不平的人行道上走过。她引领他走进博物馆，和这座城市一样，这里也曾见证过辉煌。全副武装的保安站在前门入口处，典型的亡羊补牢做法。一个前门的标志牌上面写着：博物馆近日即将面向公众开放。

“自从几年前博物馆被洗劫，我们一直在努力重新收集、修复藏品，”希林解释道，“所以这里处于闭馆状态。”她的声音里不知不觉地掺进一丝沮丧。“我们已经几乎准备好可以重新开馆了，忽然就又发生了这件事。”

“我很遗憾。”他们一同进入博物馆内时，弗林由衷地感叹。这里四面光秃秃的墙完全无法衬托起展出的悠久工艺品和雕像。玻璃展示柜里的文物历经千年，记录着厚重的历史。“当局领导知道谁该对这起事件负责吗？”

“如果他们知道，他们会告诉我的。”

犯罪现场隔离条还封锁着博物馆大厅。地面有一道粉笔画出来的人形轮廓，这让弗林想起来，根据他在飞机上查到的这起盗窃新闻来看，至少有一位保安被那些盗贼杀害。在混乱的抢劫过程中，这些贼人竟会如此迅速、利落地划开保安的喉咙。

想到这里，他倒吸了一口气，他还留意到希林的目光有意避开那个粉笔轮廓。

“塔里克·哈桑，”她平静地说，“他是个好人。诚实又廉洁。”

“我相信他是个很好的人，”弗林惋惜地说，“再次……表示遗憾。”

“这不是你的错，”她耸耸肩说，“但谢谢。”

古代雕像、壁毯和文物，显然没有受到盗贼的染指，穿过这些珍贵遗产的展区，他们来到博物馆内档案馆区中希林的办公室。数不清的大部头书和卷轴文献堆放在办公室的角落里，静候被重新放到书架上。一个倾倒的书架等待着人们将它扶正。一台转动的电扇艰难地旋转，缓解不了多少高温和闷热，很显然，博物馆的空调设备也是战争的牺牲品。

“我们到了，”她说，“抱歉，这里还是一团糟。我们还在挑拣、整理抢劫后的文献。”她坐进一张凌乱的办公桌后面，桌上的混乱状态估计大概会逼得沙琳心脏病发作。“请坐……如果你能找到个可以坐的地方的话。”

弗林乱翻一气，终于从一堆书底下拽出一张椅子。他拂走上面的灰尘，然后坐下。这间办公室局促、拥挤，几乎比飞机上双腿能活动的空间都要小。

“请别太放松，”她不耐烦地说，“无意冒犯，但我现在真的没有太多时间接待你，你能看到，我还有好多工作要做，要把这些东西都放回属于它们的位置上。”

“我理解。”他说，开始说工作上的事情，“我听说盗贼的目标就只有档案馆。你知道他们正在找什么吗？”

“呃，我还在进行库存文献的彻底盘查，这样就能确定我们到底丢了什么，还留下什么，但……是的，至少有一样东西已经丢失了，”她苦涩地说，“一份非常罕见、非常珍贵的文献。”

“那是什么？”

“大概是现存最早的《Kitab Alf-Layla Wa-Layla》文稿，这本书被西方称为《天方夜谭》，也叫《一千零一夜》。这份特别的文稿可以追溯到公元8世纪，它比现存任何版本的《一千零一夜》都古老。

“哇哦，”弗林非常羡慕地说，“是波斯语的还是阿拉伯语的？”

他知道，现在没有包含1001个故事的完整版《一千零一夜》，真正的原著已经被时间长河冲刷殆尽；他还知道，当代学者整理出的这本著名阿拉伯故事集，是根据更早期的波斯编年史中的记录整理而成的，而那本波斯史书也早已失传。后来各种翻译版本和改编，包括早期的法语和英语版本很多故事内容都作了改编，偏离原著幅度较大，甚至都达到没有完全精准译本的地步，只有各种无数演变版本——不同杂糅的故事合集。实际上，《一千零一夜》的版本也许能有1001种。

“是用古波斯语写的，”她说，“准确来说，是一份6世纪的波斯语手写稿。最近我无意中发现的这份文献，从萨达姆的住所搜缴出很多古书，我在给这些珍贵财宝整理、归类时发现的这本书。”她的眼睛被记忆点亮，“你能想象到吗，当我意识到自己发现了这么有价值的书时，我有多兴奋！注意，我不是说这本书是最原始的那一版，不是据传山鲁佐德她本人最初所写的那本书，但它比所有《一千零一夜》的现存版本都要更古老更可信。我正在翻译这本书，然后就……”

她无奈地指着屋子里抢劫后的混乱场面。

“这次荒谬的抢劫让我感到恶心，更不要提我快要爆炸的愤怒。我真心希望你能帮助到我，卡森先生，但是我觉得，这份独一无二的《一千零一夜》书稿真的再次丢失了，这次，恐怕是永远地丢失了。”

“永远不要低估一个矢志不渝的图书馆员。”他一边说一边思考盗贼们为什么能轻而易举地找到这本古书，“有多少人知道你发现了这本书？”

“我曾和一些同事还有各个馆区的负责人说过。”她说完，懊悔地耸了一下肩膀，“对我来说，从没想把它当成一个秘密。现在回想起来，这真是个错误。”

“你不必自责。坏人能打探到这本书出现的风声，不是你的错。你只是在做自己的工作而已。”

“也许吧。”她说，听上去心里的内疚并没有消除。“话说回来，我的工作，我真的需要开始工作了。”她从办公桌后面站起身，好像给出了结束会面的信号，“很抱歉，你大老远跑来这里，却一无所获。”

我并不这么认为，他想。就算没有别的收获，至少他知道这些盗贼偷走了什么东西，虽然现在他还不能确定这是否是图书馆应该插手的事。一份独一无二的拥有千年历史的《一千零一夜》古书，固然价值连城，值得一偷，失去这份文献着实是真正学者和历史学家的巨大损失，但他仍不敢相信这本书能“关系到整个世界的命运”。有时候，博物馆遭遇盗窃只是失窃而已。

“我住在底格里斯酒店，至少是晚上的时候。”他递给她一张名片，上面有他的电话号码，“如果你能想到其他什么事的话……”

“别抱太大希望，卡森先生。《一千零一夜》丢了，而且坦白来讲，我认为纽约大都会图书馆也做不了什么。所有迹象表明，这是一起心思残忍、行动精准的职业盗窃行径。我觉得你可能帮不上什么。”

弗林耸耸肩。

“说不定以后你会惊讶的。”

* * *

底格里斯酒店满足了美国承包商和顾问的住宿需求。和绿区其他建筑一样，这家酒店有让人宽慰的空调和稳定的供电，这在战火纷飞、物资匮乏的伊拉克已是十分难得。一连串不停脚的奔波让弗林疲惫到极点，他好不容易登记好了住宿的房间，进去后便瘫倒在床上，衣服还没来得及换就睡着了。如同按下开关的电灯即刻熄灭一样，他倒下的瞬间就进入了梦乡。

但这可不意味着他结束了工作。

睡梦中，他发现自己漫步在一处拥挤的露天市场上，完全是《一千零一夜》故事中久远的巴格达城中景象。围着头巾穿着长袍的大胡子男人在讨价还价，选购精细货、香料和其他全世界著名地区的产品：遥远古中国的丝绸、纸张和瓷器；古印度的椰子和檀香木；古埃及的麦谷和亚麻布；阿拉伯的香水；波斯和更远地方的多汁水果……这些货物都由无数的商队和帆船运抵巴格达。微风拂过，烹饪鱼和羊肉的香味袭来，让人垂涎，其中夹带着富有层次的香料气息。闪着光辉的宫殿和清真寺有着涂满金漆的穹顶，高高的宣礼塔伴在一侧，耸入天际。和这些壮观景象形成鲜明对比的是，低微的乞丐在大街小巷中伸手行乞。驴子和骆驼在成群的买家和商人中穿梭，向市场运来更多的货物。货币兑换商把银质的迪拉姆[①]兑换成金质的拜占庭便士[②]，反过来也兑换，他们搭建起东西方交易的桥梁。一位说书人吸引了一小群人驻足倾听，他的故事里满是命中注定却历经波折的恋人，性情残暴、反复无常的灯神，躲在荒地中等待猎食疲惫旅行者的恶魔般的食尸鬼……健壮的仆人用肩扛起镀金轿子的横杆，轿子内戴着面纱的女人从幕帘后面透过缝隙向外张望。弗林向下打量一番，看到自己正穿着一种好莱坞电影里面阿里巴巴或者辛巴达样式的衣服，上身是一件满是绣花的马甲，下身是一条丝绸的马裤，腰间还围着一条绸带。

没错，他想，我肯定是在做梦。

他漫不经心地走过这些五彩斑斓的场景。在经过一个藏在巷子里的小店时，忽然他停住了脚步。书店门口展示的一对金色书挡吸引住他的目光，这对书挡做成了两只狮子的形状，看上去简直是曼哈顿图书馆门前那两只石刻狮子的微缩版。他拨开人群走上前去，想仔细看看，却一脚踩进一坨“芳香四溢”的骆驼粪里。

“小心脚下！”他听到一声熟悉的提醒，可惜太晚了。“哦，没关系了。”

“贾德森？”弗林扭头看到他的导师站在旁边，贾德森手里拽着缰绳，旁边是头模样古怪的骆驼。一件传统的阿拉伯长袍披在这位前图书馆员瘦弱的身体上。“你在这里干什么？”

“我，我什么也没做呀。”贾德森结结巴巴地说，“这是你的梦境，不是吗？”

“我也是这么想的。”弗林疑虑着回答。这不是贾德森第一

---

①迪拉姆，古代波斯地区使用的一种货币。——译者注

②拜占庭便士，古罗马帝国使用的货币。——译者注

次出现在他的梦境或是幻觉里。“你从来都没告诉我，你究竟是怎么做出这个花招的？”

“我十分肯定：我不知道你在说什么，弗林。毫无疑问，现在的我只是你潜意识里的虚构人物而已，你是在和自己交谈。”他嫌弃地瞅了一眼弗林的脏靴子。“但是，为了方便讨论，假设我真的站在这里和你说话，你会对我说什么呢？你了解到更多有关博物馆抢劫事件的信息了吗？”

“算是吧。”弗林说，他与骆驼保持着安全距离。即使是在梦里，他也不想被骆驼咬上一口。“我和博物馆的档案馆馆长交谈过，她提到一件特殊物品很明显地被贼人偷走了。”

他快速地告诉贾德森有关《一千零一夜》古书遗失一事，正是之前希林·马斯里告诉他的内容。

“哦，我的天哪。”贾德森说，听上去明显为这一消息担忧。他脸上因为担心而皱起的眉头比以往更深，而且，他还心情沉重地摇了摇头。“这个，这个消息听起来真是太可怕了。我觉得恐怕是书中的那些事物要危害人间了。”

“怎么会？”弗林问道。“我的意思是，《一千零一夜》不过是一些民间故事的合集而已。”他好奇地凝视着贾德森，“不是吗？”

“‘下金蛋的鹅’也是个民间故事，”贾德森提醒他，“但我现在每天早上都要为它清理粪便。如今现代世界不太能接受古老故事和神话的真实性，这一偏见同样适用于山鲁佐德和她的《一千零一夜》，尤其这些故事的最初版本，人们往往不愿相信。”

弗林相信这一观点。如果说做了图书馆员之后他学到的最重要一点，那就是在面对古时奇幻故事的时候，应该把他 21 世纪的怀疑态度抛到脑后。如果石中剑[①]和美杜莎[②]的头都是真的，为什么要怀疑《一千零一夜》故事里的真实性呢？

“好吧，”他说，“假设有坏人有明确的理由偷《一千零一夜》，除了这本古书价值不菲之外，偷回去之后会发生什么？他们最终要找寻的东西到底会是什么？”

“那是‘四十大盗’梦寐以求的东西，自从七百多年前他们洗劫了智慧宫以后，他们一直在追寻的东西，”贾德森猜道，“阿拉丁的神灯。”

“阿拉丁的神灯！”弗林压抑不住激动，“那是真的吗？”

贾德森别有深意地看了他一眼。

“不用回答我了，”弗林尴尬地说，“神灯当然是真的。所以，那神灯里面到底有什么值得关注的？我们是在讨论能帮助别人实现愿望的灯神，那个九码[③]高的巨神？”

“差不多，”贾德森承认，“阿拉丁神灯是《一千零一夜》中最有魔力的物件，也是最危险的……从很多方面来说都是最危险的。”

弗林不确定贾德森是否有点夸大其词。“好的，我想想看，让‘四十大盗’掌控一个能让人实现愿望的精灵，对其他每个人来说都是灾难，但是不是还有什么我没想到的其他不利影响？”

“正是如此，”贾德森解释道，“与神灯落入坏人手里一样糟糕的，还有另外一重威胁，那就是困在灯里的灯神。灯神一般是火精灵，而且绝非善类。每次灯被擦拭，实现一次愿望，都

①石中剑，传说亚瑟王从石头中拔出的剑，因拔出此剑亚瑟王备受拥戴，而后称王，石中剑是亚瑟王早期的佩剑，后来在决斗中，此剑断裂。——译者注

②美杜莎，古希腊神话中的蛇发女妖，拥有邪恶的魔力，任何人被她看一眼就会变成石头。——译者注

③码，长度单位，1 码 =3 英尺 ≈ 0.9144 米。——译者注

将给困在灯中的灯神补充力量，等到灯神力量足够壮大，它将打破把自己禁锢到灯中的魔咒。”想到这里，贾德森不禁打了个冷战。“阿拉丁神灯已经失踪了好几百年。很难说此刻那个神灯有多脆弱，或者很难说再许几个愿望它会破碎，永远地把灯神释放出来。”

“这样一来，就不会是个美满的结局，我这样理解没错吧？”

“几乎不可能有好结果。灯神都是反复无常、心思恶毒的魔物。它们缺乏想象力，这也是它们依赖人们向它许愿的原因，但它们也因此发自内心地憎恨人类。这位灯神，就是被阿拉丁神灯困住的这位，尤其歹毒。”贾德森说话变成强有力、严肃的语气，一改往常结结巴巴的温吞风格。“无论如何，弗林，无论有多想尝试，你绝不可以擦拭那盏神灯。记住这点。”

“明白，”弗林说，“所以，我们一点也不知道神灯这么多年都藏身在何处？”

“神灯的最后藏匿地点已经成为数百年的谜团，我担心马斯里博士丢失的《一千零一夜》书稿可能会有点线索。阿拉丁时代以后，各种已知版本的《一千零一夜》都没有透露神灯的下落，但也许更早一点版本，最接近神话的原始资料……”

“可能会提供在哪里能找到神灯的线索，”有所了解以后，弗林接着他的话说道，“这么说来，似乎我需要再和马斯里博士谈谈，看看她是否在那本古书被盗之前尝试翻译过阿拉丁的故事。”

“如果是我，我也会这么做，”贾德森建议，“最好在‘四十大盗’产生同样的想法之前去找她。”

仅仅设想那些残酷无情的盗贼要对希林·马斯里下手，都让弗林不寒而栗。

“我需要再强调这件事的严重性，弗林。你绝不可以让‘四十大盗’夺取阿拉丁神灯，也不可以把灯神从灯中释放出来。这两种结果，呃，都极度骇人。”

“我明白，”弗林答应，“完完全全明白。”

“很好，很高兴听到你这么说。我们就指望你了。哦，还有一件事。”

“什么事？”弗林问。

“小心这头骆驼。”

太晚了！那头骆驼猛地朝弗林的脸上吐出口水，喷了他一脸黏糊糊的绿色唾液。

“啊啊！”弗林惊叫着醒来，胡乱地抹脸，却发现他脸上并没有骆驼的口水。他从宾馆房间的床上坐起，需要一会儿时间来适应，中世纪巴格达的景象、声音和气味逐渐消散，他很快恢复到现实中。屋内的电子闹钟告诉他，现在已经是当地时间的傍晚。

不过，尽管梦已经从他记忆中渐渐隐退，但和贾德森的谈话却一直保留在脑中。

阿拉丁的神灯。一个凶恶的灯神。四十大盗。

还有希林。

我需要找到她，他忽然想到这点，在其他人找到她之前！

6

· 2006 ·

巴拉尼市场还是这么热闹，希林从博物馆下班回家的途中总会经过这个市场。成排的露天摊位叫卖着书籍、布匹、香料等货品，这些摊位在狭窄街道的两侧紧挨着排列，同时，更多的商店占据着周围如迷宫般的街道和小巷，有些商店甚至都没有名称。小贩们高声向行人吆喝着，夸赞起自家的商品。咖啡、黑胡椒、小豆蔻、肉豆蔻、孜然、生姜、苜蓿和其他香料的诱人气味在空气中飘荡着。大街两端的水泥路障是一种让人讨厌的提醒，让人想起巴格达如今残酷的现实。大多数下班回家时，希林都喜欢在市场上随意逛逛、瞧瞧，但她仍时刻保持警惕，提防各种可能发生的危险。这个年代，在这里，你怎么小心都不过分。

“新鲜的香料！最好的香料！”一位商贩从摊位冲她高声吆喝。摊位上，一堆堆颜色明艳的粉末香料营造出喜庆的氛围。“辣椒粉！姜黄粉！藏红花粉！”

被这些香料鲜艳的颜色和丰富的气味所吸引，希林停下来仔细欣赏起这些调味品。太阳落山后，这里会实行宵禁，但她觉得仍有足够时间买点东西，然后在天黑之前赶回家。她放下手中破旧的公文包，出于安全考虑，把它夹到两脚之间。回头想想，当时她弯腰去查看肉豆蔻时过于放松了。

她的防备松懈了，而且不止一小会儿。

“别动。也别说话。”沙哑的女人声音在她耳边悄悄响起，她感觉有人走到身后，刀尖抵着她的肋骨，“你必须和我们走，马斯里博士。”

虽然天气依旧炎热，希林却感到自己的血都冷得凝固了。她不知道是谁拿着刀，又不敢回过头去看，但突然间她就处于致命的危险中。如果她下了班直接走回家，或者多留意一下周围……

*先是档案馆被盗，*她想着，*现在又是以刀相逼。*

“这条街尽头的北面路障外有一辆我们的车。走到那里去。”另外那个女人说，“你别说话，我就不会伤害你。”

希林不相信她说的“不伤害你”这类话，但她似乎除了服从没有别的选择。她的口袋里有一支从黑市买来的防狼喷雾，但现在摸到它似乎像隔了一个波斯湾那么遥远，因为在她拿出防狼喷雾之前，劫持她的人早就可以轻易用肋骨处的刀刃划开她的肚子。她开始从调味料摊位前转身，心里唏嘘着也许活不到明天了。

“马斯里博士，”另外一个声音叫住她，“没想到在这能见到你，真让我高兴。”

让她意外的是，弗林·卡森突然出现在她面前，挡住她的去路。传统的白色头巾下面，是美国人那张无比纯真的脸，流露出热情、诚恳的表情，显然他没有注意到她的困境。希林不知道她该感谢他的打断，还是警惕他的介入。她的处境已经危急到极点了，这个时候再加进来一位我行我素的图书馆员，可能会让情况更复杂。

“卡森先生，”她极力保持自己的声音不发抖，“我没想到在这能见到你。”

“嗯，我猜这就是人们常说的‘邂逅相遇’吧。所有人都来巴拉尼街市场呢。”他朝着她身后的那位女人扬了一下头，“你的这位朋友是？”

“不是什么特别的人。”神秘女人偷偷地用刀尖戳了一下希林，“而且，我们真的得马上离开这里。”

“急什么呀？”弗林看上去一点都不着急让路，“我们还没有好好地相互介绍一下自己呢。”他伸出手：“我是弗林·卡森，来自纽约大都会图书馆。”

“那你离家可够远的，卡森先生。”那女人说，没有主动报出她的名字，“另外，请别介意我这么说，你可能来错地方了。在现如今糟糕的年代，巴格达的街道对只身前来的美国人来说，并不总是安全的。”

希林的眼睛扫了一圈，发现他们的对话确实吸引了拥挤市场中很多小贩和商店主的注意力。看向他们的目光有的是提防，有的甚至是仇恨。又一次，她不知道这是好还是坏。她认为身后的绑匪应该不喜欢这种众目睽睽的审视。

“感谢你的警告，”弗林说，“但是当我来到这附近的时候，怎么能抵抗诱惑不来市场看看呢？我只是想沉浸在这种氛围里，你知道吧？多吸取一点当地精华。”他像一个游客乐呵呵地呆望着周围熙攘纷繁的市场。“你知道吗？这条街可是这座城市最早出现的步行街之一，这里自从阿拔斯王朝末期就成立了公共市场，那可是早在公元750年左右的时间呢！”

从大街北面的远处——这个持刀女子控制住希林所站地方的北边，三位面容狰狞的男人正横冲直撞地推开人群，朝她们走过来。在他们挤过的一路，被推搡的行人忿忿不平地抗议。希林想起那女人之前提到过“我们”这样的字眼儿。她猜想，也许是另一群匪徒已经等得不耐烦了，这样的情形会把卡森置于危险境地。

我不能让这种事发生，她这样想道。*这不是他的过错，他只不过是在错误的时间出现在错误的地点。*

“很高兴再次见到你，卡森先生，但是……”

“弗林，”他纠正她，“请叫我弗林。”

“好吧，弗林。”她看到其他绑匪越来越近，心里暗暗着急，她需要在他也变成他们的袭击目标之前，摆脱掉他。她的嘴干巴巴的，就像沙漠一样。“但我……我的朋友……说得对。我们真的需要离开这里了。也许改天我们可以再聊？”

“认真听我说嘛，我不会让你这么轻易走掉的。”他正要开始滔滔不绝地说，忽然被调料商贩小摊上的货物转移了注意力，“嘿，这是姜黄粉吗？”他舀出满满一大勺明黄色的粉末。“哇哦，你在美国的超市里可永远看不到这么新鲜的姜黄粉。”他把托起调料的手掌递到希林身后的女人面前，“我是说，你看看这颜色……”

忽然，他毫无预兆地把手中粉末扬到那女人脸上。随即，绑匪女子开始狠命地吐唾沫，疯狂地咳嗽，好像那把撒向她满脸的调料是催泪瓦斯一样。趁此机会，希林用手肘猛地撞击了那女人的肚子，疼得她向后趔趄了一下，大口喘着粗气。希林感觉到刀尖已经远离了她，于是就立刻朝相反的方向奔跑，差点撞倒弗林。

“看来你需要个帮手。”在卖调料小贩的刺耳抗议声中，他这样说。他抓起她的手，把她从摊位前拽走。“快跑！跟我来。我之前逃跑过很多次。”

她不敢相信地盯着他。“你逃跑过？”

“相信我。”

希林知道自己没有其他选择。她开始跟着他跑，忽然又想起一件重要的事。

“我的公文包！”

“别管它了。”他说，用力地拉回她。

“绝对不行！”她甩掉弗林的手，冲回去找她的公文包，看到包还安全地留在那个调料摊外面的路上。她抓紧了公文包的把手，松了一口气，公文包并没有在混乱中被掉包。她绝对不会放弃这个公文包——还有它里面的东西。

“蠢婆娘！你本应该趁机逃走的！”

希林第一次看到想要绑架她的女匪徒。尽管这女子暴怒的脸被眼泪、鼻涕和调料糊得不那么清晰，希林也飞快地瞥了一眼她的外貌：这是个二十多岁的女人，身穿阿拉伯传统的黑长袍和头巾。浓黑的眼线和金鼻钉装饰着她的自然美。这个女人突然举起刀，猛地扑向希林。

我已经活得够久了……

身处战争地区的多年生活，磨炼出希林超快的反应能力，也教会她在紧急时刻如何保护自己。脑筋一转，她挥起公文包挡住了尖刀的攻击，然后用力地踢了一脚那女人的膝盖，让绑匪踉跄地后退了好几步，大声咒骂起来。

*这可是你挑起的头，*希林这么想道，*妖女。*

“哇哦，”重新出现在她身边的弗林不由得惊叹，“这倒是提醒我了，绝不能站到你的对立面。”

希林本想趁机再多打她几下，但是她知道，他们不能耽搁。回头看看北面，她发现那妖女的同伙正在逼近。他们脸上那种凶神恶煞般的表情很明确地表明：他们不会轻易放过她。

“我们得马上走，”希林警告弗林说，“她有很多同伙。”

“你是指朝我们过来的那群彪形大汉吗？”他说这话的时候，并没有回头，“我早就留意到他们了。”

他又抓起她的手，朝着市场南边的出口跑去。喧闹的行人阻碍着他们两个，以至于让希林觉得她好像是在剧烈暴风的天气里跳进幼发拉底河游泳。她另外一只没被弗林抓着的手紧紧握着公文包，担心在人潮的冲击中会遗失它。她现在唯一能做的，就是祈祷拥挤的人群同样也阻挡住后面追赶的匪徒们。

“抱歉！让路！”弗林交替用英语和阿拉伯语高声喊道。

就在他们几乎要跑到市场大街的尽头时，希林忽然看到前面的路上又多了四个大汉，同样凶神恶煞地拨开人群，朝着他们过来。其中一个人指着希林，对同伙高声喊道：“她在这儿！别让她再跑掉了！”

她和弗林突然就停住脚步，一时间引起行人们拥堵到一起。回头看去，她看到原来的那几个匪徒正紧追不舍。他们就离自己不到半个街区的距离，而且越来越近。逃走的希望愈加渺茫了。

“到底有多少匪徒在抓我们？”她大声问。

“最佳估计？”弗林回答说，“顶多，四十人。”

他不假思索的回答让她突然停住脚步，困惑地盯着。“啊？”

“就是这样，”接着，他详细讲解起来，“我猜四十个强盗不会全部出动。这帮强盗一定有小头目、密探、走私贩、会撬锁的小偷、杀手和其他类型的罪犯。说不定，其中的盗贼就有你们博物馆的男同事或是女同事。这样算下来，像这样的劫持任务就不会安排全部人马……”

她不敢相信他竟然喋喋不休、有模有样地详细分析起来——尤其还是在他们疯狂逃命的途中。对她而言，找到另外一个出口的希望已经破灭了。

到目前为止，混乱局面已经开始影响到他们周围的人群。很多商贩看上去忧心忡忡，完全不知道发生了什么，他们把货担紧紧地贴近自己，努力避开弗林和希林，至少是尽力避开拥挤的人群。警惕的商店老板关切地向外张望。当阴沉着脸的绑匪粗鲁地挤过商贩时，有些胆大的小贩扯开嗓子朝他们叫喊，表达不满。一个莽撞的年轻小伙正弯腰看炊具，没给那群强盗让路，结果他被猛推到一边，撞翻了货摊。铜锅和生铁厨具都“哗啦”散落到路上，让原本就嘈杂的市场更添了几许喧闹。

至少，他们没开枪，希林这么想道，难道是因为避免引来美国巡逻队和直升机?

但那群人一直紧紧跟着他们。希林从口袋里掏出了防狼喷雾，她还调到最强喷力，这样才能给那群绑匪好看。她和弗林明显势单力薄，装备不足。

“这些人把我们俩包围了，”她悄悄说，“他们肯定不会让我们逃走的。”

“也许不会，也许会。”弗林握紧了她的手，“跟着我。”

“等一下。你要干什么？”

弗林没有解释，而是把手扣在嘴前形成了扩音器的样子，然后用正宗的阿拉伯语喊了一个词：

“炸弹！”

顿时，市场里爆发了大混乱。受惊的小摊贩和行人都蜂拥着从弗林身边逃走，人浪朝着原本逼近他和希林的暴徒们涌过去。一时间，希林的担心从被绑架变成被踩踏，但很快，弗林松开她的手，抓住她的一只手腕，把她举起送到一个铜匠铺摊位的桌子后面，使她远离受惊乱窜的人群。当他紧随其后跳上桌子时，被踹掉到地上的铜铁炊具“叮当哗啦”地发出很大噪声。

“低下头。”当他们都躲到摊位后面时，他如此建议。显然，这个摊位是吓坏了的商贩遗留下来的。他们蜷缩在满地狼藉后面的小摊位下避难。“不过，随时准备跑起来，当我喊‘跑’，我们就得开跑。”

她又一次目瞪口呆地望着他，想要弄明白到底是怎么回事。

“你到底是种什么样的图书馆员？”

“就是比你想象的更频繁处理现在这种局面的图书馆员。”他把头探出一点，偷偷瞄向大街。焦虑不安的喊声和“砰砰”的脚步声渐行渐远，说明恐慌离开的人群越来越少。“市场上的人马上就会走光。我们不能在这里躲太久，我们指望不上你的‘朋友’和她的同伙能给我们足够多的时间。”

希林明白他的意思。她不想被困在只有绑匪的空荡荡市场里，那些人不达目的，绝不会罢休。“我家距离这里只有几个街区。”

“算了，别想了，”他一边摇头，一边说，“如果你家还没被他们监视的话，为了寻找到你，那是他们第一个会去的地方。同样，博物馆也回不去了。”

“那你住宿的酒店呢？”

她没有拜访陌生男子酒店房间的习惯，但就眼下的情况来看，她可以为此破例一次。她的生命，还有她的工作，都比她的清誉更重要。

“那里也不行，”弗林说，“他们也许已经监视了我的住处……或者很快就开始监视。”

希林不明白他所说的。“他们？”她重复了一遍，“‘他们’是谁？”

“大概是，‘四十大盗’。他们要抢阿拉丁的神灯。”

她吃惊得下巴都掉了下来。现今这种混乱的时候，所有可能的答案和解释中，这是她最没想到的。

“你肯定不是认真的吧。这简直是……疯狂。”

“在你看来，我像个疯子吗？”他问。“好好考虑一下，别脱口而出。”他移动身体，偷偷从摊位后面溜出来，“反正，这些事我们可以以后再讨论。现在，我们需要做的，是把你从‘四十大盗’手里救走。”

他指着路对面的一个小巷入口。“我猜，你不知道那条小巷通向哪里？”

“是，真的不知道。”大多数时候，她总是坐通勤车往返办公室和住处，她也没有自诩精通巴格达所有偏僻小巷和小路。似乎也没有任何人会知道全部巷子。“对不起。”

“我们必须试一试，”他说，“你准备好开跑了吗？”

她紧张地使劲儿咽了一口空气，然后确定手里还紧抓着公文包——她绝对不会让这个公文包再次脱离她的视线。“我觉得可以了。”

“很好，”他说，“跑！”

他们从摊位的躲避处跑出来，迅速穿过空无一人的街道，冲向静静等待他们的小巷。起初，她以为他们终于安全了，但就在那一刻，她又听到一声暴躁的女人叫喊："在那儿！追上他们！杀了那个男的，留着那个女的活口……如果你们能忍住的话！"

希林知道，这话听起来挺叫人泄气的。

他们跑进的小巷子十分狭窄，仅仅够他们两个紧挨着并排走。结果，走进去后，他们发现这条小巷里面通往无数没有标记的小路和巷子，好像进入了一个让人晕乎的迷宫。成堆的碎瓦砾散落在街道各个地方。流浪狗在垃圾堆上觅食，看到他们过来，吼了两声然后逃走了。希林隐约听到警笛声，还有军方黑鹰直升机的"呼呼"螺旋桨声音。

"也许，我们可以尝试联系一下安保军队。"

"最好不要，"弗林说，"说实话，我不喜欢向他们解释我为什么要在一座历史悠久的市场散布有炸弹的恐怖信号。而且，我们真的没有时间被当局关押，尤其是当我们想要在'四十大盗'之前找到神灯的时候。"

神灯，她想，阿拉丁神灯。

"请你告诉我，你的意思并不是我理解到的你刚才所说的那样，因为我真的不想把自己的性命寄托在一个疯子身上。"

"我能说什么呢？"他耸耸肩说，"如果你需要一点安慰的话，我可以告诉你，你并不是第一个这么认为我的女人……"

他们走进一条死胡同，只好沿原路返回，回到被松散的瓦砾堆积了半路的岔路口。叫喊声和沉重的脚步声在周遭迷宫般灰蒙蒙的小巷中回响，听上去好像这些绑匪就在每个路口附近等着他们。

弗林说这些四十绑匪都是什么人来着？

"分散开！"那个拿着刀的女人喊道，声音听起来不到一个街区远，"找到他们，把他们都送进地狱！"

弗林的目光扫过面前的几个小巷，很明显不知道该走那条路。希林明白他很为难。再选一条死胡同可能就意味着他们生命的终结。

“有什么建议吗？”他问。

“恐怕没有。很遗憾我们没有阿拉丁神灯给我们提供帮忙。”她说起俏皮话，想活跃一下气氛，“如果有的话，我们就可以许愿保证我们的安全了。”

“那可是无比、非常坏的主意，”他回复说，脸上是无比严肃的神情，“相信我。”

听到有人从左侧逼近，他们就往右边跑去。希林的心脏随着脚步“怦怦”跳动，此刻，他们正盲目地在另一条不知名字的小巷里奔跑。空中的太阳已经沉下天际，根据宵禁的要求，人们必须回到室内。她羡慕起这些有安全之所可回的人们。

我们不能一直这么跑下去……

突然间，弗林刹住脚步，因为太突然，他像根锚一样急急地拽住希林。她回过头去看发生了什么，发现他正惊呆地望着一间破旧的阴暗小书店，因为太小太旧，好像这间书店从哈里发时代[①] 就一直在那儿了。

“不会吧，”他自言自语，“这不会是……怎么会？”

随着他的目光，希林看到他聚精会神地盯着书店窗前一对金光闪闪的书挡板，造型是一对慵懒的狮子。

“什么？”她问，“怎么了？”

难道他们身后越来越大的脚步声是她的幻觉吗？她使劲儿

①哈里发，穆罕默德去世后伊斯兰阿拉伯政权元首的称谓，是伊斯兰政治、宗教领袖。哈里发时代，是指公元632—661年四任穆斯林公社选举产生的哈里发统治时期，是伊斯兰从阿拉伯半岛扩大到其他地区的时期，被公认为是古代阿拉伯的辉煌时期。——译者注

拉起他的胳膊，想让他继续跑起来。“快跑啊，弗林！他们追上来了！”

但弗林似乎有其他想法。

“我不知道你会怎么想，”他说，“但我忽然有种想看书的冲动。”

他没有做更多解释，就把她拉进书店里。她简直不敢相信：他这是完全疯了吧？但她却跟着他走了进去。

她还能做什么呢？

7

· 2006 ·

阿里巴巴宫殿是一座豪华的新赌场和度假酒店，正坐落于拉斯维加斯大道上。拉斯维加斯大道沿线尽是艳丽奢华，闪烁霓虹，真切地表现出世界其他地区所给予的“罪恶之城”之名号。阿里巴巴宫殿主体建筑的圆顶刷染成金色，同宣礼塔一起在阳光下闪闪发光，犹如苏丹[①]的宝藏，豪华的建筑下是赌场大厅，很明显，建筑的内外都设计成了《一千零一夜》主题。波斯绸编织的一条长地毯从人行道一直延伸进壮观的摩尔式拱门[②]，拱门下立有一名穿着米黄软皮上衣的门童，他戴着头巾，穿着敞口马甲，神气地挎着短弯刀，“守卫”着整个“宫殿”。真的骆驼和演员们打扮成贝都因人部落[③]，在两侧拥挤的人行道上堆起来的假沙丘中“艰辛地跋涉”。众多欢欣雀跃的游客前来

---

①苏丹，伊斯兰教历史上类似总督的官职，一种特殊统治者的称谓。苏丹一般宣称自己统治的地方对外有自治权，但不会宣称自己是哈里发。——译者注

②摩尔式，为伊斯兰建筑样式的一种，这种建筑样式多用马蹄形的拱门，内部拱门繁多，复杂奢华，墙面贴有亮丽釉彩的瓷砖和植物、花卉、几何等图案的装饰。——译者注

③贝都因人，阿拉伯人中的一支，以氏族为单位生活在沙漠中，多以游牧为生。——译者注

消遣，从赌场入口进进出出。当伊齐基尔和其他同伴穿过拱门时，他们几乎被其他游客淹没、冲散。

“如何？”他笑得嘴巴咧到耳根，“你们觉得怎么样。”

在这种环境下，他简直如鱼得水。易来之财，乐子，气派，完全不需要负责任……谁不是别无他求？

“你确定这是对的地方？”贝尔德问他，“赌城大街上可不缺豪华的赌场，更别提拉斯维加斯大道其他地方了。百丽宫堵场、神剑赌场、卢克索赌场等，有太多地方可以让邓菲去挥霍他的新财富了。”

“拜托！”伊齐基尔用一只手捂住胸口，好像哪怕她质疑一下都会让他伤心欲绝，“相信我，我知道所有大赌场的安全系统，就像我熟悉自己的手背一样。”他晃了晃手中特制的智能手机。“我可是花了十分钟追查了他们的数据库，然后才知道奥古斯塔斯·邓菲[①] 登记入住在阿里巴巴酒店的顶层豪华套房里的。”

“那也不意味着他不会在赌城大街巡游一圈啊，”斯通提出疑问，“说不定他会去别的热闹地方瞧瞧。”

“的确，”贝尔德说，“不过这里是我们现在所能找到的最佳地点了。做得好，琼斯。”

“你预计我不能一次性找到他？”他回应她的话，“你可是在和伊齐基尔·琼斯打交道哇。”

“谢谢你一直这么提醒我们。”斯通唐突地说。

伊齐基尔没有在意斯通的评价。为什么他要停止炫耀自己的了不起呢？谦虚从来是不属于他的美德。

他引领众人跟随人群进入阿里巴巴的宫殿里面。门内有个

①奥古斯斯·邓菲，是格斯·邓菲的全称。——译者注

可怜的小鬼穿着长绒毛的骆驼演出服装，他恭敬地欢迎着游客，摆好各种姿势让游客拍照。伊齐基尔不屑地朝那只假骆驼甩出一记白眼，然后领着其他人穿过宏伟的大厅，来到宽敞的赌博游戏区，这里有数不尽的赌博游戏，还有令人瞠目结舌的娱乐表演，都被人为打造成阿拉伯风格。老虎机、轮盘赌的转盘、玩 21 点的半圆赌桌遍布于异域风情的装饰中。撩人的鸡尾酒女郎打扮成苏丹娜[①]，全身披着薄纱，在拥挤的赌场里摇曳生姿地穿梭，为每个赌桌送去饮品。闪烁的灯光和响亮的铃声使得这里更加热闹，喧嚣和笑声几乎压过了用电子设备持续播放的中东风格背景音乐。装在画框里的海报告知众人每天两场“成人”肚皮舞的表演时间。

“哦，我的天哪，”斯通忿忿不平地嘟囔，“饶了我吧。”

贝尔德看了他一眼。“有什么不对劲吗？”

“所有东西都不对劲，”他抱怨道，“他们竟然管这里叫阿拉伯宫殿？看看这里：这边的风格和设计元素简直是大杂烩，杂糅了六百年间的中东地区所有伊斯兰的艺术、建筑风格。他们完全胡乱地把各种元素随机地攒到一起了，看这里，阿拉伯帝国第二王朝——倭马亚王朝的图案，细节装饰用的却是阿拔斯王朝末期的样式[②]。”他一面愤慨地说，一面指着拱门旁边刻着的一处方形旗帜。“看到这了没有，这些是 14 世纪波斯的藤蔓图饰，但是这上面交织的书法却是阿拉伯字体——准确地说，是古阿拉伯字母的花体写法，写的还是毫无意义的胡话。”他失

①苏丹娜，伊斯兰国家中苏丹的妻、女，泛指伊斯兰女眷之意。——译者注

②阿拉伯帝国，是中东地区中世纪时建立的伊斯兰帝国，历史上存留 626 年，历经四大哈里发时期、倭马亚王朝（公元 632—661 年）和阿拔斯王朝（公元 661—750 年），后两者是世袭王朝。——译者注

望得直摇头，“真是让人难以忍受。”

“放轻松嘛，兄弟，”伊齐基尔说，“这是个玩乐的场所，又不是博物馆。”

“是，是，”斯通烦躁地说，“但他们至少该用一点心，对于装饰和建筑应该更真实、可靠一点才行。难道雇用一位真正了解这些古典伊斯兰艺术和建筑的人，会让他们折寿吗？”

伊齐基尔“嘿嘿”一笑，没想到斯通会对赌场虚假的阿拉伯装饰如此小题大做。面对心爱的艺术和历史能如此严肃地废话连篇，伊齐基尔觉得斯通的样子莫名的好笑。“我觉得你有点偏离重点了，老兄。”

“我们可是图书馆员，”斯通坚持自己的想法，“我们就应该关注这类东西。”他回过头去看“三人小组”的第三个人——直到现在都很安静的卡桑德拉。“快来支持一下我的观点，卡西……卡西？”

他的声音中，关心渐渐取代了恼怒，因为他发现卡桑德拉被赌场区过于强烈的景象和声音惊吓到了，她死死盯着浮华、壮观的场面。她的眼神迷茫、空洞，脑袋在细长的脖子上左右摇晃。她的呼吸加快，直到后来甚至有些呼吸困难。

“图形。”她一边喘着粗气，一边自言自语，在周围的吵闹喧哗中，她的声音太过微弱，伊齐基尔需要使劲儿侧耳听才能听到。“图形，还有获胜概率。太多种概率……计算赔率，算牌，加倍还是放弃，下注。爱因斯坦说‘上帝不会掷骰子’，但量子力学却不同意这一观念。激进的老虎机以指数的方式积累起赌注金。轮盘赌的转盘一直在旋转；获胜的概率是 1:35，但是美国的轮盘有一个‘0’，欧式的轮盘却有两个‘0’。2 张同花色的牌，2 对同点数的牌，太多的赌博游戏，太多种赢的可能和输的概率……”

“哦，糟糕。”伊齐基尔发现了她的问题。“她现在处于短路模式。”

和大脑肿瘤一样，卡桑德拉还要承受联觉的痛苦，在联觉状态下，当一次性接触到太多的刺激物时，她的感知神经和神经元触突就会发生混乱。她看到数字像看见颜色，数学可以闻到味道，科学听起来像是耳边的音乐。神经线路相冲突产生听力和视力幻觉，让她的影像记忆发生打结般错乱。她会在她自己疾速的运算和思想流中迷失，这导致大脑产生连锁反应，让她处于一种类似大脑瘫痪的状态。这种事很久没发生了，伊齐基尔以为卡桑德拉已经可以完全控制这种状况了……不过，现在又这样了。

“这是感官刺激超负荷，”斯通断定，“这种浮华的氛围和赌博的喧闹太影响人了。她的大脑无法一下子处理全部景象。”

说得有道理，伊齐基尔心里想。赌场有意地维持一种超级热闹、让人失去判断力的场景，这样才能更好地让你同辛苦挣来的钱说再见。*难怪卡桑德拉会崩溃*。

“你能说服她冷静下来吗？”贝尔德急迫地问斯通，“你之前就帮忙解决过这个问题。”

“我尽量试试。”他轻轻扶住卡桑德拉的肩膀，把身体移到她跟前，这样就能挡住她看向赌博区的视线。“卡西？卡西？听我说。看着我，然后把所有其他东西都赶出脑外。你听见我说话了吗？”

她不停地眨眼，好像要尽全力集中精神听斯通说话，但是大脑有点停滞，阻碍她这样做。

“我也想，但是……”她摇摇晃晃地勉强站着。她的眼睛在眼窝中不停地打转，似乎在追逐数学魔法的演示。“百分比，获胜概率，赢和输……”

“别管这些，忘掉这些。你能做到的。我知道你能。”

伊齐基尔不确定这样能否奏效。他看到过卡桑德拉曾经如此崩溃过。如果斯通不能把她唤醒怎么办？

贝尔德也很着急。“也许，我们应该让她先离开这里，一会儿再让她回来？”

“不！”卡桑德拉脱口而出，“我可以的。你们不必特别照看我。我只是需要一点时间，好把我的思想重新规整到我的掌控下。”她闭上眼睛，深吸一口气。“集中……集中……集中注意力……剪贴簿，邓菲，附件馆后门，小教堂，拖车公园，再到这里……”

伊齐基尔双手扶住她。*加油啊，卡桑德拉。把其他东西都忘掉。*

结果可不是仅仅花了“一点时间”，但她终归是回到头脑清醒的状态。伴随着急促的呼吸，她瞪大了眼睛看向同伴，努力遗忘身后那让人眼花缭乱的喧闹场所。她看上去还有点恍惚，但已经比之前好多了。

“好了，”她虚弱地说，“我回来了。”

“你确定你没事了吗？”贝尔德问。

“我觉得可以了，”她回答，“真对不起。我没想到这里这么……让人难以承受。”

“你不必为此自责，”斯通说，“你绝不会是第一个迷失在拉斯维加斯里的人。”他对周围纷繁豪华的景象嗤之以鼻。“你知道他们怎么说的吗：阿里巴巴宫殿里发生的一切，都留在阿里巴巴宫殿吧。[①]”

“除非最后你的视频登上 You Tube 网站，”伊齐基尔试图活跃气氛，“我并不是说卡桑德拉没有魅力不值得一看哦。”

“我想，我应该说：那谢谢你了？”卡桑德拉说。

和往常一样，贝尔德想把他们的注意力再次集中到任务上。“这种混乱的场面，怎么才能找到邓菲，你们有什么想法吗？”

“我们可以在他的房间外蹲守，”斯通建议道，“等到他自己出现。”

伊齐基尔觉得这是最无法让人忍受的乏味建议了。在拉斯维加斯城中，他最不想做的就是在一间酒店走廊上蹲点守着了。那叫一个扫兴啊，尤其是当他有更好的主意时，他就更不喜欢斯通的死派方案。

“算了，别说了，”他愉快地说，“我知道在哪儿能找到他。”

“他在哪儿？”贝尔德问。

“不是在老虎机那儿，当然也不是任何其他拿小钱消遣的地方。他在这里实现了他的梦想，终于成了一个豪赌客。所以，他当然要去那些更阔绰的赌桌。高赌注，豪赌客，备受关注，成果可观。”

“那是什么？”斯通向他追问。

“跟我来。”伊齐基尔穿过赌场，完全不担心他们是否跟在身后。他轻快地大步迈过生机勃勃的热闹场地，尽情享受周遭的喧嚣。“我知道在哪儿能一定找到他……否则我就不是伊齐基

---

① “阿里巴巴宫殿里……”这句话仿自拉斯维加斯城的宣传语：“让在拉斯维加斯发生的一切，都留在拉斯维加斯吧。”（What happens in Vegas，stays in Vegas.）去赌城的人十赌九输，为了安慰游客，拉斯维加斯城如此宣传，大意是指：已经发生的事，就不必太在意了，不好的记忆就永远留在拉斯维加斯吧。——译者注

尔·琼斯了。”

* * *

事实证明，伊齐基尔的直觉是正确的。最后，他丝毫不差地把众人带到高风险赌博——骰宝游戏桌前，这里的吵闹声证明赌桌吸引了很多人的关注。从闹哄哄正欢呼的观众中挤过去，贝尔德看见邓菲正坐在桌前掷两颗骰子。她立刻就认出他，的确是新闻简报中照片里的人。邓菲现在的穿着更好了一点，发型也略作调整，看上去更顺眼了许多，但他周身仍散发着在赌场混迹太久的气息。那明显的人工日光浴晒后的古铜色肌肤暗示出：在实际生活中，他没怎么晒过太阳。他身上的时尚套装也已经有褶皱。他是个骨瘦如柴的家伙，顶着一头卷曲的红头发，双眼发直，下巴瘦削，如果不是他笑容满面的神情有几许生动，就和漫画里的人物一模一样。毫无疑问，他正在享受生命中最开心的时刻。

正如琼斯预料的那样，贝尔德心说。我得多信任他一点：好吧，他确实有两手。

一大堆筹码堆在邓菲面前的筹码槽里，不远处的告示明确要求——该赌桌最低下注额是令人望而生畏的25美元。更多的筹码堆到绿毡桌面的赌桌上，桌旁围了一圈人墙。兴奋的围观者在一旁催促他继续下注，一位穿着薄纱的女郎又递给他一杯免费的鸡尾酒。他大方地给了她一枚绿色筹码做小费，手里还不停地玩着一枚1分硬币——他另一只空闲的手里始终用手指翻来覆去地摆弄着那枚硬币。

“下注！下注！”看热闹的人群有节奏地喊起来。

邓菲咧嘴笑起来，尽情享受着备受瞩目的感觉。“管他呢？

只是钱而已嘛！”

他一只手拿起骰子，掷到桌上，骰子弹跳着落到赌桌最远的那边。观众和其他玩家都沮丧地发现：他掷出的是3点，输了。荷官[①]收走了他之前赢走的所有筹码，但邓菲耸耸肩表示毫不在乎。他下注更多筹码，毫不考虑地推出大面额筹码，然后又掷了一次骰子，结果是7点，赢了。荷官赔上筹码，周围爆发出欢呼声。

“很好，正合我意！”邓菲说。

他玩得大胆，赢了桌上所有的筹码，完全沉浸在众围观者的奉承和关注中。他迅速轻松地把之前输掉的筹码赢回来——而且还远不止于此。骰子一次次弹跳到桌子上。色彩鲜艳的筹码在摞起来之前被推出去下注，然后换回更多的筹码。

“大概，”斯通说，“看起来他连胜的好运依然存在。”

贝尔德却不愿过早下结论。“他也可能是偶尔走运碰上连胜。这种事有可能发生的。”

“不，不是这样的。”卡桑德拉皱起眉头说。她的眼睛抬起来，研究起只有她能看到的计算公式。“他不是每把都赢，但是从统计学来看，他获胜的概率仍然高到几乎不可能。至少我们可以这样说，这间屋内，获胜概率最高有1.4%，这就意味着他玩得越久，输得就越多。但现在，他玩得越久，胜算的概率却陡然增高。格斯不计后果地下注，每次投掷骰子都是在挑战胜算概率，但他每次都侥幸赢了，好像这些骰子有意帮助他一样。”

“我们看看他手里玩的那枚幸运币，”斯通说，“我敢打赌，

①荷官，又称庄荷，是指在赌场内负责发牌、杀（收回客人输掉的筹码）赔（赔彩）的工作人员，多为年轻漂亮的女性。一般一人负责一张赌桌上的游戏程序和筹码处置。——译者注

那就是我们要找的魔法幸运符。”

“也不一定，”伊齐基尔说，“可能单纯只是他的幸运符而已。很多赌棍都有这种玩意儿。”

“那我们为什么来这里？”斯通说，“承认吧，琼斯。魔法幸运符不是马蹄铁，你猜错了。”他摊开手掌：“愿赌服输，哥们儿。”

“别这么着急，老兄。只有我们证实了那枚硬币是魔法物，我才会认输。”

“那还能是什么？”斯通说，“认清现实吧。”

贝尔德打断他们。“我不想这么说，但我同意琼斯的观点。在按照假设行事之前，我们需要得到正式的官方裁定。”她从骰宝赌桌旁离开，“你们三个继续盯着邓菲，还有那枚硬币，我去咨询一下詹金斯。也许他可以给我们点指示。”

从赌博区狂热的喧闹中抽身出来，她找到一处（相对来说）安静的角落打电话。这里是一个紧挨着赌博区的室外小院，为贝尔德提供了片刻的安宁和独处空间，她拿起电话拨通了附件馆的号码。

“上校？”詹金斯立刻接起了电话，“我能帮你做点什么？”

她很快告知了他调查的进度。“所以，我们来对地方了？那真的有‘幸运币’这种能带来幸运的东西吗？”

“当然了。1 分钱硬币、银圆、达布隆金币[①]、古罗马的 1 便士硬币和银圆，更不要提幸运袜、幸运首饰和幸运内衣了。人类长期以来一直利用魔法来控制概率规则，甚至比我们发现火还要早，这带来的结果十分深远，又良莠不分。自从暗野魔法

①达布隆金币，是西班牙古时面值为 2 元的金币。——译者注

重现人间，这种幸运物出现并发挥作用的概率肯定增加不少。”

贝尔德暗自同意。曾经，在她的观念里，魔法大约只局限于某些稀有的遗迹和遗物上，在古代要比现代更盛行。但是后来，在残忍的秘密组织——“毒蛇兄弟会”的阴谋策划下，沉睡的地脉被唤醒，“暗野魔法”肆无忌惮地被释放到人世间，这导致魔法活动大肆活跃，图书馆员的工作量也随之激增。也许，邓菲的幸运硬币也是被释放涌入人类世界的魔法能量引发的？

“你直截了当地告诉我吧，”她说，“这有多严重？”

“哦，这要等我亲自检查完那枚硬币才能确定，”詹金斯说，“但如果没弄错的话，上校，干预命运女神的摆布会引发极其严重的后果，而且这种后果不仅仅是擅自尝试魔法遗物的鲁莽人无法承受的。我们整个现实世界是靠随机概率建立起来的，从最小的粒子层面到一颗小行星碰撞我们星球的概率，都包括其中。把随机性扔出窗外，可能会像雪崩一样，引发一系列不可思议的事情发生，影响远超邓菲先生目前的人生轨迹，甚至整个拉斯维加斯和周围地区都会受到灾难性影响。”

“这是最坏的预想，是吧？事情恶化到那种程度的概率又有多少呢？”

“你没听到我说的话吗？”詹金斯不赞同地说，“如果概率本身出现问题的话，你问的这种概率是多少已经不重要了。甚至，如果随机概率的平衡被打破，那最不可能发生的设想都可能变成必然。请相信我的话，上校，所谓的幸运就是一个女人，而且是一个两面三刀的荡妇，她会在你最想不到的时候，从背后捅你一刀，让你伤心欲绝。”

“呃，你是在打比方，对吧？”贝尔德问。

“你猜？”他不带任何感情色彩地回问道。

8

· 2016 ·

当邓菲又掷出一个 7 点时，卡桑德拉皱起了眉头。仅仅看着他一次又一次无视这种统计概率的约束，却总超出胜算的获胜，都让她头疼不已。这其中必定有魔法作祟；这是唯一能解释得通的理由。

“注意了，兄弟们。”在骰宝赌桌外，贝尔德重新回到团队中。赌桌这里仍然吸引着一大群围观者喧闹地叫喊。“我刚刚和詹金斯通过电话。我们需要先把那枚硬币拿到手，这样他才能核实硬币是不是我们要寻找的目标。”

“这个交给我了。”伊齐基尔说，自信地主导起当前局面，“我想，我们中有谁能提供一枚 1 美分的硬币吧？我从来都不带零钱。”

斯通从牛仔裤的口袋里掏出一枚 1 美分硬币。“你还需要什么其他的东西吗？”

“如果对你们来说不算勉强的话，”伊齐基尔承认道，“能来点让他分神的事情就更好了。”

斯通扫视了一圈赌场。“我可以挑起一阵骚动。”他按捺不住地提议。

“慢着，牛仔先生，”贝尔德说，“我知道你有多喜欢打架，但是我们这次还是忍住冲动。我可不希望在我们还没弄清楚任务目的之前，就把酒店的保安招来。”

“真是个扫兴的人。”斯通嘟囔。

“评价我的话，我还听过比这更难听的呢。”她转身问卡桑德拉，“你怎么样，我的红发姑娘？把这个赌场输破产的工作，能胜任吗？”

“我觉得可以，”卡桑德拉说，“但不是这张赌桌。这里的胜算并不是按照统计学概论出现的。”她揉捏着太阳穴。“真让我头晕。”

“说得在理，”贝尔德赞同地说，“那你自己选个赌博游戏吧。”

从骰宝游戏桌离开，卡桑德拉环顾整个赌博区。这里充斥着令人头昏眼花的噪声、灯光和赌博游戏，嘈杂的环境又让她难以招架，但她这次强迫自己集中精力到手头的工作上，摒弃掉所有让她分心的干扰项。随着她飞快的思绪跃动、变换，胜算和下一轮倾向在她的眼前闪过，如同在空中打转的发光魔符一样。她好像指挥着管弦乐队一样挥舞着双手，根据心里计算的结果操纵着幻觉中的符号和算式。假想的轮盘赌转盘在空中旋转。幻觉中，成堆筹码根据相应的概率和可变因数一会儿增加堆起，一会儿减少下降。联觉调动起她的所有感官，所以算式像耳中的旋律，数字闻起来像……甜甜圈？

“全凭运气的游戏，需要运气和技巧的游戏……一副扑克牌中有 52 张实牌，一个骰子有 6 个面，点数 7 有 6 种投掷方法，一张基诺彩票上有 80 个数字而每次开奖号码只有 20 个，两个 1

点叫‘蛇眼’，两个 6 点叫‘豹子’，转盘的获胜概率是 1/36。”她说得越来越快，几乎快喘不上来气，“‘百家乐’是法语中意大利文‘0’的发音，在美式的标准轮盘上有 0 到 36 个数字，一张 A 代表‘11’也代表‘1’……”

“卡桑德拉？”贝尔德问，“你没事吧？”

“我还好，”她回答，但明显是有点撒谎。为了让自己的大脑不超负荷运转，她会在分析下一种赌博游戏的时候，把算完的赌博游戏从眼前抹去。像基诺彩票和老虎机这类完全凭运气的赌博，很难以智取胜，扑克牌类游戏中有太多的故弄玄虚和肢体语言，解读起来堪比数学谜团；轮盘赌的转盘让她觉得头晕，百家乐的玩法太怪异了，但是……

“21 点。”她挥手清除掉眼前环绕的画面。“一个好的赌徒能把庄家的获胜概率降到 1% 以下。利用我大脑中的计算，我能做到更好……理论上来说。”

“对我来说已经够好的了，”贝尔德说，“玩起来吧，我的女孩。”

一张高赌注 21 点的赌桌就在被层层围观的骰宝赌桌不远处。卡桑德拉在赌桌旁边坐下，看到最低投注额后，她深吸一口气。假设的钱是一回事，但真正的钱又是另一回事了，尽管钱被换成了闪亮的塑料筹码。这让她想起，詹金斯从来不详细解释图书馆的财务是怎么周转的，也从不规定他们的最高花费额度是多少。

斯通从自动提款机那里获取一沓纸币出来。“你之前玩过这种赌博游戏吗？”

“现实中没玩过，但我认为我已经研究出一套游戏获胜的秘诀了。”

他鼻子哼出一声闷气。“你和这张桌子上的其他人都是这么想的。”

“但我不是其他人。”她提醒道。

“对，你不是。”他走到她身后，让她得以开始游戏，“去找点乐子吧，卡西。”

她坐在赌桌旁，拿出一百美元纸币兑换成筹码。这里用的是六副扑克牌，以免有心的赌徒会记牌，但这家赌场却没有考虑到卡桑德拉的特殊天赋，她能记住已经出的纸牌点数，还可以因此幻想出获胜概率。荷官和其他玩家都不知道，他们正在玩的赌桌上方，还有一台正在闪闪发光的幻想概率赌桌，幻想赌桌上根据每次发牌的点数即时更新数据，指引着卡桑德拉的动作。她最开始时只用最低额下注，以此来感受一下游戏，但很快，她就上手适应了，会根据手中的牌敢下更大的赌注。她口中能品出获胜概率的滋味，耳朵能听到胜算的歌唱。她仅有的那排低矮筹码开始以几何增长速度叠高，翻倍，三倍，四倍……

“好耶！”当荷官忙着给她递过去赢得的多倍筹码时，她脱口而出，“筹码，喂哦！”

让她惊讶的是，她发现自己竟然乐在其中。胜利的兴奋感舒缓了她的神经，让她的血管里冲进来一股肾上腺素。我也许会习惯这种感觉。

“万万小心啊，赌博王后。”贝尔德站在她身后，提醒她道，“别太忘乎所以了哦。”

这是个好建议，卡桑德拉现在明白为什么会有那么多人沉迷于赌博中不能自拔，即使他们不能像她一样总是获胜。从长期来看人们不能预测是否输赢，她能想象这种状况下游戏会带给人们不少兴奋感。

正如她所料，一连串的赢钱开始吸引更多人关注她这边的赌桌动静，让那些围在骰宝赌桌的人都侧目，被吸引过来。

“加油啊，红发美女！”一位旁观者为她打气，“继续玩吧！”

一位伊斯兰装扮的迷人女郎把一杯马爹尼酒塞到她手里。“宝贝儿，这是赌场请你的。”

“嗯，谢谢。”

自从上次魔法书把她变成白马王子之后，她很久都没有感受到这么受欢迎了。她很理智地明白：这是赌场要用酒精灌醉她，好削弱她的判断力，让他们有机会把之前输掉的钱赢回来，但她觉得抿一两口也无妨。

就像伊齐基尔之前说的，为什么不享受一下生命呢？

除了偶尔会输之外，她赢回来的筹码很快堆积起来，尤其是她开始双倍下注和追加赌注之后。“黑杰克！[①]”她一边把牌翻过来，一边喊着，她的牌是一张红方块Q和一张红桃A，刚好点数是21[②]。

这让我想起来我们遇到过的那位真正红方块皇后，她想道，说起来她真算是个多面的人……

“打扰了，女士。”一位身形像保镖的赌场保安挤过人群，来到卡桑德拉身边，“也许你该拿好你赢的钱，见好就收，回家休息吧。”

---

①21点赌博游戏，英文名为“Blackjack”直译是“黑杰克”，即牌的点数和为21。——译者注

② 21点的玩法，用一副扑克牌除去大小王的52张来计数，玩家要尽量让自己的牌点数接近21。其中，2至9牌按照牌面数计算点数，J、Q、K和10都算作10点，A牌既可算作1点也可算作11点，当停牌时，A的点数判别为按照最大而不爆的原则，例如A+9是20点，A+2+3总和是16点，A+3+A则是15点。——译者注

“我不，”卡桑德拉拒绝，“我很好，我不累。”

赌场保安示意荷官停手。他的声音里隐约带着一股强势。“我强烈建议你重新考虑一下，女士。你现在已经赢了不少了。不要把你的好运全糟蹋了。”

他一把夺走她手里还没喝完的马爹尼酒。

“嘿！”她抗议道，“我还没喝完呢？”

“哦，女士，你已经喝完了，”他态度坚决地回复，“好好想想我的建议，为什么不呢？”

卡桑德拉不知道该怎么回应他的蛮横。她后知后觉地意识到：赌场是故意要中断她接二连三的赢钱，但他们不能就这样把她从赌桌撵走吧，怎么可以这样呢？

“你想怎么样，伙计？”斯通赶来救场，挑衅地问那个保安，“让这位女士随她心意继续玩呗。”

“请别干预我的工作，先生，”那个保安说，“这是赌场和这位女士之间需要解决的事。”

“那如果我把它归类到我需要解决的事呢？”斯通站起身，在保安面前不妥协，“你有问题吗？阿里巴巴？”

贝尔德甩给他一记警告的眼色。“斯通……”

保安沉下脸。“不要逼我把你赶出去，先生。我可以明确地告诉你，赌场的管理者保留着强制任何可疑记牌玩家离开的权力。”

“记牌？”卡桑德拉不敢置信地尖声问起来，“在有六副扑克牌玩的游戏里记牌？你知不知道这听上去有多荒唐？如果你想听，我可以告诉你这其中的概率。六副扑克等于 312 张牌，这意味着有 24 张 A 牌，72 张花牌，每发一张牌都意味着有百分之一的机会给任何一个玩家，并且……”

“省省吧，”斯通朝保安说的这几个字几乎是吼出来的，这样就可以让更多人听到他们的争吵，“凭什么故意赶她走？让她接着玩。”他把这个问题甩包给围观的人。“你们是不是都希望她继续玩，对吧？那就让她留下来继续玩吧。”

人群和其他玩家都接过这个话茬，有节奏地反复喊起来。

“让她玩！让她玩！”

卡桑德拉会意地笑起来。这比她设想的效果还要好。

你不是想要点让人分神的东西吗，琼斯？

* * *

“嘿，那边发生了什么事？”邓菲问。他留意到 21 点赌桌的骚动，明显那边的围观群众比他骰宝赌桌上的观众还多。“大家都去哪儿了？”

伊齐基尔趁势穿过已经减少的人群轻松来到邓菲身后。“有个女孩玩 21 点玩嗨了，赢了一大笔钱。玩得那叫一个爽快。你也应该去看看。”

“真的吗？”邓菲好奇地应声。他手里还玩弄着那枚幸运币，站起身想要看得清楚点，他伸长脖子越过围观群众的脑袋，看向另一边的赌桌。“她很棒啊！”

“但其实，你不必自我否定，老兄，你也不赖啊。”伊齐基尔脸上闪过一抹不易觉察的胜利微笑。他伸出左手，即使他惯用手是右手。“和你握个手行吗？说不定我能沾上点你的幸运呢。”

“哦，我想，可以。”

邓菲的注意力仍然被几张赌桌外的喧闹吸引，为了和伊齐基尔握手，他把幸运币揣进外套的口袋里。他身边的小偷尽力去掩盖自己得意的笑容。

“请问，邓菲先生，”荷官问，“您还继续玩吗，先生？”

伊齐基尔搞不懂为什么赌场没有干预邓菲的连胜呢？也许是因为他一赢钱就把赢来的钱花到超贵的住宿和其他设施上？顶层豪华套房的价格可不便宜……

“等我一下，杰瑞。”邓菲说，很明显是在用荷官的名字直接称呼。他的注意力一半被自己下注的游戏套牢，一半被21点赌桌上的一举一动吸引走了，以至于完全没注意到伊齐基尔。“我和我的筹码就在这儿，哪儿都不去。”

“哇，你能指使得了荷官哪，老兄！”伊齐基尔一只胳膊拥住邓菲的肩膀，用手轻轻捶了一下后者的胸膛，“你在这真是豪赌客啊，所有人都看得出来。在这里，你说了算，我说得对吗？”

简直像从小婴儿手中拿走一块糖果这么简单，他默默地想。

“你说得太对了。”邓菲从口袋里取回硬币，然后另一只手掷出骰子，“你仔细看好喽！”

“不必看了，老兄。你显然掌控了这里的全局。”

伊齐基尔悄悄走回21点赌桌。此时，保安正坐立难安地面对着一小群围观者的抗议。歌谣般反复喊出的“让她玩！”说明：卡桑德拉已经赢得了一小批粉丝的支持。伊齐基尔对自己精彩的行动绝对自信，也就完全不在意别人成为焦点。他很高兴卡桑德拉的大脑没有再次短路。

他走近贝尔德，悄悄把那枚幸运币塞到她手中。

“你想要的硬币，”他说，“不，不要告诉我。你脑子里正在感激——好在我这个世界级的偷盗大师和你是一伙的。”

“还是个会读心术的家伙，”她敷衍地奉承，“好惊喜！”

“我就知道！”他咧嘴笑道，“有时候，我甚至都崇拜自己。”

贝尔德俯身对卡桑德拉耳语。“目标已达成。现在你可以撤了。”

“这么快？”她脸上露出一丝失望之色，“可我现在还赢呢。”

“赢得赌博游戏不是重点，”贝尔德提醒她，“那枚硬币我们已经拿到手了。这才是重要的事。”

卡桑德拉叹了口气。“我知道，我知道。”她给了荷官一笔慷慨的小费，然后收好战利品，离开赌桌。随着她的一连串动作，围观的人群发出沮丧的叹息声。“感谢大家的支持，但是，我再三考虑了一下，也许我需要一点休息，给其他人一个赢的机会嘛。”

被围困的保安看上去深感宽慰。

“你想要我帮你拿着这些筹码吗，卡桑德拉？”

伊齐基尔自告奋勇。

“谢谢，但是不需要，”她回复，“我觉得我会为这些赢来的钱找个好归宿的，也许是一次有意义的慈善捐助，也许捐给癌症研究项目。”

“慈善？”伊齐基尔眼睛盯着她可观的筹码良久，“你知道你的主意简直让我郁闷死吗？”

“那真抱歉，”她说，“我想了想，还是觉得不应该留着这笔钱。”

伊齐基尔摇摇头。“有时候，我真是搞不懂你们这些人哪……”

“相处久了，你会搞懂的。”贝尔德说。

在庭院里一棵茂密的棕榈树下，整个团队重新集合。“那么，”贝尔德说，“需要有人回附件馆把这枚硬币送给詹金斯查看。”

“我可以回去，”卡桑德拉主动说，“说实话，我可以趁机远离赌场，让大脑好好休息一下。”

“我没意见，”贝尔德说，“与此同时，我们剩下的人大概要继续盯着邓菲，以防万一这件事还没解决。”

“我可不同意你的这个建议啊，”伊齐基尔说，“我已经做完我该做的。既然我们把他的幸运符偷到手了，你和斯通就继续看守邓菲吧。至于我嘛，在拉斯维加斯这儿，我能找到更适合我的娱乐活动。”

“比方说呢？”斯通问。

“我不知道。或许赌两把，或许去参加狂欢派对，也或许无伤大雅地小小行窃一两遭，”伊齐基尔随意地说，“可以说，这是对我宝贵服务的犒赏吧。如果需要我，你知道怎么能找到我的。”

“好吧，”带着一丝不通人情的愤怒，贝尔德说，“你可以退场休息了。我肯定没有你的时候，我们也能完成任务。请你务必，表现得像个图书馆员一点。”

伊齐基尔把她的忍让看作允许他为所欲为的绿灯。他的笑容更灿烂了。

如果不消遣片刻，那来到拉斯维加斯又有什么意义？

9

· 2006 ·

弗林狠劲掐了自己一下，确定自己不是在做梦。

除非是他的记忆欺骗了他，否则他们面前的这家书店和他“梦中”的那家小书店一模一样：都同样在窗前摆着两只金色小狮子。这不可能是巧合。

会是巧合吗？

也没有其他更好的办法，他拽着希林走进书店。店内弥漫着全世界书店都有的那股陈旧、包罗万象的气息，让弗林恍惚有一种他乡即故乡的错觉。沿着墙竖列着一排排已经被压得凹陷的书架，上面装满了从卷角的平装书到皮革包边的精装书等各式书籍。狭小的书店正中，摆放着一张快要散架的木桌子，上面堆着更多的书。很多稀有书被放在书店后面的玻璃展示柜里，一位上了年纪的老妇人坐在那边的柜台前，看年纪，她足有八旬了。书店里没有几个人，只有三五个书店常客在书架前随意翻阅着。当他们两个满头大汗、神色慌乱地匆匆闯进书店时，书架前看书的人们都投过来谨慎的怀疑目光，之后，他们又转回头继续看这家书店的珍品藏书。

“有什么能为你效劳的？”书店老板问。

尽管她的年龄很大，但她的眼睛似乎非常敏锐，有洞察力。一缕银发从棉质的头巾下面探出来。她瘦削的肩膀上裹着一件披巾。一副老花镜由链子悬挂在她脖颈间。她仔细地上下打量一番进屋的这两人。弗林确信，她审视得不漏一丝细节。

“我们就随便看看。”在极力想表现得很随意时，他仍然留意着窗外大街上的动静。如果是平日，他当然无比喜欢徜徉在一间凉爽的古老书店，但当有一群匪徒追着要杀你的时候就另当别论了。他假装在书架前浏览，脑子里满是这间书店是否会有密室或者后门之类的想法，这样的话，万一发生紧急情况，他们还有逃生的可能。“我们没在找什么特别的书……等一下，这真的是 1909 年《欧玛尔 · 海亚姆全集》[①] 的译本吗？”他兴奋地翻开那本书抚摸着书页，完全忘了书店还有其他书的存在。“真是啊，还有波加尼[②] 绘的插画呢！”

这不是第一次，希林看他就像看到个疯子。“这很好，”她急促地说，声音很勉强，“但现在，你能不能稍稍克制一下你爱书的癖好？我们似乎没有……机会……现在……”

“胡说，”书店老板驳斥她，“怎么会没有时间欣赏一本好书？”她朝弗林点点头，脸上满是理解，接着她从柜台下面拿出一本精装书。“这本精装版《仲夏夜之梦》你会感兴趣吗？”她的嘴角挂上扬扬得意的笑容，“如果我们小仙有什么冒犯……[③]”

①欧玛尔 · 海亚姆（公元 1048—1131 年），是古代波斯湾地区著名的诗人、数学家、天文学家和哲学家，著有《鲁拜集》《代数学》等。——译者注

②波加尼，全名：威利 · 安德鲁 · 波加尼（William Andrew Pogany），是匈牙利著名的插画大师，擅长为神话和寓言故事配画。——译者注

③此处采用的是梁实秋先生所译的《莎士比亚全集》中戏剧《仲夏夜之梦》的译文。——译者注

“……只想到这一点，便毫无遗憾，”弗林脱口而出，把书中的原话接着说完。在弗林第一天成为图书馆员的时候，贾德森也曾用这段话来测试他。他惊奇地盯着老妇人，满腹狐疑，立刻手足无措地不知该说什么。“你是……怎么会……？”

“所有人，请离开！”她抬高嗓门儿喊道，“因为宵禁，我们要关门了。”她从柜台后面走出来，轻声把其他顾客赶到门口。“感谢你们的惠顾。请明天再来。”

希林迟疑地走过去，想要和其他人一样离开，看上去，她明显不情愿再走出门去，因为四十大盗也许还在街上寻找他们。“好吧。我们这就走……”

“别着急。你们两个就待在那儿别动。”匆匆把最后一位顾客赶走后，她锁上门，拉下古老的芦苇窗帘挡住前窗，遮上以后从外面就看不到屋内的情况了。“好啦，这样就差不多了。”她自言自语，然后转身面向这两个一头雾水的访客，“好啦，既然现在我们可以更秘密地讲话了，不介意告诉我到底是谁在追你们吧？”

弗林仍然被所发生的意料之外的转折惊呆着。他终于能理解希林所能感受到的那种完全理解不了的困惑。“我不明白。你怎么知道的？”

“拜托。”书店老板轻声笑起来，很明显对弗林的反应感到好笑，“你以为在过去六十年间，你是唯一一位穿越巴格达的图书馆员吗？别逗我笑了好吗？这里可是文明的摇篮，是古老美索不达米亚平原的中心啊。苏美尔[①]、阿卡德[②]、巴比伦[③]、亚述[④]……伊拉克的历史就是人类的历史啊。这里有很多珍贵文化遗产，比你们纽约图书馆里保管的古书和遗物都要早呢……你可以告诉贾德森，这话是我说的。”

弗林不可置信地眨了眨眼睛。“抱歉打断您。那您是谁？”

“我是莉拉·哈姆扎，乐意为你效劳。”她的嗓音沙哑，但声音洪亮，“看我现在的样子你可能想象不到，我年轻时也是个冒险家呢，而且我敢说，我还是个相当不赖的考古学家。我甚至亲身参与过尼尼微[⑤]探险——那次有四十三人，结局很悲惨。正是那次探险的时候，我和你们那位著名的前辈不期而遇。”一股伤感使她沙哑的嗓音柔软了几分。“我们一起度过了一段美好的时光。等有机会，我可以给你讲讲我们的故事，有些还是少儿不宜的……”

她的声音渐渐弱了下来，眼神渐渐怅惘，好像她掉进自己的记忆世界中。弗林开始回想图书馆中的名人堂画像。20 世纪 40 年代的图书馆员是谁来着？

“所以，你知道图书馆，”他说，“也知道图书馆员。”

“一辈子难忘。”她说着，思绪回到现实中，“在我们一起经

①苏美尔，约公元前 4000– 前 2000 年两河流域（幼发拉底河和底格里斯河）早期的定居民族。苏美尔文明是美索不达米亚文明中最早，也是目前全世界已知最早产生的文明。——译者注

②阿卡德，公元前 2334– 前 2193 年两河流域的城邦王国，早于巴比伦王朝。——译者注

③巴比伦，公元前 3500– 前 1729 年两河流域的王国，是四大文明古国之一。——译者注

④亚述，约公元前 9 世纪 – 前 6 世纪两河流域北部的游牧民族，穷兵黩武，英勇好战，后组成国家，是拥有典型军国主义倾向的文明。——译者注

⑤尼尼微，西亚古城，早期、中期亚述民族的都城，最早由古代胡里特人建造，意为“上帝面前最伟大的城市”。《圣经》中出现的名城。但在很长时期内，尼尼微城遗址消失在历史尘雾中，直到 1842 年考古探险家发现该城。——译者注

历伊什塔尔神庙[1]……好吧，可以说，即使我忘了自己的名字，也不会忘记他。而现在，你又出现在我面前，另一位有特殊任务的图书馆员，我就是这么猜到的。”她咯咯笑起来。“巴格达有这么多家书店，你偏偏闯进我这里。这难道不是上天有意而为吗？”

弗林并不相信这只是幸运产生的偶然相遇。贾德森总是很谨慎地在他需要帮助的时候“托梦”给他。

注意，这并不是说弗林心里在抱怨。

“是啊，”他说，“想想看，是很难得的巧遇呢。”

“你可以放心地把这里当作安全的藏身之所，”莉拉说，“如果你需要的话。”

“多谢你，”弗林说，“碰巧我们两个需要找个地方缓口气，重振旗鼓。你应该知道，追我们的人是非常厉害的坏人，接纳我俩可能会给你带来危险。”

“我是一个生活在现今炮火纷飞中巴格达的 87 岁老太太。”她耸耸肩，“这是我唯一能帮你们的……哪怕是看在过去的情分上。”

弗林当然清楚她的年纪足够成熟到自己做决定，而且说实话，他和希林此刻确实急需帮助。“好吧，没错。请别觉得我们不感激你的款待哦。我甚至都没敢奢望今晚能在爆炸完的废墟上睡一觉。”

我甚至都没有信心设想我们能逃过四十大盗的围追堵截，他想。

---

①伊什塔尔，亚述宗教中象征爱情、生育和战争的女神，名字的意思是“星辰”。神话中，伊什塔尔下阴间去寻找丈夫，人世间失去爱神，世界才会经历万物凋敝、草木衰枯。——译者注

“我的房间在书店楼上，”莉拉说，“可能房间不如图书馆那么安全，但又有什么地方能比得上图书馆呢？”她把那本《仲夏夜之梦》放回原处。“我还能为你做点什么吗？”

在他们交谈时，希林始终处于疑惑不解的沉默中，这时她开口了。

“呃，谁能告诉我究竟是怎么一回事吗……如果不太麻烦的话。”

* * *

“阿拉丁神灯？四十大盗？”希林翻了一记白眼，“你不会真的指望我能相信这种故事书里的胡话吧。”

弗林叹了一口气，已经预料到她会是这种反应。在书店二楼莉拉舒适的公寓里，他和希林坐在厨房餐桌旁，一起喝茶。头顶的吊扇没能缓解多少高温。莉拉还在时刻盯着大街。他不能指责希林今时今日的怀疑态度。他想起几年前在摩洛哥，他和埃米莉·达文波特也进行过类似的对话，直到她亲眼看到魔法不仅仅存在于古老神话和童话故事里时，她才会相信他，那是在他们分道扬镳之前的事了。

“话说回来，你可是巴格达档案馆的馆长，”他指出，“还是一位《一千零一夜》的专家。”

“所以呢？”她回敬道，“《一千零一夜》的确是文学经典，有着中东、印度历史和民间的深远根基。但这并不意味着我相信它里面的内容就是真的，就如同你不会相信牙仙子和圣诞老人的存在一样。”

“哎，你提到这个很有意思哦。其实，事实上真的有……”

“不！我不想听你讲的故事。”希林用双手堵住耳朵，“这太疯狂了！”

“市场上的那群绑匪可不这么认为，”弗林说，“他们因为足够相信这些‘疯狂’的事，所以敢动真格的劫持你，之前还敢抢劫了博物馆——还杀害了你的那位保安同事。”

这些话让她停顿住，但只有片刻。“好吧。你简直是个疯子，但你别指望我也像你一样那么深信不疑。阿拉丁，阿里巴巴……这些只是故事而已。古老的神话，很经典的故事，但仍然是凭想象力虚构的。”

他有点怀疑她是不是有点抗议过头了。

“所以，你从来不相信这些故事？一点都不信？”

她没有马上回答他，而是把目光投向了眼前杯中阴暗深邃的茶水上。因为此刻他们不用奔跑逃命，他就又情不自禁地欣赏起她的魅力。*小心*，他在心中提醒自己。之前，他曾把爱情和工作混为一谈过，结果爱情总是无疾而终。他不应该为了再心碎一次而急于一时。*别忘了之前的教训，埃米莉、妮可……*

希林不仅很迷人，还很聪明，智谋不凡。

换句话说，正是和他同一类型的人。

“很有趣的是，”最终，她开口说话，“在我很小的时候，我妈妈曾经告诉我，我们是山鲁佐德的直系后代，就是那位为苏丹讲了《一千零一夜》故事的女主人公。当然，这只是睡前故事中一个有关家族血脉的传说罢了，但这个故事帮助激发了我对古文的兴趣，尤其是对《一千零一夜》的兴趣。”

“你看，”弗林紧接着说，“也许你脑中的另一部分已经相信……或者说很愿意相信我说的话。”

“但这太傻了，”她坚称，“这可是现实世界，是个有检查站点和宵禁的世界。这里已经容不下任何奇幻的想象了。为什么会有人因为一本古老民间故事书中的一盏灯和灯中精灵而绑架我呢？”

“大概是因为他们需要你的帮助来翻译那本书，”弗林猜测，“毕竟，你是这方面的专家，还是第一位发现那本书的人。”

“这么说来，真该庆幸他们没有拿走我的公文包。”她低头查看了一眼，确定公文包就在脚边的地板上。“如果他们真正要的东西，是那书的翻译文本的话。”

弗林想起来，她冒着生命危险从市场取回公文包。她没有让公文包再从眼前消失过一秒。

“公文包里有什么无比重要的东西？”他问。

“当然，我的翻译笔记。谢天谢地，在博物馆遭抢劫的那天我把笔记拿回了家。这是目前为止我唯一的工作成果。”

“你还有一份翻译笔记？”弗林的心因为兴奋怦怦直跳，“你之前从来没提起过！”

“只是一部分翻译，”她讲明，“自从博物馆遭劫后，我就更加小心甄别说话的对象，例如某个刚下美国飞机的陌生人。”她可爱的面容上不知不觉笼罩上一层内疚。“我还是怨恨自己没有谨慎对待之前发现的珍贵古书。”

弗林很能理解她，明白她的整个世界都被打乱了。

“我很遗憾你被拖进这种乱七八糟的疯狂事情，”他说，“但我真的需要你的帮助——你的笔记的帮助，在那些坏蛋之前找到神灯。你不必和我一起去。只需要给我指引一个正确的方向就可以。”

“去找阿拉丁神灯？”

“没错。这件事，相信我，比你想的要严重得多。”

希林把头伏在桌上。“这只是一场疯狂的梦，对吧？我现在随时可以醒来吗？”

“恐怕不是，”弗林说，“但是，如果能给你点安慰的话，说实话，就在不久前，我也一直这么期望呢。”

10

· 2006 ·

马尔贾娜的眼睛仍然被辣得灼痛，罪魁祸首是那个在市场上朝她脸扬过来姜黄粉的可恶美国人。回到红区的老巢后，她费了不少时间擦洗掉脸上的污渍，冲洗眼睛，即使洗完，她的心情也没怎么变好。她不知道哪种东西更让她感到刺痛，是眼睛，还是她任务失败没有抓住希林 · 马斯里。

“和我说说那个爱管闲事的美国人。”她的头领说。

四十大盗的大首领坐在桌子后面，听着她汇报自己是如何搞砸任务的。整间屋子，只有一座台灯在桌上亮着，这让他得以待在他喜欢的阴影中。作为他的副手——二首领马尔贾娜是为数不多的可以看见他不戴面纱真容的人之一。房间门口两侧有带枪的卫兵保证他们不受干扰。

“他自称是弗林 · 卡森，”她回忆道，“来自纽约大都会图书馆。”

“一个图书管理员？”大头领身子前倾，面容被灯光照亮。眉间的一道皱纹破坏了他出众的外貌。他的眉毛深深皱起。“或者可能是，图书馆员？”

“也许是。”马尔贾娜自责自己为何没有考虑到这层因素。她熟知四十大盗悠久、曲折的历史，当然也了解他们和总是打着“做好事”旗号的图书馆员经历过的多次交锋，她理解为什么大首领如此在意他。“他的行事风格和我之前见过的图书馆员不太一样。”

“我明白了，”他说，“这就把问题弄得更麻烦了。保守起见，我认为，我们以后行动要时刻谨记我们已有竞争对手，要和他展开竞赛。这样一来，我们务必尽快翻译出这本书，找到神灯藏匿地点的线索。”

被盗走的《一千零一夜》就放在他面前的桌子上。他的手指轻轻翻动书页，将书打开至阿拉丁的故事。一张手绘插图描绘着巨大的灯神居高临下地耸现在阿拉丁头上，阿拉丁手里紧握着宝贝神灯，仰着头，惊异地看向被释放的巨人精灵。马尔贾娜完全看不懂这脆弱古纸上的古波斯文。她知道这本书让他们盗贼中最好的翻译家也感到为难。

“那马斯里博士呢？”他问。

“最后看到她时，她和那个图书馆员在一起，从市场逃走了。”

马尔贾娜不想提及，当时一股火气冲上脑袋的她差点想用刀子捅死那个不合作的馆长。我还记得那个狡猾的臭婆娘是如何打我的，她心想，等有一天，等我们利用完她以后，我一定要把这笔账算回来……

“在他们莫名其妙地从你和你手下逃走之前？”

“是的。”

这句承认仿佛含了满口胆汁，但她无法美化这种事实。希林·马斯里消失得无影无踪，至少，现在是。

“我不得不说，我很失望，”大头领说，他靠回身后豪华的椅子中。“我原来以为，四十大盗——这支被历史淹没变得寂寂无闻的队伍在我重组之后，会变得所向披靡，势不可当，但现在，我怀疑我只是在浪费时间而已。”

他的话像鞭子一样抽打在她心上，但她并没有表露出来。

“这次只是暂时的挫折，”她许诺说，“我们在巴格达有无数眼线和探子，还在那个女人常去的地方派人蹲点守着。她和卡森不可能躲过我们太久。”

“我希望你说得对，”他说，“我们本有机会最终完全恢复四十大盗过去的光荣，获取终极权力。如果不再遇到麻烦和曲折，而且你能成功找到马斯里博士的话，事实会证明：她在我们手上有着无穷的价值。”

“我们会抓到她的，”马尔贾娜说，“那个图书馆员呢？”

“我会继续调查弗林·卡森这个人，看看能否确认我们的怀疑。与此同时，你们不要再低估他了。”他“砰”的一声用力合上了《一千零一夜》，力道之大让马尔贾娜吓了一跳。“无论如何，我们绝不允许图书馆再插手让我们得不到神灯。你明白我说的话吗，四十大盗二首领？”

“明白，阁下。”

除了姜黄粉之仇，失败的耻辱也该算到卡森身上。这回，她有笔账要和他，还有那个讨人厌的馆长，好好算一算。而且，如果他真是图书馆员的话……哼，那会让她的最终复仇更解气。

* * *

“有件事，我一直想问你，”希林说，“你怎么会在紧要关头‘恰好’在市场出现呢？可别告诉我那只是巧遇而已。”

“不是，”弗林回答说，“我那天回到博物馆，想要在你离开之前找到你，但就在那时，我看见有些可疑的人在你回家的路上尾随你。所以，我就跟着他们尾随在你身后，避免被他们发现，直到你处于明显的危险境地，我才现身。”

倒是合情合理，她心里想。事实上，这大概是弗林所说过的最符合常理的话了。她把自己的人身安全寄托在一个明显是疯子的人身上……真伤脑筋。*也许他只是因为沾染上这些古老故事才变得疯癫？*

她翻译到一半的《一千零一夜》译稿被铺在莉拉·哈姆扎厨房餐桌上，她和弗林仔细研究起这些笔记……寻找阿拉丁神灯放在何处的线索。整件事对她来说仍旧十分荒谬，但她不得不承认，比起和手持刀械的匪徒竞赛跑步，能够再次做起真正的研究工作，她感觉非常好。钻研古代文献是她擅长又热爱的工作。

“关于阿拉丁故事有一件怪事，”她说，“在现存最早期的《一千零一夜》各种版本中，并没有这个故事。它是在17世纪早期由一位法语翻译家添上去的故事，他声称是在大马士革的一位说书人那里听来的。”

“是后添上去的，还是补录修复的？”弗林问。

“后者，很显然。因为我发现的那本18世纪古书中有很多细节证明，‘《阿拉丁和神灯》’的故事肯定在山鲁佐德最早编选而成的故事集中，即使它出于某种原因从这本书中消失了几个世纪。”

又一次，她因为丢失了宝贵文献而心痛不已。没有这本原书作证据，她无法证实方才所说的结论。她只会被其他人认为是个想法古怪的疯子，甚至更糟。

“很有趣，”弗林说，“但这本书有没有说最后那盏神灯怎么样了吗？”

“其实没说。”她翻开阿拉丁故事那几页，同时努力回忆起原书中波斯语是如何描述的。“故事的结局是，阿拉丁打败了敌人后，拥有着灯神给予的财富和成功，从此他幸福地生活着。这里完全没有那盏灯后来怎么样的描写。”她收起面前摊开的笔记纸页，“恐怕我们进了一个死胡同，弗林。即使神灯的故事是真的（虽然我不太想承认这点），这一故事的古老版本也无法帮助你找到它。”

这就意味着，她心里暗暗想，我被一群杀手为一个不成立的理由跟踪。

“我们先别放弃。”弗林从桌前起身，在狭小的厨房里焦躁不安地来回踱步，紧张的氛围让希林都打不起精神看着他走。他之前就摘掉了头上的头巾，此刻紧张地挠起脑袋。“也许，我们遗漏了什么。”

“我不这么认为，”希林说，“我已经看了阿拉丁神灯的故事好几遍。这里面什么线索都没有。”

弗林的眼睛一亮。“也许是我们犯了错。或许我们太专注于盯着某一局部而没看见更大的全貌。”他能感受到大脑中的车轮在转向，“如果我们去俯瞰整个森林而不是盯着几棵树呢？”

“你这是何意？”她有些疑惑地问。

“当有疑问产生，要先找到第一手资料。这是学术研究可靠性的基本原则之一，对吗？”

“完全同意，”她承认，“但这和我们正在做的有什么……”

“你说过，你发现的那本《一千零一夜》并不是最早的原书，只是目前已知的最早版本，”他打断希林的话，“如果我们需要做的，是找到有关如何寻找第一本古书的线索呢？就是那本山鲁佐德亲自写的……说不定那本书会给我们指明如何找到神灯？”

“但是‘山鲁佐德’——或者古波斯语中的‘Shirazad’，只是神话中的人物啊，”希林提出疑问，“是一个讲了许多一环套一环著名故事的虚构人物而已。”

“这也是我过去对《鹅妈妈童谣》[①]的看法，”弗林说，“直到我发现这些文学作品的内容确有其事。”他把头朝散落在桌子上的纸页一扬，问道：“被盗的那本古书是怎么写山鲁佐德的结局呢……还有那些故事怎么编辑成书的？”

希林回忆起在开始翻译之前，她查找的某部分内容和他说的有关。尽管她不信，好奇心却被这个问题激起，她翻开笔记的最后面。

“根据这里的记录，”她说，“山鲁佐德在给苏丹讲了一千零一夜故事后，就和苏丹幸福地生活在一起。不过她最后活到年纪很大才去世，她亲手完成的《一千零一夜》和她一同被埋进与世隔绝的墓穴中。后来的各种版本，都是由其他人代写的，这其中包括她最小的妹妹丹雅佐德所写的，丹雅佐德写下这些故事，是为了将它们流传给后世子孙。”

“对，就是它！”弗林兴奋地喊了起来，“如果我能找到最早那本《一千零一夜》，也许它会告诉我那盏神灯后来发生的事。”

“告诉我们，”她纠正道，“你认为你能把我抛到九霄云外吗？”

① 《鹅妈妈童谣》，1791 年出版，目前已知世界最早的儿歌集，收录了欧洲许多国家的故事改编的儿歌。后来，《鹅妈妈童谣》被不断扩展、改编。该儿歌集中收录了许多传唱至今的儿歌，例如《玛丽有只小羊羔》《十个小黑人》等。其中，许多描写了残酷、黑暗情节的儿歌，都改编自真实事件。——译者注

“但我以为，你根本就不相信这类事情呢？”

“我是不信，我不信的是那些神灯、神灯精灵之类的。但是如果能够证明山鲁佐德是历史中真实存在过的人物，并且还能找到最原始版本的《一千零一夜》，我怎么会让这种机会溜走呢？这绝对是惊人的、具有颠覆性意义的发现……完全可以弥补博物馆遗失那本古籍的损失。”

希林还在为《一千零一夜》古书的被盗而自责，但如果能发掘一本更早的版本，甚至就是最初的那本古籍，绝对能将自己所经历的一切疯狂转化为值得。那将会是划时代的发现。

“你确定吗？”弗林问，“不是说我不感激你的帮助，只是……有致命的危险，别忘了？”

“我已经处于危险之中了，”她提醒他，“如果和继续被盗贼、匪徒跟踪相比，我更愿意放手一试……还有什么比找到山鲁佐德遗失的墓穴更吸引我的事情吗？这样的发现值得我用生命冒险。”

有一两秒钟，她的思绪跳回到很多年前，她妈妈在睡觉前会给她讲故事，讲山鲁佐德——也就是她们认定的祖先，会在每天凌晨太阳升起之前，聪明地向嗜杀成性的苏丹讲述起一连串故事，然后无一例外都是以另一惊险故事的开头为结束，好让本打算杀死她的苏丹每天早上都留她一命，以此来让她多活一天。就这样，苏丹为了知道故事后面发生了什么，就不断地让她多活一天，她如此一个又一个故事讲下来，足足讲了一千零一夜，终于，苏丹爱上了山鲁佐德，并和她共度余生。即使那时还是个小孩子，希林也无比敬佩山鲁佐德的勇气、创造力和想象力；身为传奇女子后代的可能性十分渺茫，却也让两个她都激动不已——一个是作为历史学家和学者的希林，另一个是过去沉浸在母亲的故事中那个小女孩希林。

“好吧，”弗林说，“相信我，我理解你的感受。”他把她的思绪牵引回桌上的笔记上。“那么，你的翻译笔记里有没有提供山鲁佐德埋葬在何处的线索？”

“让我找一下看看。”

当她翻回笔记，她内心的激动却黯淡下去，因为这里面几乎没有什么有价值的信息。

“没什么发现，”她说，“和我们要寻找的方位最接近的线索，应该是在故事结尾那一段关于山鲁佐德墓的描写。‘那是一个乘坐魔毯距智慧宫东北 284 里、距传说中智慧之王——所罗门[①] 的宝藏 2719 里的地方。’这些话完全没什么用，因为没人会知道所罗门的宝藏所在地，甚至人们都无法确定有宝藏这种东西。”

弗林脸上乐开了花。“那只是你的想法。”

“等一下，”希林说，“你现在一定是在和我开玩笑吧。你别真的告诉我，你知道所罗门的宝藏藏在哪儿？”

“呃，确切来说，我知道宝藏过去藏在哪里，”他回复道，“上次我看到它们的时候，它们保存得不太好。”没有在意她惊愕的表情，他继续一边思索，一边说：“让我们算一算，古代阿拉伯的距离单位一里大约等于现在的 1.2 英里，所以这座墓穴应该是距离所罗门王宝藏——顺便说一句，宝藏藏在蒙巴萨[②] 城

①所罗门，公元前 970 至前 931 年任以色列联合国的国王，被誉为“犹太民族历史上最伟大的君主”，也是世界上最传奇的君主之一。他智慧出众，为本国创造出无与伦比的财富。寓言故事中，所罗门王在统治期间积累了惊天财富，这些黄金和其他珍贵物品都被锁在一座圣殿里，成为后世苦苦找寻的宝藏。——译者注

②蒙巴萨城，肯尼亚的一座港口城市，非洲东海岸最大的港口，港口最初是 11 世纪阿拉伯人修建，现为东非著名古城之一。——译者注

外——东北方向大约3300英里的地方，这样算下来，山鲁佐德墓在伊朗北部的山区，过去那里也确实是波斯帝国的疆土。我们还知道智慧宫曾经的所在地，所以，现在我们只需要在这两个地点按照相应直线距离分别画条线，然后看看两条线的交点在哪里。”他的声音里充满了兴奋：“我需要一张地图！”

他兴冲冲地跑出厨房，来到第一层书店的楼梯口，莉拉·哈姆扎正站在这里为他们望风。

“打扰一下，哈姆扎女士？”他高声喊道，“你手边应该会有一张世界地图的，对吗？”

“别出声！”她立刻提醒。这位上了年纪的书店老板扒开前窗的窗帘向外张望了片刻。“有人来了。快躲起来。”

希林和弗林马上从一楼撤退到二楼。“带好你的笔记，”他低语，“赶快。”

听到他催促，她的心跳加速，慌忙地把散落的笔记塞回公文包。与此同时，弗林从架子上拿出一本菜谱，胡乱地扯下几页。希林迷惑地瞅他一眼。

“你在干什么……”

“只是准备个预防措施，”他说，“一旦有什么问题，我们就跑。”

没过多久，楼下的前门传来一阵狠劲的敲门声。“开门！”门外厉声喊道，“让我们进去！”

“滚开！”莉拉隔着门冲着门外的人喊，“我们关门了！”

“我们有证据证明你窝藏了一个美国间谍，”门外的声音不放弃，“快开门！”

“你弄错了，”莉拉说，“这里只有我和满屋子书。离我这个从来不惹麻烦的老太太远点，你们这些混账！”

“哗啦啦！”一声玻璃破碎，紧接着，无疑是那些匪徒砸碎前门冲进书店的声音。莉拉尖叫着抗议。

“你们不可以这样！你们没有权利！我向上帝发誓，这里没有别人只有……”

她的声音被突然打断，好像有把刀刺入她心脏或者是有绳索勒住了她的脖子。砰的一闷声传来，声音像是一具软绵无力的身躯砸到地面上。希林赶紧用手捂住嘴，以免发出惊愕的喘息。她心里明白刚才听到的是什么，就算她心里有多么难以接受。莉拉·哈姆扎已经死去。

这一切发生得这么快，她心里想着。刚刚前一分钟她还活着，一转眼……

“把这里彻底搜一遍！”这一太过熟悉的女性声音不耐烦地命令道，“找到那个叫马斯里的女人！”

希林当然记得这个声音。是那个没有说姓名的几个小时前还用刀抵在她肋下的女匪徒。

“我们必须走了，”弗林紧张地说。他脸上沉痛的表情无意中流露出他对莉拉牺牲的悲痛。带着菜谱里的几页废纸，他又从厨房的餐桌上抓起两只茶杯，把它们塞进外套口袋。“快点，到外面。”

和巴格达其他的房子一样，这座房屋的后面是一处内院。他们匆忙跑到能俯瞰院子的小阳台。希林朝下望了一眼，看上去挺高。“我们要怎么下去？”她小声地问。

“我们不下去。”弗林把手合起，示意她踩上去，“上去……到楼顶去！”

屋内楼梯那边传来急促的脚步声。门被猛劲踹开。她深吸一口气，把公文包扔到房顶，然后又使劲儿攀爬上去。她手伸过去，想要拽弗林一把。

“稍等一下。”他冲到阳台边，从那里扬起扯下来的纸张。紧接着，他又把急忙抓到手的茶杯使劲儿摔出去。茶杯撞在院子中的铺砖地面上，摔得粉碎。

“你们听！”一个匪徒高喊。“他们从后面跑了！”

就在一群匪徒撞开门冲到阳台的几秒钟之前，在希林的帮助下，弗林爬上满是尘土的平房顶。匪徒们跑到阳台边，向下看到了后院。“看！他们掉了一些文件！快找到他们！”

希林屏住呼吸，生怕弄出一点声响，她和弗林紧贴着房顶趴着，此时，同一片屋顶下的匪徒们正在彻底搜寻他们两个。更多人奔到小院中，检查小院各个通向别处的出口和门。受到惊扰的邻居砰地关上窗户，关掉电灯。一个绑匪捡起散落的纸张，在昏暗的光线中眯起眼睛看着；当他发现那些所谓掉落的文件不过是菜谱和烹饪指南时，他无比失望。

市场上那个女绑匪穿着一身连帽的黑斗篷，大步走到阳台。她把兜帽往后一挑，露出她的黑色短发和刘海。她鼻子上戴着金色鼻环，在月光下闪闪发光。

“嗯？”她质询，“他们在哪儿？”

“我们还在找，二首领，”其中一个她的手下有些怯懦地回答，“不过，他们可能已经又逃走了。”

“蠢货！”她抬手就打了那手下一巴掌，“我们的眼线告诉我们在哪里能找到他们，那么清楚。你们怎么会又让他们逃跑了？你简直是我们四十大盗辉煌传统上的耻辱，你们所有人都是耻辱！”

四十大盗？听到此处，希林瞪大了眼睛。就是……四十大盗故事中的四十大盗？

也许弗林没有他之前听上去的那么疯狂。

过去的岁月中，在直升机和迫击炮弹从天而降之前，巴格达的居民习惯在房顶上睡觉，这样可以避暑，但那需要先给房顶清扫一下才行。莉拉的房顶积满厚厚一层灰尘，这些灰屑钻进希林的鼻孔，惹得她鼻子发痒。令她恐慌的是，她感觉到马上要打喷嚏。她尽可能地轻轻呼吸，努力地憋住不打喷嚏，但她越是努力不打，想打喷嚏的感觉就越是强烈。

我忍不住啦，她心想。*我要打喷嚏了。*

弗林伸出手，捏紧了她的鼻子。他一边用手捂住自己的鼻子，一边摇头。他摇头是为了提醒她：现下这种危急时刻必须保持静止不动。

好像她不知道这点似的！

他们两人藏在楼顶，窃听着屋内凶残匪徒的一举一动，仿佛过了几个小时，但其实，只有短短几分钟时间。远处警笛呼啸而起，还伴随着黑鹰直升机飞过来的呼呼声。希林猜测，一定是莉拉的某位邻居报了警。

那个挨打的手下紧张地四下张望。“我们必须撤了，二首领。我们这样太引人注意了。”

她愤怒地瞟他一眼，但没有争论。“告诉下面的人，继续搜查后面的每个巷子和垃圾堆，直到找到他们！我们需要那个女人大脑里的东西。等着用完，我一定要敲碎她的脑壳，把她脑子涂到泥土里！”

她转悠了片刻后，满脸厌恶地从阳台离开，身后的手下也都跟着她走了。希林听到他们迈下楼梯的脚步声，朝着大街走去，此时院子里的打手们也都离开了院子。没多一会儿，这些杀手就消失在黑暗的夜色中。

“等一会儿，”弗林悄声说，“直到我们知道他们完全走了的。我们先数 100 个数。”他略微调整了一下动作后，继续等着。“保守起见，我们还是数 500 个数吧……”

“好的，”希林赞同，才敢正常呼吸。她完全赞同等那个神秘女人和她同伙走得更远一点再活动，尤其是她听到了关于要敲碎她脑壳这种言论。“但我们接下来要怎么办？”

“看情况了，”弗林说，“从这里怎么去伊朗最好？”

11

· 2016 ·

“贝尔德？伊芙 · 贝尔德？”

令她惊讶的是，居然有人喊她的全名。那声音听起来很熟悉，但她又找不到说话的是谁，直到她转身，看到一张亲切的脸正在努力挤过人群来到她面前。就算他真的站在面前，她依然难以置信。

“克里格？”

马克 · 克里格少校是她多年未见的军旅老友。他坚韧的外貌和超短的发型对她来说太熟悉了，他们一同在海外执行过很多次任务——好几次是死里逃生。他几乎和她一样高，亚麻金色头发被剪成板寸，方下巴强健刚劲、棱角分明，他是名职业军人，尽管在这种环境中他没穿军装只穿的便服，也能从他的气质中表现出来。他穿着利落平整的棕色运动外套和卡其裤，一副休闲状态的着装。他的左胳膊由急救绷带绑着悬在胸前，这也许正是他此刻没有在国外值勤的原因。他们最后一次一起工作时，胳膊还好好的。

“真是你本人啊，”他笑着说，“从来没想到我能在拉斯维加斯的赌场里遇见你呢。”

“没错，我也是。”贝尔德也冲着他笑，“上次我听说你的消息，你还驻扎在阿富汗。”

“在我最后一次执勤的时候，遇到点麻烦，”他一边说，一边晃晃受伤的手臂。“我觉得拉斯维加斯应该是个疗养的好去处，尽管还得再一次来到沙漠里。”他说完这句讽刺之后，咯咯笑起来，“你怎么样？有传言说你从特种部队退出了，为一个……图书馆工作？”

对于她工作生涯变动被热传，贝尔德一点都不惊讶。她能想象到昔日的同僚听到这个消息时都会大跌眼镜。

“这个，说来话长了。”她说。

“而我很愿意听你慢慢说。”克里格凑到她跟前，“现在你在执行什么任务吗？”

“不算是啦，”她说。邓菲坐在骰宝赌桌旁纹丝不动，而他们还在等詹金斯对那枚偷到手硬币的鉴定结果。她自然不能向克里格解释说，她正在监视一个涉嫌滥用魔法的人。“我就是来感受一下这里的气氛。”

“听起来不是你的作风，”克里格说，“你给我的印象从来就不是个赌徒。你总是更喜欢制订详实的计划，为各种可能发生的状况做充足的准备。本来我以为会看见你正做侦察之类的准备工作呢。”

你不知道而已，她心里想，眼睛还不忘盯着邓菲。“好吧，你说得都对，真是抓到我的弱点了。”

“那你想到酒吧喝一杯吗？”他问，“叙叙旧？”

“我当然乐意。”她言语间满是真诚。她和克里格一同出生入死，相互救过对方性命，还不止一次，像那次他们的车队在基尔库克[1] 城外……“但是……”

“但是什么？”他追问道，“你在这儿有同伴吗？”

她瞟了一眼斯通，后者耸耸肩，冲她点点头。这里有我呢，他的肢体语言大意如此。

“只是一些……图书馆同事……工作中的，”她说道，“不过我想，在和其他人汇合之前，我还有点空闲时间。”她重新考虑了一下克里格的邀请。“当然可以去喝一杯，为什么不呢？不过第一杯你请客哦。”

“我原本也是这么想的。”他抬起受伤的胳膊，想让她挽着，但是有悬带挡着，根本插不进手。他绕着她转了一个圈，好让她可以挽着另一只胳膊。“抱歉。我还没习惯这玩意儿。该死的悬带严重影响了我的优雅形象。”

“你是在和我开玩笑呢吧？”她揶揄道，“我们两个都清楚，你根本就没什么优雅形象可影响的好吧。”

留下斯通一个人密切注意邓菲，她同克里格一起走到赌场的其中一间酒吧，这个中档小酒吧的名字非常贴切——“绿洲”。尽管这里随处可见虚假的阿拉伯装饰，但酒吧里提供了美国的诸多好啤酒，有几种刚好来自波特兰。他们坐到卡座间里。一块点阵屏将他们和外面隔开。

“敬过去的时光，”克里格举起酒杯说，“还有美好的未来。”

贝尔德举起酒杯和他碰杯。“敬过去的时光，还有共患难的老战友。”

“对了，说到你现在的工作，”他说，“像你这样过去曾经追捕恐怖分子、对付大规模杀伤性武器的拔尖军人，怎么想的会

①基尔库克，伊拉克东北部著名的石油工业城市。——译者注

去给一家图书馆做保安？”

“确切来说，是纽约大都会图书馆波特兰附件馆。”她无法向他讲述全部真相，但她已经想好怎么应答这个问题了，“我能说什么呢？我过去很想改变一下自己，而图书馆有很多无价宝物，需要有人好好保护，谁知道他们怎么保护呢。”

“我知道这种工作你能做得很好，”克里格说，“但你难道不怀念过去那种超刺激的工作吗？”

有关木乃伊、龙等的记忆忽然涌进她的大脑，她俏皮地一笑。

“相信我，这份工作比它听上去要刺激得多……”

* * *

“靠，这他妈……”

虽然过了很久，但邓菲终于意识到他的幸运硬币不知怎的被掉包了。他掏起口袋，把里面的东西都倒在赌桌边上，还是没有找到，于是，他疑惑地皱起眉头。他眯起眼仔细看了一眼他的零钱，多了几枚硬币，但没有伊齐基尔偷走的那枚。“究竟到哪儿去了？”

在去附件馆的路上，斯通心说。他谨慎地保持着一定距离监视邓菲。从那里，很快我们就会得到对这枚硬币的裁决。

“有什么问题吗，先生？”荷官问道。

“是啊……哦不……我的意思是，我不觉得有什么问题。”邓菲耸耸肩，坐回赌桌旁的椅子中，“只要骰子还能转，就什么问题都没有。”

有意思，斯通心里想。他似乎并没有因为丢失了所谓的幸运币而紧张。

这位图书馆员发现：即使用的是假幸运币，邓菲还在继续赢钱，这导致斯通心中的疑虑就更多了。难道是那枚魔法硬币有余留影响，还是有其他什么东西在帮他赢钱呢？当斯通正要打电话给图书馆和詹金斯讨论这个问题时，邓菲掷出的点数最后输了，输掉了之前赢的一大笔钱。

等一下，难道那枚硬币的影响在逐渐消失？

很快，他又输了一局，但他似乎并不介意，好像满怀信心最后还要把钱赢回来一样。他喝完另一杯鸡尾酒，把桌面上剩余的筹码揣进口袋，然后，他把骰子递给左边的下一位玩家。

“我得去解手，”他一边说着，一边让出自己的位子，“一会儿见，杰瑞。”

“我相信会的，”荷官说，“放松点，别在意，邓菲先生。”

斯通看到邓菲从赌桌那里站起身走开，不由得皱起眉。一旦邓菲开始移动，那斯通想密切留意这个出奇幸运的赌徒就变得棘手了。但斯通觉得可以简单地跟在他后面就行，尤其是这个人只是想上趟洗手间。如果是贝尔德盯梢，她就不可能尾随到洗手间了，而且现在只有图书馆才会知道伊齐基尔跑到哪里去了。

大概是正在偷什么值钱的东西吧，斯通心里猜道。或者只是想翘班不干活而已。

离开赌博区，邓菲朝着赌场人流更密集的地方往卫生间走，卫生间位于一侧走廊不显眼的地方。斯通来到近前，看到门上的标志不禁心里又抱怨一下，门上面的人像竟用劣质的包头巾和面纱来表达阿拉伯男女之别。当邓菲钻进画着“苏丹”像的小门时，他站在走廊上，于门外静候。斯通觉得，他不必太近距离跟踪邓菲。

还是有必要？

在他思虑间，两位身形魁梧的客人跟随邓菲也进入卫生间，同时，第三个男人站到卫生间门口，看上去像是在望风。那人穿着黑色的蛇皮夹克，身材魁梧如牛，头上戴着一顶劣质假发。他阴沉的表情和赌场娱乐喧闹的氛围格格不入。看到一位穿着席琳·迪翁[1] T恤、梳着马尾的普通游客在接近卫生间时被撵走，斯通内心的不安进一步加剧。

“出故障了，伙计，”假发男低声吼道，“走开。”

这可不是有内急的游客乐意听的。游客坐立不安地朝卫生间张望，却没看到任何告知故障的标志。“呃，你是赌场的工作人员吗？因为你看上去和其他工作人员的穿着有点不一样……”

“你聋了吗，小子？”假发男又凶神恶煞地朝那个游客吼了一声，“快走开。”

那个游客害怕地倒吸一口粗气，明白了其中含义。

“没，没问题，我这就走。”他向男卫生间的门投过去一记茫然又渴望的眼神，“嗯，或许，你能否告诉我这里其他最近的卫生间怎么走啊？”

“我看起来像咨询台吗？快滚。”

那位游客赶紧离开这是非之地。

真是明智之举，斯通想。不论这些家伙想对邓菲怎么样，很显然他们不想有人打扰，这意味着这个赌徒的好运也给他自己招惹来横祸。斯通暗中观察着看守在门口的那个壮汉。假发男看上去很像其中一个在拖车公园里找邓菲的那伙中东人，那么，到底是什么人也在追踪邓菲呢？

---

①席琳·迪翁，加拿大歌手，曾唱过电影《美女与野兽》和《泰坦尼克号》的主题曲。——译者注

只有一种方法能找到答案。

斯通随意地接近卫生间，尽量表现得毫无攻击性。

“走开，”假发男开口，“去别的卫生间。”

“你是认真的吗，哥们儿？”斯通假装成很着急的样子。“因为我真的很急，如果你知道我是什么意思的话。”

“这不是我的问题。滚开。”

这家伙的蛮横态度让紧接着发生的事更合情合理了。“感谢你什么都没帮上，”斯通嘟囔一句，“像这样一个高端的场所，你会自然而然地希望他们对待顾客更……”

话未说完，斯通一记右勾拳招呼上那个假发男的下巴，把他打倒在地。假发男的假发掉落到一旁。

“睡个够吧，”斯通一边揉着指关节，一边说。没管晕倒在走廊上的打手，斯通溜进男卫生间，这是赌场里少有的几个没安装监控摄像头的地方——或者说人们是这么认为的。卫生间冲水的声音刚好盖住了他进来的脚步声，所以他得空能看清当前的状况——和他料想的一样危急。

在一个厕所隔间里，邓菲脸朝着老式的旋涡马桶被人压住。他身后的施虐者是位健壮的彪形大汉，光头上有一个黑 8 球[①]的文身。在残疾人宽敞的专用隔间里，这位大汉正用手按住邓菲的脑袋，旁边站着一个身形稍显娇小、没有动手的同伙。斯通猜测那个不想亲自动手的矮个子家伙，是整个行动的计划者，说不定是其他人的头目。他头戴宽边呢子高顶帽，系着波洛领带[②]。当马桶里的水流干净，那个大块头施暴者猛拽起邓菲的头

①黑 8 球，是美国黑八桌球比赛中决定胜负的一球，是黑色的。——译者注

②波洛领带，是一种美国风格的扣链挂饰，使用金属装饰扣固定住的绳状领带，带有典型的美国西部牛仔风格。——译者注

发把他的头提起来，小个子男人开始向邓菲咆哮，手还摆弄着一堆筹码，八成是直接从邓菲口袋里抢来的。

“你以为你能骗过我，红头发的蠢货？哼，你这是自食恶果。”

邓菲结结巴巴地说：“我发誓，鲁迪，这只是个误会。我没有骗任何人！”

“你明明知道自己说的是胡话。没人能那么幸运！”

斯通身后的门忽然“咣”的一声关上，让他们发现了进来的斯通。看到新进来的人，鲁迪看上去既疑惑又愤怒，不过愤怒远远多于疑惑。他露出好像觉察到有什么不对劲的表情。“见鬼，你是怎么进来的？”

“呃，从门进来的？”斯通一脸无辜地说，“我是不是打扰到你们了？”

“没你的事，乡巴佬。如果你足够聪明，就该转过身，赶紧滚出去。”

“随便啦。我可不想惹麻烦。”斯通身上艾奥瓦州乡村男孩风格的着装将他掩饰得很好。他朝着临近的一个厕所隔间走去。“我只是想解个手，完事儿就会离开。”

那个大个子光头男暂时放下邓菲，挡住斯通的去路。“小子，你没听见刚才的话吗？你现在马上滚开，立刻！”

“你是怎么回事？”斯通假装成疑惑不解的神情，“你门外的同伴说没问题的啊。”

“他是这么说的？”8号球文身男真的很困惑。他越过斯通看向门口，毫无疑问，他在怀疑斯通是怎么通过门口同伴监视的。“他这么告诉你的？”

这正是斯通需要的机会。他的格斗技巧可比夜店里爱打架的混混出色多了，他紧抓起光头男的衣领，一腿扫空施虐者的下肢，把这个家伙摔进了斜对面的一个空隔间。8号球文身男重重摔开了金属门，屁股狠狠地撞上马桶。那隔间的门被撞得弹回到原位。

“你没事吧，哥们儿？”斯通问，“我觉得你滑了一跤，摔得不轻吧。”

8号球文身男气得面容铁青，站起身，冲向斯通。“你会后悔的，你个……”

斯通狠踢了一脚弹簧门，门上的球形把手“哐”一声撞到光头男的脸上，让他还没来得及从隔间出来，就又被撞得磕到马桶上。他跌坐在马桶上，这一次重击，将他击晕了。

8号球，角袋落球，一击而中，斯通在心里欢呼。还剩一个了。

“你这个死乡巴佬！”鲁迪把手伸进口袋，可以确定是在掏枪。但斯通猛地冲向鲁迪，一下子把他撞倒，让他的胸口瞬间压住胳膊。鲁迪的后脑勺被重重摔到壁挂式干手机上，把干手机按开了。热风从机器口“呼呼”地吹出来，斯通趁机扭过鲁迪的手腕，猛地一拖，后者手中的史密斯·威森手枪松开，掉落。斯通卸下枪膛里的子弹，如同贝尔德一样熟练。他把没有子弹的手枪撇到一旁的小便池里，手枪撞到瓷釉面上，发出“咔哒”的清脆响声。鲁迪被推搡撞到墙后跌落到地面，跌落后坐下的姿势正像仿制阿拉伯瓷砖上面的图案。他朝斯通啐了一口，完全不顾他的牛仔帽歪到脑袋一边的狼狈形象。

“你倒大霉了，混蛋！你根本不知道你惹怒的是谁！”

“你也一样。”斯通把子弹装进口袋，只是为了防止子弹再落入坏人手中，然后，他把鲁迪的帽子狠劲地往下拉，盖住耳朵。“你一定不会相信，这可不是我第一次在男卫生间打架？我真应该好好审视一下我的人生抉择。”

残疾人专用位上的邓菲目瞪口呆。“你是谁……为什么……？”

“稍后再聊，哥们儿。”斯通拎着他的衣领，把他拽起来，“我们找个比这里更好的地方再聊吧。”

邓菲点点头，脸上不出意外地仍然是震惊神情。斯通推着他穿过卫生间的门来到走廊，那里正有一群老者正指着四仰八叉的假发男议论纷纷。其中一个人小心地用她的脚尖碰碰躺在地上的人，后者随之发出一声呻吟。

“啧啧，看看他？”斯通摇着头说，“有的人啊，就是把持不住手里的酒杯啊。”

他明白，赌场安保人员来这里只是时间问题，所以他赶紧拉着邓菲离开了赌场，来到室外路边。很奇怪的是，从斯通以往经验来说，当地警察很少追究图书馆员破坏治安的责任，让贝尔德交保释金保他从警察局出来，从来不在他的计划内。

“谢谢你，伙计！”邓菲说，“我欠你个人情，大人情！”

水滴从他湿透的红色头发滴落到肩膀。斯通很高兴在危急关头成功把这个滥用魔法的嫌疑人救了出来，防止事态恶化到无法挽回。除了他可能借助魔法在赌博中超出胜算，斯通认为他没有丝毫恐怖的地方。外表最具欺骗性，尤其是涉及魔法的时候，但邓菲没有任何利用魔法实施恶毒计划的感觉。比起毒蛇兄弟会这类邪恶组织，他看上去似乎更适合赌博者互诫协会。

又一次，完全没有邪恶念头的外行，胡乱操作了一种他并不真正理解的力量，这样的事可能比真正的暗黑魔法师或神话生物更具危害性。就像不久前那个好心的大学生，无意间打开了另一世界的门，招致她的校园被一只饥饿的多触角怪物猛烈袭击……

“我们最好待在公共场所。”斯通领邓菲走向一座空无一人的公交站，让他坐到长凳上。然后，斯通仔细打量一遍邓菲，在心里评估了一下两人所处的情势。“你没事儿吧，哥们儿？”

“我想，还好吧。就是有一点害怕，你能猜到。”邓菲用手抹了一下额头，想要捋顺他头上倔强的头发，“你能出手相救，不胜感激，我一定要好好报答你。”

“很高兴为你效劳，”斯通说，“刚才是怎么回事？”

“一群输钱的苦命鬼，就是这样。我昨晚在高赌注扑克牌赌桌上把鲁迪的钱全都赢走了。他不太能接受这样的结果，怀疑我出老千骗了他。”邓菲耸耸肩说，“大概他是怀恨在心吧。”

这听上去可不像是和洗劫房车的那群人一伙的，斯通心想。转念一想，像邓菲这样刚刚获得大奖的人，很显然会吸引不止一伙坏人的注意。“有些人就是接受不了失败，那他们可是来错了地方。”

“你说的简直是真理。”邓菲伸出手说，“顺便说一下，我是格斯·邓菲。”

“杰克·斯通[①]。”他和斯通握了握手，“很高兴我能为你扮演起见义勇为的角色。我猜，任何得了大奖的人都需要更加小心才是，得多留意身后的动静。”

邓菲紧张地四下望望，即使路过他们身边的人群完全没有留意他们两人。“是啊，你说得很对。”他的肚子“咕噜”一声抗议起来，“我说，杰克，我知道市中心有一家非常棒的牛排店。你愿意和我一起去，顺便保护我的安全吗？当然了，我请客。”

---

①杰克（Jake）·斯通是雅各布·斯通（Jacob Stone）的简称。——译者注

斯通认真地考虑了一下他的提议。和格斯做朋友不在原计划中，但也许可以利用这层身份继续工作？毕竟，他需要紧紧盯着邓菲。

“这主意我很乐意。不过，让我先和我的女老大汇报一下。”他几步走至公交站外，拨通了贝尔德的电话，“抱歉打断你和老朋友的重逢聚会，但我们这边有点新情况。”

他简明扼要地把刚才发生的事件告诉她，包括在卫生间里打架和他没料到的晚餐邀请。

“看上去，我暂时要做一阵子邓菲的贴身保镖了。”

“跟踪他可能会有很多麻烦，”贝尔德在电话的另一端说，“你需要支援吗？我这边可以很快结束，然后和你汇合。”

“不用。我们就是要去吃牛排。我觉得不会有什么棘手的麻烦。”

说实话，一块上好的肋眼牛排听上去相当诱人。

“那好吧。你要多加小心，保持警觉。别忘了邓菲以前邻居所说的那些放高利贷的打手、前妻之类的人。很多人都想从他的财富里分得一杯羹，包括很多输得惨的赌徒……或是更糟的人群。”

“我会注意的，”斯通说，“我会随时和你保持联系。”

挂断电话，他重新走到邓菲身边。邓菲看到他回到身边，看上去明显放松了很多。

“你女朋友没意见吧？”

“你猜对了，”斯通说，“那么，你刚才说什么牛排来着？”

12

· 2016 ·

“你猜是正面还是背面？”

詹金斯轻轻抛起那枚偷来的硬币。

“背面，”卡桑德拉说，心里却完全不信这是检验硬币是否有魔法的最科学方法。硬币掉落在附件馆的会议桌上，正面朝上。“这算是赢还是输？”

“对你来说是输，”詹金斯说，“但大概可以说是我的幸运？”他再次轻抛起硬币，这次是背面朝上。“恕我直言，到现在为止，我没发现这枚硬币有什么特别的地方。”

卡桑德拉也这么想。她用一台手持式魔法扫描仪（一台长得像电动打蛋器的两端突出部分带有旋转银球的机器）仔细检查过这枚硬币。如果机器检测到任何不寻常电磁能量，它的显示盘会发光，但这次，机器没有显示出任何异常，没有向传统魔法和新异魔法任何一边偏离。她根据自己设定的标准再次校准了机器，好检测硬币内是否有可能有某种神秘力量造成的量子波动异常，但这次仍以失败告终。

“我知道你的意思，”她说，“我现在并不是在检测它有什么超自然的量子流。我只是在检测它的成分，它完全是按照铸造标准制成的硬币。97.5% 的锌和 2.5% 的铜……准确来说，是镀铜的锌币。”

“1982 年以后，任何铸币厂都能造出来这种硬币，”詹金斯确认后，说。他没有再抛起硬币，而是记录下这些测试结果，然后又翻开桌上一本之前从借阅室拿来的大书查阅起来。他一边用放大镜仔细查看硬币的两面，一边浏览那本书。“嗯。正如我所料。《钱币学奥秘指南》里并没有说这种 2003 年在丹佛制造的镀铜硬币有什么特别价值。”他放下放大镜，“如果是从巴尔的摩秘密铸币厂铸造的 1857 年飞鹰 1 美分硬币的话，就另当别论了，但这枚，无论从哪个方面来看，都是再寻常不过的普通货币。”

卡桑德拉又扫描了一次那枚硬币，想寻找是否有吗哪① 或者灵外质② 的残留痕迹，但除了油乎乎的指纹之外，什么也没发现。她也没从铸刻的图案上发现任何超自然魔符的踪影。

“我放弃了，”她有些丧气，“难道我们的调查方向是错的？”

“大概是这样。”詹金斯把写硬币的厚书合上，“从我们的调查结果来看，似乎邓菲先生的幸运币只是他混淆视听的掩饰物。如果一定要说他超出胜算的连胜和魔法有关的话，那一定是其他什么东西。”

卡桑德拉失望地收起了魔法扫描仪。“所以我们只是穷追野

①吗哪，《圣经》中一种神赐的食物。传说中，古代以色列人出埃及时，在 40 年的旷野生活中，上帝赐予以色列人的神奇食物。——译者注

②灵外质，迷信中被神、鬼附体的身体上渗出的物质，或是死者的灵魂物质。——译者注

鹅——白费力气[①]？”

“并不是，剪贴簿派你们去那里，一定深有用意。大概，你们只是走岔了路。”他从会议桌旁边走开，“你的话提醒了我，我应该去给产金蛋的鹅捡一捡鹅蛋了。如果窝里蛋太多，她的脾气就会变差。”

卡桑德拉瞪大了眼睛。“我们有一只鹅吗？”

“这和你现在的任务毫无关系，”詹金斯说，“你最好现在就把我们检测的结论告诉给贝尔德上校和其他成员。”

卡桑德拉叹了一口气。除了在21点赌桌上的惊人连胜后那片刻欣喜，她并不着急回到拉斯维加斯，更别说回去就要告诉团队其他人他们绕了一圈又回到了起点。她把那枚硬币放进口袋，来到后门去往阿里巴巴宫殿赌场，詹金斯略微调整了一下坐标，好越过那座婚礼教堂。一道刺眼的白光闪过，伴随着魔力的轻微爆裂声，她掉落在一间后台换装室里，里面挤满了为大秀做准备的拉斯维加斯歌舞女郎。看到这些亮闪闪的鳞片薄衣，卡桑德拉知道自己没有来错地方，顶多离同伴有几扇门的距离。一位长腿褐发女郎正在对着镜子擦口红，她从亮灯的化妆台抬起头。

“你迷路了，宝贝？”她上下打量了一番卡桑德拉，“无意冒犯，不过对于艳舞女郎来说，你的个子是不是太矮了？”

---

①穷追野鹅——白费力气（a wild goose chase），英文原来字面意思为：很难追上一群大雁（wild goose），这里为方便与下文内容呼应，直译为“野鹅”。词源学家认为“a wild goose chase”（徒劳地追求）最早起源于赛马。在16世纪，所谓的“赛马场”是指茂密的森林。而赛马比赛是指在茂密的森林中紧追一匹“头马”，头马性情暴烈，奔跑时狂野无规律。在毫无清晰路线的追逐中，很多骑手独陷森林中，找不出归路。这种赛马形式有“一马领头，群马尾随”的特点，与雁群飞翔极为相似，人们便称这种赛马为“a wild goose chase”。随着时间推移，“a wild goose chase”渐渐演变成“徒劳无功的追求”之意。——译者注

“我是个图书管理员，”卡桑德拉解释道，“而且，你说的对，我是有点迷路了……”

* * *

斯克泽尼牛排店就在距离弗里蒙特街[①]一两个街区的老城中心。与阿里巴巴宫殿那花俏的阿拉伯主题入口有天壤之别的是，这家餐厅的门口朴实无华，是那种不加掩饰的老餐厅风格。裸露的砖墙和木梁传递出一种惬意的氛围，而棉质桌布和亚麻餐巾又给餐馆平添几分典雅气质。法兰克·辛纳屈[②]、迪恩·马丁[③]、劳伦·白考尔[④]、小萨米·戴维斯[⑤]和其他经典明星的人物照片被镶上边框，挂在墙上。从这些照片来看，这家餐厅的装修自“鼠帮乐队”[⑥]辉煌时期到今天都没怎么改变。经典的男歌星曲目从音响里柔和地播放出来。一辆沙拉推车挨桌送餐。

“这个地方是不是很赞？”正在大口享受上肋牛排的邓菲问道。“这里是真实的老派拉斯维加斯。过去这里曾常年有黑手党徘徊。所有人都到这里来用餐，巴格斯·西格尔[⑦]、梅耶·兰斯

①弗里蒙特街，拉斯维加斯老城区的一条著名步行街，这里诞生了拉斯维加斯的许多个第一，一家酒店，第一个博彩牌照，第一部电话等。——译者注

②法兰克·辛纳屈，全名为法兰克·阿尔伯特·辛纳屈（1915—1998 年），美国著名男歌手、影视演员、主持人。——译者注

③迪恩·马丁，1917—1995 年，美国著名男歌手、演员、电视节目主持人。——译者注

④劳伦·白考尔，1924-2014 年，美国著名女演员。——译者注

⑤小萨米·戴维斯，1925—1990 年，美国著名黑人男歌手、演员。——译者注

⑥鼠帮乐队，是二十世纪五六十年代活跃于拉斯维加斯舞台上的演唱组合，鼠帮乐队最开始建帮的歌手有：法兰克·辛纳屈、迪恩·马丁和小萨米·戴维斯，后来都成为美国乐坛传奇人物。——译者注

⑦巴格斯·西格尔，1906—1947 年，美国西部著名的黑帮头子。他最为有名的是率先在拉斯维加斯建造了高档酒店，拉开了赌城繁荣发展的序幕。——译者注

基[1] 等那帮黑手党都有。如果你仔细看，还能在砖墙上看到子弹孔呢。”

“我相信。”斯通对邓菲挑选餐馆的品位确实没什么可挑剔的。这个地方感觉比阿里巴巴宫殿赌场真实多了，食物也相当美味。他朝厚厚的肋眼牛排上面撒了一层黑胡椒，面前的牛排正是他喜欢的煎熟程度。“所以，你是本地人？”

“如假包换，”他说，“我的血脉深深扎根在拉斯维加斯。甚至都不敢想象去别的地方生活。”他抬起头，看向桌子对面的斯通。“你说你从哪里来的来着？”

斯通之前并没主动报过家门，但似乎说说也无妨。“我生在俄克拉何马州，不过，我现在在波特兰工作。”他利用这个机会想多了解一些格斯的个人信息，“你听说过没，你是拉斯维加斯的豪赌客之一。”

邓菲谨慎地让他压低声音，张望了一圈四周。

“我就不撒谎了。自从上周我中了乐透彩票以后，我几乎变成了赌场打家劫舍的强盗了。扑克牌、骰宝、轮盘赌……凡是你能想到的，我都一直在赢。可不是几分钱的小赢小赚。我说的，可是真金白银哦。”

“哇哦。”斯通确信他应该根据当前情况表现得很吃惊，“那你有什么秘诀吗，哥们儿，如果你不介意我问这个的话？”

邓菲在回答之前犹豫了片刻，喝了一大口啤酒来做卖关子的拖延效果。

“其实，没有什么秘诀。你只需相信自己的直觉，你知道

①梅耶·兰斯基，1902—1983 年，美国著名黑手党头目之一，波兰裔犹太人，1911 年移居美国，“犹太帮”的“教父”，暗中操纵美国和古巴的赌博业，势力非常强大。——译者注

吧，在你一步步迈向破产的时候，幸运女神会挡住你的去路。相信我，我在赢得大奖之前输得特别凄惨，但我挺过来了，看看我现在，哼？”

斯通想起邓菲破烂的房车，里面到处都是散落的未缴费账单和逾期通知单。格斯的运气改变了，的确没错，但他怀疑他的新朋友并没有坦诚相待。也许，多喝几杯酒能让他松口？

“那么，这就是你的秘诀呗？”他问，“就是你连连获胜时，要及时把握住时机？”

“嗯，当然了，还有一些小技巧。”邓菲挺起胸膛，“你必须头脑清晰，情绪稳定，而且开始掷出骰子时，要大胆。如果你仔细回想的话，会发现：赌局恰如人生，都是……”

“打扰了，先生们。请允许我加入你们。”

没有询问是否可以，一位身着黑色高领衫和宽松长裤的迷人女郎便坐到他们桌旁。她一头黑色直发和刘海，与深色眼影搭配合宜。她的鼻子上有一金色鼻环，说话时异域口音浓重，似乎暗示她和两位男士绝不是一国人。她脸上带着狡猾的有些冷酷的微笑，让斯通立刻警觉：她是个麻烦的人物。

邓菲的眼睛四下躲藏。他咧开嘴笑着，好像不敢相信自己有这么好运似的。“我认识你吗？难道是阿里巴巴宫殿那天的泳池派对上，我们见过面？”

“不是，”她冷冷地说，“我来这，是要和你做个交易。”

斯通不用怀疑就笃信眼前的人，就是那个在拖车公园找格斯的“态度高傲的美人”。她现在想要的东西是什么却没人知道。

“什么样的交易？”斯通问。

她轻蔑地瞥一眼斯通。“我建议您别掺和到这件事里，斯通先生。请相信我，我对图书馆员一向没什么好感。”

斯通立刻坐直，进入警戒状态。图书馆的存在是几乎无人知晓的秘密。只有那些极度坏的人——比方说德拉克[1]或洛斯彼罗[2]——才认识他们，更别提直接叫出他们名字了。

别去理会像鲁迪和他的打手这类本地流氓了，他发觉。我们现在要和真正的坏人阵营交锋了。

“图书馆员？”邓菲的目光在斯通和那女人之间来回流转，满腹狐疑，莫名其妙。“你们两个认识？”

那女人摇摇头。“只闻其名。”

“那你略胜一筹，女士，”斯通说，“因为我一点也不清楚你是谁。”

“叫我马尔贾娜就好，还有，请别急于采取防卫行动，斯通先生。”她先发制人地没收了两个人手里的刀叉。“我可以向你保证，我不是孤身一人来这儿的。”

斯通的目光从她身上转移了刹那，他扫视了牛排店屋内各处。眼睛仅仅转动一瞬间，他就发现马尔贾娜在所有出入口前都安排了打手，他们专注地盯着自己这桌的动静。斯通心里数了一下，至少有四个人随同前来，如果你凝神细看他们，他们会凶神恶煞地回瞪你一眼。最近的打手穿着鼓囊囊的夹克，一眼就能看出他绝对不只是表情凶恶而已，身上必定带着致命武器。

糟了。

斯通忽然后悔为什么他没有拿着鲁迪的手枪呢。这不是说

①德拉克，TNT 网络图书馆员系列影视作品中的反面人物，是毒蛇兄弟会的头领。——译者注

②洛斯彼罗，TNT 网络电视剧《图书馆员》第二季中出现的反面人物。——译者注

他喜欢在人流拥挤的餐馆开枪，这里满是无辜的食客；从习惯来说，他更喜欢用拳头和大脑来摆脱生死困境。枪是用来和真正魔兽对抗的——即使魔兽往往都有令人讨厌的防弹特性，枪口不应该对准人类。

“嘿，发生了什么？”格斯打破桌上的僵局，“我错过了什么重要内容吗？”

“正如我所说，”马尔贾娜回答，“我要和你做个交易。”她冷冷地嗤笑一声。“你的命……换灯。”

*灯？*斯通疑惑地想。*什么灯？*

难道不是那枚硬币？

“呃，什么灯？”邓菲紧张地举起酒杯，喝下一大口啤酒，不再为餐桌上出现这位美丽的来者而高兴。“我不知道你说的灯是什么，话说回来，这儿确实有家不错的家居装饰店，离这里不到几个街区，就在灰狗巴士车站旁边。”

*啊哦，*斯通心里想。*他说谎的效果比卡桑德拉还差劲。*

“别试探我的耐心，小子。”马尔贾娜生气地皱起眉，手指玩弄着刚才抢到手的切肉刀。她的声音里满是侮慢。“你已经玩够神灯了吧，只把它用在微不足道的娱乐消遣上，真是可惜。但现在是时候把它交给我们了，我们才是真正理解它价值的人。享受你的胜利，珍惜你的幸运，没必要把事情搞得那么……麻烦。”

“麻，麻烦？”格斯费力地吞下一口唾沫，人工晒黑的皮肤开始变得苍白，“你说的‘麻烦’是什么意思？”

她没有回答，而是低头享用她的牛排，她切下来粉红的牛肉，几乎是全生的。她一口咬下那块牛肉，慢慢嚼起来，留邓菲在那里吓得浑身是汗，也留斯通加快思索他下一步该怎么办。

“啊，美味，又血腥，”她终于开口说，“正是按照我喜欢的方式煎的。”

“真的吗？”斯通问，“如果是我，加点胡椒更好。”

她的确是拿走了他的刀具，但就在她看向邓菲的时候，斯通悄悄把胡椒佐料瓶拿到手中，然后在桌子底下偷偷拧开瓶盖。在她没采取其他举措之前，忽然间，他把佐料瓶里的胡椒朝她脸扬过去。她愤怒地尖叫起来。

“不！怎么又是这样？”

又是这样？

斯通不知道她为什么这么说，但肯定事出有因。她的眼泪从眼睛里流出来，还不由自主地接连打起喷嚏。她眯着眼睛胡乱举起刀猛地砍向斯通，但斯通及时向后一撤，躲了过去。他猛地一跳，拽过桌布，把桌布从桌子上扯下去，盘子、食物还有啤酒都“哗啦”砸向她的大腿，让她一时无法动弹。

“杀了他！”她朝手下高声喊道，“让他拿命来偿还！”

* * *

贝尔德的手机响起，提醒她有卡桑德拉的来电。

“抱歉，”她对克里格说，“我得接一下这个电话。”

她走离酒吧的卡座，接起电话。“卡桑德拉？结果怎么样？”

“不是硬币，”卡桑德拉脱口而出，“是其他什么东西。”

这不是贝尔德期望听到的。“例如什么？”

“我不知道，詹金斯也不清楚。我们用了所有能想到的办法查验那枚硬币，但是所有结果都表明：它没有任何魔法。我们的调查方向有误。”

“该死。当我以为这个案子已经了结的时候，结果却是前功尽弃，”贝尔德说，“你现在在哪里？还在附件馆吗？”

“不，詹金斯让我回来和你还有其他人汇合。我在酒店大厅。”

“好的，我马上过去和你汇合。斯通现在忙得不可开交，他正看护邓菲呢，但你试试能不能联系上伊齐基尔。告诉他，他的玩乐休息时间结束了。如果我们要重新开始调查的话，就需要全员就位。”

“收到，”卡桑德拉说，“一会儿见。”

贝尔德回到卡座，克里格还在等她。“有什么要紧事吗？”他问。

“没有，”她明显说谎，“不过，恐怕我要早点离开了。见到你真好，可是我的图书馆同事在等我。”

“没关系，”他亲切地说，只有一点点合情合理的失望语气，“你在这里待多长时间？也许我们可以换个时间再约？”

“这很难说。”她把自己的联系方式给他，用手机拨过去，让他留下自己的联系方式，“我也很想有机会再和你聚一聚，不过要看情况了。”

“伊芙·贝尔德的工作不提前制作计划了？”他简直不敢相信，“你真是刷新了我对你的认知啊。你确定你不是被平行宇宙的替身替换的？”

也许你说的只是时间问题，她想。“不是啦。别那么小题大做，真的。”

“嗯，那我就不能再独占你了。去和你的朋友们汇合吧，不用担心账单。我来付。”

“多谢，下次我请你。”

好像酒吧账单是她唯一需要关心的事一样……

* * *

牛排店里受惊的顾客和服务生忽然间爆发出一片骚乱，之前人们还只是呆呆地望着他们那边剑拔弩张的紧张场面，还纷纷掏出手机拍照、摄像，好像这场面是在拍摄电影《拉斯维加斯的真正图书馆员》的片段，随即他们惊慌失措地发现：斯通和马尔贾娜并不是影视作品中那般耍招式，而是真的动武打起架来。椅子被掀翻，餐桌也被食客遗弃。惊慌的男女顾客拥挤着从出口逃出去，阻碍了马尔贾娜的打手，这些打手们正试图冲过来围攻他们的敌人，这让邓菲又疑惑又惊恐。

“发，发生了什么？”他跌跌撞撞地从餐桌旁站起身，碰翻了椅子。“你们是什么人？”

斯通一把抓住他的胳膊。“别想这些了。我们得赶紧离开这个鬼地方。”

“但是……”

“相信我，格斯。这关乎你的性命。”

邓菲犹豫的时间并不长。面对如下选择——一边是刚刚救过他的救命恩人，另一边是刚刚用半生的牛肉威胁他要将他也切成肉片的女魔头，他毫不犹豫地冲斯通点点头。

“什么时候丢掉我的幸运币不好，偏偏赶在这个时候！”他抱怨道。

斯通拽着邓菲避开了前门，和逃跑的店员、顾客方向相反，他们两人跑向了餐厅后面。一个马尔贾娜的打手正等在后门，赶忙伸手去掏衣服下面的手枪。斯通随机应变，抓过来一辆被人遗弃的沙拉车，朝着那个打手猛地使出全力把它推过去。手推车飞速朝坏人滑过去，将他撞倒在地，跌在桌上。随之传来一阵玻璃器皿被摔碎在地上的声音，桌上只吃了一半的两人份食物也全都撒到地上。

“别忘了你的青菜。”斯通说起俏皮话。

枪声响起，尽管有惊恐的逃离人群在周围，另一个打手仍不管不顾地举起枪开火。他没有打中目标，而是击中了墙上镶有画框的李伯拉斯[①]照片。一通胡乱扫射，又给砖墙表面增添了几个新枪眼。

真像过去时候，斯通想。不过时过境迁……

“别管我，你这个蠢货！”马尔贾娜朝着冲过来要帮她的第三个人喊道。她摸索着从餐桌上够到一个水壶，仰起头把水壶里的水倒在脸上，冲洗起她辣得灼痛的眼睛。她一边朝着自己的手下叫嚷，一边止不住地打喷嚏。“追上他们！不过留着那个赌徒的活口！我们需要他告诉我们：他把灯藏在哪儿了！”

斯通真想搞清楚灯是怎么一回事。

“跟紧我，”他朝邓菲大声说，这样做的原因不止一个。他不是有意拿格斯当人体盾牌，但这样一来，确实可以让马尔贾娜的打手在朝他射击之前多犹豫一下……“理论上来说，我们能利用这点脱身。”

被沙拉车撞倒的打手重新站起身。这个人身上满是溅落的沙拉菜叶，紧跑着追上他们，他拽到了格斯的衣领。“够了，”他低吼着剥掉贴在脸上的菠菜叶，“等我抓到你们……”

“格斯！”斯通操起一把椅子靠背，“蹲下！”

邓菲立刻弯腰低下头，就在这一瞬间，斯通挥起椅子砸向邓菲身后的坏人，把两条椅子腿都摔断了。那个坏人被打得晕

①李伯拉斯，1919—1987年，出生于美国的著名艺人和钢琴家，钢琴弹奏技艺高超，表演风格华丽夸张。——译者注

了过去，朝后倒下去，松开了格斯。斯通心里暗自祈祷，希望这把椅子不是这家餐馆最初的家具配置。

“我觉得我们就别吃饭后甜点了，”斯通说，“你认为呢？”

格斯胆怯地点点头。

他们闯进厨房，这里受惊的厨师和服务员都畏缩地蹲在地上，生怕自己挨枪子儿。一份沙朗牛排已经在烧烤架上烧焦了，让斯通倍感惋惜。他从柜台上拎起一把钢制肉锤。

“地下室呢？”他慌忙地问那些员工，“往哪边走……快点儿说！”

大厨颤巍巍地举起手，指着厨房后面的一处壁龛。

“多谢！”斯通说，“脑袋别抬起来！”

来自餐厅的枪林弹雨把厨房弄得乌烟瘴气，无意中成为斯通袭击马尔贾娜的报应。子弹打到铸铁的煎锅上，“乒乓”响个不停。煎锅和长柄勺“哗啦啦”摔到地上，一时间更加吵闹。斯通弯腰弓背，穿过厨房。

“这边，”他对格斯说，“赶快！”

“地下室？”邓菲犹豫不前，“我们会被困住的！”

“如果这个地方真有你说的那么历史悠久的话，不会的。”

斯通拽开地下室的门，他们顺势爬进地下室，很明显，这里是当储藏室用的。刺眼的荧光灯照亮了整间地下室，映入他们眼帘的是装着配料和清洁用品的铁架子。一台肉类冷藏机嗡嗡作响。酒桶堆在角落里。斯通累得“呼哧呼哧”地把一桶沉重的酒桶掩到台阶尽头的门前，当作阻挡的障碍物。

“这能给我们争取一些时间。”他从门口走开时说。

邓菲看上去没有消除疑虑。“这有什么用？我们被困在这里了！”

他掏出新款时髦的智能手机，拨通了“911”。

“也许不会，”斯通说，“大多数黑帮的巢穴都有隐秘的地道和逃生路线，以防警察突袭他们，或者有可能是防止竞争对手的杀手袭击。”斯通一边说，一边慌忙地搜寻地下室各个角落。“这间地下室很明显会连着另一个地下通道，但问题是，出口在哪儿……”

一扇镶嵌在裸露砖墙上的橱柜门引起了斯通的注意。他冲过去，仔细查看。

“没错！这个看上去就是这家老店的原始构造，可以追溯到20世纪40年代。这栋老房子看起来是在二战后建造的，用的是石灰岩和硅酸盐水泥混合材料，看到这个球形门把手没？嵌着黄铜花纹的乳白色石英把手？显然也是那个时间段的产物。”

邓菲难以理解地看着他。“你到底是个什么样的图书馆员啊？”

“你现在正需要的那种。”

斯通试了一下门把手，发现门被锁住了。“估计是。”

尽管心里有十万个不愿意就这么肆意破坏古董门和把手，但别无他法，只好用那把肉锤狠劲地砸向手中的门把手，直到把门打开。门打开后，露出一架降到黑暗竖井里的梯子。斯通俯身看了一眼竖井，只看到不见底的黑洞。

这也不是什么新鲜事了。

“就是这个，”他说，“我们逃出去的路。”

格斯犹豫不前。“但这也太黑了。我什么都看不见。”

地下室外传来人体撞击门的沉闷声，距离他们只有几码远。子弹穿过木门，打进金属酒桶里，让酒桶里的酒喷涌到地面上。马尔贾娜焦躁的声音混合着枪声传来。

“抓住他们！我不能再失去那盏神灯！”

她的属下拼劲力气用身体撞击木门，门被撞开几英寸。酒桶底在地面蹭出一小段距离。

“我改变主意了，我们快跑吧，”邓菲说，“但你先走！”

随你便，斯通心里想。在成为图书馆员之前，他曾为油气田铺设过天然气管道，所以他已经习惯了爬入地下深不见底的地洞里。他打头阵，吃力地爬下梯子，最后下到大约十二米的地方碰到地面。“目前来说，一切还好，”他冲邓菲高喊，“快点跟上来！”

酒桶能抵住木门的时间不会太长。

邓菲不太高兴地嘟囔几句，也顺着梯子爬下来，面下只有从地下室传来的微弱光线。斯通刚要前进，才想起来可以用手机来当手电筒。在手机明亮的白光下，他们看到一条向右延伸的铺砖地道。

至少这里没有什么青铜时代的致命陷阱，他暗想，也没有诡异的印第安土著鬼魂。

“快跑！”他命令道，“这是我们逃生的出路……理论上来说。”

对于逃单和没给服务生小费，他感到有些抱歉，但至少他们成功把马尔贾娜和她的打手们从餐厅引走。他在心里盘算着，如果他和邓菲能够完好无损地逃出去，他一定要把他的餐费邮递给餐厅。

呼喊和混乱的声音在他们头上回响，在这些匪徒猛砸通往秘密地道的地下室木门时，他们加紧了脚步。斯通估算这条地道至少有六十年寿命了，这相对来说还算是比较新的，作为图书馆员，他之前爬过那些更古老的地道和甬道，例如台伯河[1]的地下墓穴，不过他没有资格去挑剔这些。蜘蛛网像帘子似的层层叠叠挡在前面，当他们迅速穿过时总是会粘到身上。一只老鼠慌忙逃窜，离开他们的视线。

“我不喜欢这样！”邓菲哼哼唧唧地抱怨，“这可不是我许愿要的！”

许愿？斯通记下这个词。他说这个词是什么意思？

地下室的门被砸开，声大如雷，这让他没有时间盘问邓菲刚才所说的话是何意。追踪他们的人现在一定已经找到了通往密道的梯子。

“这条地道通向哪里？”格斯焦虑地说。

“和你一样，我也不知道。”

幸运的是，这条密道大概只有十码长，于是他们很快来到第二架梯子上，梯子通往棚顶上一个生锈的铁门。斯通爬上梯子，格斯紧紧跟在后面站到他脚下。但斯通发现这道门被从外面闩上了。他举起肉锤，狠狠砸向铁门。

“快开门！紧急情况！”

起初，他没有听到门那边有任何动静。他又提高了嗓门，继续敲，好吸引到外面的注意。

“请救救我们！这是事关生死的急事！”

对我来说，确实是，斯通想。马尔贾娜想要格斯活着，好问出她想要的那盏灯的下落。“快开门！”

梯子通向一个死胡同，所以没有一扇可以打开再关闭能通往图书馆的门。他握紧了锤子，但他心里很清楚，单单这一把

①台伯河，流经意大利首都罗马的河流。——译者注

小武器，很难抵挡住一伙持枪歹徒。他是擅长打架，但也不是说能永远取胜。

如果我知道我为什么而死就好了……

然后，就在危急关头，他听到门那头的门闩被抽下来，接着，门被打开，一个少年满脸困惑地盯着他们。

“你好？”那个满脸青春痘的年轻人问他，“你们遇上麻烦了吗？”

“现在好多了。”斯通赶紧顺着梯子爬上来。他发现这是一家廉价纪念品店的地下室，这里装满了成箱的拉斯维加斯主题棒球帽、雪花水晶球、明信片、日历、纸牌和筹码，还有一些其他的小摆件。斯通拽出身后的邓菲。“谢谢！”

“你们是怎么到下面去的？”

“走错路了。”斯通又用门闩把身后的出口堵住。“但我不想让追我们的人上来，还有，你应该想离开这间屋子。有一群不太友善的人正在追我们。那种带着枪和刀的家伙。”

“哇哦，”那个少年吓了一跳，“你觉得我是不是该打电话报警？”

“是个好主意，但恐怕我们不能在这里逗留。”

“我们不能？”格斯问。

斯通摇摇头。“除非你想要向他们解释那个什么灯。”

这句话触动了格斯的敏感神经，尽管格斯很想掩饰（但失败了）。作为资深赌徒，他是斯通见过最差劲的扑克脸[①]了。

“你知道，也许我们不想在这等着警察。”

有人从地下猛烈地撞门，叫骂着要求开门。随即，更多高

---

①扑克脸，在扑克牌赌桌上，赌徒常常为了防止对方看出自己的情绪故意冷着脸，不做任何表情。——译者注

喊的声音传出来。

“哎呀！”少年闩上地下室的门，“我这微薄的工资可不值得冒这种险。”

斯通和邓菲紧随他跑上楼梯。一楼的销售区展示着更多纪念品，但他们却没看那些商品一眼就跑出门去。出了门，他们发现此刻正身处“金沟银壑[①]”的正中心，这里是霓虹缤纷的“罪恶之城”发源地，是第一家赌场开立的地方。尽管很久以来，与拉斯维加斯大道那些更宏大、更梦幻的度假胜地和酒店相比起来，这里黯然失色，但拉斯维加斯市中心仍然是很多老赌场和重建赌场的所在地，也吸引着很多旅游者。夜晚已经来临，前来体验弗里蒙特大街游览乐趣的游客比肩接踵，他们两人被密集人流冲得晕头转向。这里是一条横跨四个街区的室内步行街，步行街上方有一块巨大的天幕，天幕上演着壮观的灯光秀——由数以百万的LED灯泡发光形成的独特大秀。振奋欢快的音乐制造出一种狂欢气氛。大胆的游客在高耸的天篷下利用飞索翱翔。斯通希望眼花缭乱的节日氛围能阻挡马尔贾娜和她手下找到他们，至少一时半刻。

内华达州温暖的空气和使用空调的餐厅里完全不一样。斯通看看熙攘人流的前后，考虑着该怎么走。在老赌城辉煌的旧日时光，奔命的黑帮头目会有一辆用于逃跑的车，始终等待着随时发动，但诸如此类的车现今不是在废物处理场就是在如今的古董车展览上。他和邓菲需要走，走到……哪里呢？

“我不明白，”格斯一边喘着粗气，一边说，一路过来，大概是他几年来做过的最多运动了，“他们到底是什么人？”

①金沟银壑，拉斯维加斯城著名大街——弗里蒙特大街上的赌博区，每到夜晚，由灯光屏幕组成的“天幕华盖”展示出绚丽的声光表演秀。——译者注

“鬼才知道。”斯通留意到邓菲并没问他们的目标是什么。他真的超级想问格斯有关灯的事，但也许他们应该先摆脱那些追踪的歹徒。“我们需要找个安全的地方先避一避，然后再研究这个问题。”

格斯点点头。“我在阿里巴巴宫殿酒店的豪华套房怎么样？”

“不行。那是他们第一个要去找你的地方。”

格斯后怕地倒吸了一口气。“那火烈鸟酒店呢？或者是恺撒宫酒店？”

“赌场就别想了，”斯通说，“我们需要找个没人能想到你在那里的地方。”一时间，他想把邓菲带到附件馆，但带一位不知道魔法的生人到图书馆，无疑会给图书馆带来巨大的安全隐患；这绝对是詹金斯不能忍受的。他绞尽脑汁，忽然灵光一现。“那么，你觉得蒙德里安[①]怎么样？”

“谁？”

“那夏加尔[②]呢？康定斯基[③]？”

邓菲那茫然的神情说明了一切。

“没关系，”斯通咧嘴笑着说，“我觉得，我知道我们该去哪儿了。”

---

①蒙德里安，1872—1944，荷兰画家，风格派运动幕后艺术家和非具象绘画的创作者之一，代表作为几何形状的画作居多。——译者注

②夏加尔，全名马克·夏加尔（Marc Chagall），生于俄罗斯的犹太家庭，是现代绘画史上的伟人。他的画作奇幻、大胆，富有诗意，被人们形容为“超现实派”。——译者注

③康定斯基，全名瓦西里·康定斯基（Wassily Kandinsky），1866—1944年，俄罗斯的著名画家和美术理论家，被认为是抽象艺术的先驱之一。——译者注

13

· 2006 ·

“你确定我们可以信赖这个家伙？”弗林问。

他和希林被塞进一辆皮卡车的车斗下面一个隐秘隔层里，这辆车将北上开往伊拉克和伊朗交界的山区。他们两人的脸相距仅有几英寸远，太过狭促，让他们感到尴尬不已。沉重的手工制作地毯高高地摞在隔层上面，遮住隔层，以免被人看见。隔层底部被戳出几个小洞，用作换气孔，防止里面的人被憋死。唯一的光源来自他们的手机，为了省电，他们也很少使用。弗林暗自庆幸自己没有太严重的幽闭恐惧症。

“他是个走私贩子。”考虑到被挤在如此拥挤的空间里，希林只轻轻耸了一下肩，“但他是别人介绍的，如果你想要偷越国境到伊朗去的话，找他就对了。”

“那他是由谁介绍的？”

“认识他的人介绍的，”她含糊地说，“现如今，大多数人都知道谁想要逃离这个国家，也知道谁能做到……只要价格谈妥。”

弗林想起这次旅行的报销标准，不由得皱起眉头。如果沙琳知道他已经预先支付了多少钱的话，一定会很不满，这些钱包含必要的贿赂金和其他打点费用。我猜走私贩子是不可能给我开发票了。

“我有点担心。”他犹豫地说。

“我们已经反复确认过了，”她提醒道，“你想知道去伊朗北部的最佳方式，最后确定了，是从潘杰温[①]那里越过边境，大多数时候，那里的贸易和贩运数量相当多。我也想过，我们本可以通过更恰当的渠道越过边境，申请合法的旅行签证，但是……”

“那会相当耗时，而且极有可能会引来很多不必要的关注，”弗林说，“好的，好的，我知道了。”她在这点上说得没错，现在的确是没有必要事后诸葛亮般品评他们的行动计划了。“请别介意。我只是想找个聊天的话题，毕竟还有好长的一段路要走呢。”

他们的车已经开了几个小时，越过了伊拉克中部的平原地区，开始驶入颠簸路段，还要时不时地被检查站或者交通堵塞拦住，缓慢行驶。尽管他们有水喝，但闷热的隔层仍然像烤箱一样。弗林迫不及待地想要到达更凉快一点的山区，那里是伊朗西北边境附近。

“和我说说你自己吧，”她提议，“既然我们在到达库尔德斯坦[②]之前要一路这么挤在一起，尤其是现在没人要绑架、追杀我们，也许我们可以趁此机会好好了解一下对方。”

“别乱说，呸呸呸，我们吉人自有天相，”他说道，“其实，

①潘杰温，伊拉克北部一处山区地名。——译者注

②库尔德斯坦，是中东地区库尔德人聚居地，大致在土耳其东南、伊拉克北部和伊朗西部。——译者注

也没什么可说的。我在纽约出生、长大，更精确点说，是在纽约皇后区，然后我尽可能地留在大学，为此我选择了从埃及学到植物学的二十多个学位进修，后来，我就被招聘为新的图书馆员。”

“图书馆员到底是做什么的？”

他斟酌着自己口中说出的话，不想透露过多图书馆的古老秘密。“我的工作和你也差不多：发觉一些过去遗失的秘密，然后保护它们的安全，防止被坏人利用。只不过和你不同的是，我在工作时会遇见形形色色的突发事情和人，包括很多的极端教徒、敌对的寻宝人，还有时空旅行的忍者。”

“时空旅行……？”

他正想要解释，她却一把捂住他的嘴。

“算了，”她说，“我不想知道。如果你不介意的话，我还想在大脑中给现实留一点余地。”

“说得在理，”当她的手抽回去后，他如此说，“尽管我不能确定你还能保持现实的理性多久，如果幸运的话，我们离神灯越来越近了。”他抬起一条腿，想让自己清醒一点，还要小心地避开，不侵占希林的空间——他留给希林的空间比实际需要大得多。“你呢？除了作为世界上最迷人的博物馆的档案馆馆长之外，你还有什么故事？”

她眉毛一挑。“迷人？”

“我是这么说的吗？”他红着脸，尴尬地自问，“我的意思是，呃，除了作为巴格达艺术与文物博物馆里勤勉、勇敢的档案馆馆长之外，你还有什么故事？”

她再一次耸耸肩，轻而易举地放过了他。“这要从何说起呢？我出生于中产家庭，是家中独女，一直以来都着迷于古代文学和历史，我父母没有强迫我嫁人，而是任由我追寻自己的事业……嗯，至少说，是他们没有特别强迫吧。在美军入侵巴格达以后，他们就搬离了，但我被困在了巴格达，然后这几年就一直躲在档案馆里，为博物馆重新开馆而工作。”一层遗憾的悲伤神情浮上她的面庞。“直到那天，就是那次抢劫，成为我整个生命的不幸转折点，一切开始变得无比疯狂起来。”

“真抱歉会变成这样。”弗林说。

“这不是你的错，真的，”她坚称，“你说得对，的确是四十大盗在追杀我，虽然我不想承认。到现在为止，你已经救了我两次。”她冲他笑。“设想一下，如果我需要像见到恺撒之前的克利奥帕特拉那样躲在毯子下面被当作礼物送给敌人[①]，我的遭遇可能会更糟。”

“比喻得很贴切，”他说，“但是呢，严格来说，克利奥帕特拉是被卷进毯子里的，不是躲在毯子下面……”

“别这么迂腐好不好，”她说，“请注意，我并不是说要把自己比作克利奥帕特拉。”

“为什么不能？”虽然他的用意很单纯，但他发觉：自己被回望向他的那双乌黑眼睛深深迷住，在昏暗的光线中，那双眼睛隐约可见，摄人心魄。难道这是他自己想象的，还是这个闷热的小隔间也的确变得燥热难耐？此刻，他忽然强烈地感觉出他们挤在一起挨得是有多近，暗地里尽量让自己冷静。“我明白了。”

①克利奥帕特拉，通常被称为埃及艳后，是古埃及托勒密王朝最后一任女法老。恺撒，史称恺撒大帝，罗马共和国末期的杰出军事统帅、政治家，后被刺身亡。传说恺撒追击政敌来到埃及，克利奥帕特拉为了保住王位和性命，命令下属打扮成商人，自己被裹入一块毯子中，被当作礼物献给恺撒，因此，她见到了恺撒，从而开启了埃及艳后与恺撒的传奇爱情故事。——译者注

“谢谢你，”她调皮地说，“不过，请别释放你的小毒蛇。[①]”

皮卡车遇到一处坑洼，导致车身歪向一侧，将弗林摔得压到希林身上。她柔软的身躯刚好垫在他身下，位置极其尴尬。

“哎呀！”他脱口而出，“对不起啊。”

“别道歉了。”车身回到端正的状态，但她没有推开他，“我没事。我们两个，也没事。说实话，经历了这么多，我不介意用一个拥抱来庆祝一下。”

“就一个拥抱？”他忍不住问道。不知道为何这种拯救世界、九死一生的任务好像总能让他兴致勃勃？

“别行动得太超前了，图书馆员先生，”她揶揄道，“难道没有人告诉过你，跳过书的开头直接读结尾是很失礼的行为？”

* * *

几个钟头以后，皮卡车逐渐驶离平原地区，开始朝着分隔伊拉克库尔德聚集地和伊朗的扎格罗斯山区进发[②]。至少，他们很明显地感觉到车子在往山坡上开，弗林觉得这是好兆头。疲惫感袭来，两人各自枕着胳膊打起盹儿来，直到一阵叫嚷声粗暴地吵醒了弗林。

“嗯？”

他茫然不解地要坐起来，结果把脑袋“砰”的一声磕在头顶的板子上。对了，他想起来，我正躲在一辆小卡车的车斗下面。

身边的希林也醒过来。“怎么了？为什么停下来了？”

---

①传说埃及艳后最后是用一条小毒蛇自尽的。这里希林一语双关，意在让弗林保持君子风度，不可逾矩。——译者注

②扎格罗斯山区，伊朗和伊拉克之间的山脉。——译者注

“我不知道。”他在她身后调整了一下姿势，抬起手臂，看了一眼散发微弱光亮的腕表。“根据我的计算，依照之前的行进速度，我们大概是到了两国交界的地方了。”

“然后呢？”她问。

“然后现在，就等着看我们的司机是否是可靠的走私贩了。”

即使你有所有法律文件，边境检查也相当花费时间，更何况他们并没有这些文件，所以耽搁的时间更是漫长到让人崩溃。尽管他们的司机之前信誓旦旦地保证他已经贩运过很多次了，并且花钱打点妥当一路上所有的通关人员，弗林仍不免担心——荷枪实弹的边防战士会猛地拉开隔间盖子，把他和希林拽到刺眼的阳光下。他保持安静，紧张地听着一切声音：还没熄火的引擎嗡嗡作响，脚步声来来回回，有人用阿拉伯语大声嚷嚷。

仅仅是边境上寻常的争论，他这样告诉自己，没什么可担心的。

他这样希望。

即使他和希林都不敢说话，生怕别人听见他们的声音，但因为两个人紧靠在一起，他仍能感觉到希林僵硬身体传递出的紧张。理论上来说，上面堆砌的厚厚地毯可以阻挡住隐蔽隔间的任何声音，同时也避免边防战士太过仔细地检查车斗，但他们又何必要冒险呢？此刻，他们什么也不敢做，只能保持沉默，然后心里祈祷赶快通过检查。

弗林开始怀疑他们是不是要后半生都埋葬在卡车里，要等到一千年以后，考古学家才偶尔发掘出他们的遗骸，终于，在这时，皮卡车晃晃悠悠地启动，开走了，开了大约五十码，又停了下来。

这次，是波斯语的吵嚷声。

让我猜猜，他心里想，我们已经从伊拉克的检查站离开，来到伊朗的检查站了。

这算是个进步，我觉得。

又一次没完没了的等待，但最后，皮卡车再次启动，上路，爬坡了几十分钟以后，车子停靠到路边。弗林长舒一口气，耳边听到隔间外面有人费力地嘟囔着什么，堆起来的地毯被推到一边，隔间的盖子被猛地推开，新鲜空气和阳光瞬间迎面扑来。

"到达目的地了。"他们的司机高声喊道。阿里是一位敦实、友善的年轻小伙，但他也只是在称呼上和他们套套近乎而已。"对我来说，目的地到了。"

弗林帮希林从隔间站起身，尽管他自己还四肢僵硬，无法自如活动。两人发现他们正站在一条迎着大风的山区公路上，看上去很安全，因为看不到边境检查站。湛蓝到让人心醉的天空下，扎格罗斯山脉那灰色的岩石陡坡赫然耸现在眼前。依照先前的约定，有一辆军用吉普车停靠在几码远的地方等待他们。他们两人在巴格达的时候就已经换上了适合登山的衣服。

"我就送你们到这里。"阿里说。他伸出手掌："请付尾款。"

弗林不情愿地从腰带包里抽出一沓第纳尔币[①] 交给他。"呃，我猜，我是不是拿不到发票？"

阿里"哈哈"笑出了声。

正是我担心的，弗林心里暗暗叹息。

得到钱后，那个走私贩没多停留一分钟就离开了。弗林和希林也学他那样，赶快离开。他们跑到吉普车那里，把车开进

①第纳尔，伊拉克法定货币。——译者注

山区。两人很快就远离了主路，开到蜿蜒曲折的偏僻小路上，这条路偏僻到很难称为路。吉普车在未经修整的土路上颠簸前行，视线中的柏油路很快消失不见，一路颠簸得厉害，弗林开始怀念有别人开车而自己只需躺在后面的旅程了。作为一个土生土长的纽约人，弗林习惯了公共交通工具，所以他只好让希林开车自己在一边导航指路。他导航的工具是一个二手的GPS导航仪，那是他们在巴格达露天市场挑选到的，还有一张老式的纸质地图，上面标记出了他认为的山鲁佐德墓室位置，至少根据希林对那本被盗版《一千零一夜》的翻译结果来看，那里是墓室。在经历巴格达干燥的酷热和走私贩车斗底下的窒息闷热之后，这个海拔高度的稍凉气温让人倍感舒爽。

“向东拐，”他指示希林，“这边的希望更大一点。”

“你确定我们走的方向没错？”她怀疑地问，“好像我们越走越找不到方向了。”

“这其实是个好预兆。以我的经验来说，遗失的墓穴之类的，往往都在人迹罕至的隐蔽地方，远离人群密集的城镇——好吧，也偶有例外，比方说梵蒂冈地下女教皇琼安的墓穴[①]，还有巴黎共济会堂[②] 下面的地下墓穴[③]……”

“当我没问吧。”她说，“我发誓，我内心认为你说的这些事大多是你编造的，但我又害怕这些都是事实。”

“害怕，我希望也有好奇。”

---

①女教皇琼安，是传说中公元853–855年的天主教女教宗。——译者注

②共济会，是一种带有宗教色彩的兄弟会组织。共济会堂是共济会组织召开会议的地点，第一座会堂始建于1765年的巴黎马赛。——译者注

③巴黎地下墓穴，位于巴黎地下的一处公墓墓穴，墓穴中有超过600万具尸骨。据悉，地下墓穴原来是矿场，1786年巴黎爆发瘟疫，为解决墓地不足问题，当局将公墓中的尸骨转移至此。——译者注

“是有好奇。”她承认道。

弗林不禁怀疑，如果当他们最终遇到真正的魔法神灯和灯中精灵时，她会有什么反应。从他的个人经验来说，发现神秘事件背后的魔法，这一事实能够改变人一生的轨迹。他的个人经验是，极度的兴奋最终会胜过震惊和怀疑，但谁知道希林会不会是同样的感受呢？

盗贼和杀手是一回事。一个真实的灯神是另一回事了。

他仔细地盯着地图，核实他们两人的进度。因为没有魔毯或者其他任何形式的空中飞行器，他们不能直接飞到地图上那个画着“X”的地方，陆地上驾车前行经常导致他们兜圈子。陡峭的山坡一再考验吉普车的四轮驱动。路左侧是高耸的岩石峭壁，险峻的悬崖在左边直直地陡立。这里明显缺乏护栏，让驾驶车子的人更加胆怯紧张，尽管有张斑驳的波斯语标示牌，提醒着行人注意岩体滑坡和其他危险。

“如若继续前行，自行承担风险。”标示牌上写着类似这样的话。

我就是这个命，弗林心想，搭上莉拉的性命，太可惜了……

书店老板的勇敢和牺牲无疑拯救了他和希林，这种精神弗林没有丢掉。他认为，纪念莉拉·哈姆扎的最好办法，就是确保她的牺牲没有白费——一定要保护神灯免遭坏人染指。

我猜，这也许是她会希望做的事。

希林忽然踩下刹车，把他们两人猛地从座位上摔了出去。一切起因是一块巨石，当他们转弯时，路上忽然出现一块巨石挡住了去路，巨石旁边还散落着其他碎石岩屑。瞟一眼就能很清楚地知道，他们不可能开车绕过这一巨大花岗岩障碍物。看上去，不得不步行从这块大石头旁边挤过去了。

“现在该怎么办？”

弗林耸耸肩。“现在我们需要活动一下筋骨喽。”

两人离开吉普车，开始步行朝着大山进发，偶尔，他们会停下来休息片刻，从水壶里抿一小口水。大路变成小道，然后变成崎岖不平、荒无人迹的山路或者可以说是岩石裂隙，很难称得上是一条给凡人穿越的路径，更像是跨越障碍物的特殊训练场地。零星有几棵榆树和核桃树，点缀着岩石遍地的荒野。光线渐渐暗下去，太阳慢慢地滑入西边天际。在附近某个孤凉的山岗上，一条鬣狗的号叫低沉地回荡。

“我们要不要停下来过夜？”希林紧跟着弗林，紧张地问。

“你看到有好的宿营地了？”弗林拿起 GPS 导航仪，“根据我的推算，我们应该到古墓附近了。”他谨慎地扫视一眼周围。“要是能选择的话，我觉得我宁愿在古老墓室中过夜，也不愿在露天的荒郊野外过夜。”

“你是认真的吗？”希林问，“我们就这么两个选择？”

“这些都比被四十大盗抓住要强。”他指出。

“你这标准可真够低的。那我再也不能奢望在自家床上安心地睡觉了，是吗？”

自从你发现了那本特定的、遗失多年的古书，他心里想，*还让坏人听说这本书，从那时起，你就不再可能睡上安稳觉了。*

他本想编个能让她宽慰的理由，但一阵“呼呼”声打破了旷野的宁静，可以确定无疑，那声音来自逼近的直升机旋翼。他匆忙地拽起希林，把她拉到一棵孤零零的枫树下，然后他抬头寻找山中更好的隐蔽地方。直升机的灯光在苍茫暮色中四处搜寻，不停地搜索光线昏暗的地方，好像正在寻找他们这两个正在逃跑的学者。

“他们是谁？”希林小声地问。

弗林耸肩，表示不知道。“也许只是军方的例行巡逻？”

“你真的这么觉得？”她问。

“根本不信。”

他们紧紧贴着树干，努力避开搜寻的光束。弗林后悔之前没有把吉普车藏好——虽然并不是说他们可以完全把那辆遗弃的车伪装得无影无踪，除非来场岩体滑坡把车彻底埋住。在他们等待直升机远离的时候，时间过得无比漫长，这让弗林回想起前一天晚上他们在房顶紧张地监视那群盗贼时的情形。夜幕降临，加上周围岩石嶙峋，阴影重重，帮助他们更好地隐蔽着，不过弗林还是会想起《一千零一夜》中古老阿拉伯年代的好处，那时四十大盗还不可能有飞机。毫无疑问，那个时候若想从搜查中逃脱，比如今容易得多。

比起直升机，我们可以更容易地从一匹骆驼的追踪中逃脱。

没过多久，直升机盘旋离去，弗林松了一口气，他觉得自己和希林逃脱了追踪……至少暂时是。

“我认为现在安全了，我们可以继续前进了。”他说，“多亏上天给予的小幸运，还有这些崎岖的小山和峡谷。相信我，如果为了寻找一块沙漠绿洲，你正在穿越一片广袤的空旷沙漠，此时你就无法躲避开坏人的追踪。”

“我会记得这点的。”她眼睛盯着远去的直升机说，“你真的认为那是……我们之前打交道的‘老朋友’吗？”

“大概是，”他承认，“据我听到的传言来说，他们已经追寻了神灯七百多年了。我不太相信他们会轻易地就此罢休。”

“但我们不是已经在巴格达甩开了他们吗？”希林争辩道，“他们是怎么又追踪我们到这山区里的？”

“谁知道呢？”弗林说，“也许是阿里或者其他什么人出卖了我们。一位美国公民和一个伊拉克博物馆的逃跑官员想要偷越边境到伊朗去？这可能是人们私底下的热点谈资，即使是低声耳语，我能想象到四十大盗也会从这次走私交易的谈论中知道我们的去向。”他思忖了片刻，又想到另一种可能。“又或者是四十大盗已经成功地把《一千零一夜》解读完毕，书中的线索引领他们来到这里，自巴格达向东北方向延伸地带过去曾是古波斯帝国，正是有关山鲁佐德故事发生的地方。”

“你的所有猜测都貌似合乎情理。”她倚靠着树干，“我期望上次是和他们最后一次碰面，我想，现在看来这种希望不太现实了呢。”

“永远别低估你的对手，”他说，“以我的个人经验来看，坏蛋总是执着得让人讨厌，前头领先并不能一直保持下去，他们很快会追赶上来。如果我每次感觉到自己超过敌人就奖励给自己一元第纳尔币的话，那我现在都能……”

“我明白你的意思了，”希林说，“这样说来，我们更有理由继续前行了。”

“英雄所见略同。”

夜色很快笼罩了大地，迫使他们打开手电才能爬山。弗林始终把手电光束压低直对着大地，避免把手电光照到天空。他们在崎岖的山路上艰难地攀爬，通过陡峭得令人生畏的山坡，穿越了狭促的峡谷。弗林心里祈祷：下山时可千万要比上山轻松一点啊。他的两条腿爬山爬得已经酸疼不已。

“就快到了，”弗林眯起眼睛盯着GPS导航仪说，“大概只有五十码的距离了……”

忽然，他们面前的小路断了。弗林赶忙伸出一条胳膊挡住希林，防止她一脚踩出悬崖的边缘。

“小心，”他提醒道，“这底下看上去非常深。”

他们发现自己正置身于一条幽深的峡谷前，距离对岸至少有 30 米远。一架摇摇晃晃的绳索桥在峡谷间悬荡，连接着峡谷对岸的狭窄礁檐。从悬崖边向下望去，弗林瞥见一条凄凉的河奔腾在大约 45 米下的谷地。河水湍急，卷起雪白的浪花，悬崖边巉峋的巨石消除了任何像“虎豹小霸王”[①] 那种跳入峡谷河中逃生的可能性。一股清凉的山间微风拂过，绳索桥便开始左右摇晃，它让弗林感到不安，并让他回忆起多年前亚马孙雨林中一架类似的桥。确切来说，在他拼命跑过之后，那架桥就在他身后破裂了。

他可不想要再体验一次那种经历了。

“您已到达目的地。”GPS 导航仪提示道。

“不会吧，”希林说，“一定是搞错了。”她拿手中的手电照了照峡谷对面。“即使我们走过了那座桥，对面除了更多的岩石和山以外，什么都没有。”她的声音里渗入一丝苦涩。“我本该谨慎一点，不该如此相信这些无端传言。好吧，这里就是故事的结尾了。”

弗林的耳朵忽然一动。

“你说得对！”他借着手电光线查看起她的笔记，努力回想。“书上说山鲁佐德就埋在故事结尾的地方。”

“所以呢？”她问，明显对他的反应颇感疑惑。

“所以山鲁佐德的故事永远没有结尾呀，这是她故事的最

---

①虎豹小霸王，是 1969 年上映的同名电影。影片讲述两个小镇青年组成一个盗劫团伙，名叫“虎豹小霸王”。在多次抢劫邮车后，盗劫头目的两人被警察通缉，因而走上逃亡之路。在走投无路时，两人爬上悬崖跳入深涧逃生。——译者注

终核心。她精妙地在一个故事的结尾设置一个惊心动魄的悬念，结尾就是戛然而止，所以除了在悬崖峭壁上埋葬她，还有更好的地方吗？”

在解决了古老谜题的好奇和兴奋之后，弗林用手中的手电照向对面的悬崖。起初，他什么也没发现，但没多久，手电光束被一条狭窄的黑色缝隙吞没，那条缝隙位于风化的悬崖岩石表面，大约在距悬索桥有7.6米的下方。花岗岩中嵌入的零零散散云母在礁檐上闪烁着微光，在入口处形成一团微小的星团——好像是凿入悬崖断立面那隐秘墓室的入口标志？他仔细看后，发现这些星星点点的云母光泽恰好形成了英仙座，英仙座是中世纪阿拉伯天文学家们非常熟悉的星座，话说当时的天文学家们命名了英仙座中的很多颗星星呢，这些星星至今还闪烁在……阿拉伯的夜空？

“对啦！”弗林说，“一定就是那里。肯定是。”

“也许吧。”希林看着那条神秘的缝隙，她的语气十分好奇，完全忘记了之前的怀疑论调。“可是，就算那里是墓葬入口，可它在桥对岸悬崖边下面至少7米的地方。所以根本没办法到达那道缝隙，除非你准备了大量的登山攀岩装备……或者是乘坐动力悬挂滑翔机。”

“恐怕是，我的悬挂滑翔机落在另一件外套里了，但容我想一想。”

我们得好好想想，他心里想道，大脑开始飞快运转。假设这架悬索桥大概有30米长，而入口大约在礁檐下边7.6米的地方……

“我有个主意，”他说，“但我说完，你大概会以为我是个疯子。”

“我早就这么觉得。”她说。

14

· 2006 ·

“真不敢相信你竟然说服我做这个！”

希林脸朝下趴在破旧的绳索桥上，两只手紧紧抓着桥的木板。弗林以同样姿势趴在她身后。最近的悬索桥边着起火，火焰正在迅速燃烧着桥上的绳索，一股浓烟从火热烈焰上方冒出来。

“抓紧了，”他回复，“保持好防冲击的姿势！”

转念间，她又有了新疑虑。“但是如果这座桥支撑不住我们两人的重量怎么办？”

桥端绳索被燃烧殆尽，桥身开始从固定桩上松落。但桥身仍然连着对面峡谷端，至少是此刻，于是桥身疾速朝着对面悬崖荡过去，以粉身碎骨的力道猛烈地撞上坚硬的岩石。这一撞击擦伤了希林的手指，差点让她松开握紧桥板的手，但她为了保命狠命抓住不放松。地球吸引力使劲儿地往下拽她悬空的双腿，直到她在身体下面设法找到一个能垫脚的木板。

“弗林！”她缓过来气后，高声喊道，“你成功了吗？”

“精准点来说，”他在她底下回答，“还挂在这儿呢。”

正如希望的那样，这架桥成为梯子，供他们爬上悬崖。她冒险低头看了一眼，看到弗林正在下面也抓着梯子。不幸的是，她也看到了梯子底部的火焰正朝他们迅速逼近，大肆吞噬着干燥的绳子和横档木条。浓烟让她鼻子发痒。烧焦的木板从燃烧的绳子中脱落，如同堕落天使一样坠入下面的急流中。掉下去的木板拖着浓烟和火焰尾巴，砸进泛着白色水花的河水中，转瞬消失不见。

这一切都是我妈妈的错，希林心里想，如果她没有给我灌输那些山鲁佐德的疯狂故事……

没时间犹豫了，她和弗林不停地攀登那架着火的绳梯，直到他们到达了悬崖断立面的裂缝处。她跳下绳梯，跳进阴暗的隐蔽洞口，然后拉起绳梯，帮助弗林也进入洞口。让她感到欣慰的是，这条岩石缝隙足够容纳下他们两个人。黑暗中，他冲她咧嘴一笑。

“你看，”他说，“这个办法行得通！”

火焰追赶上他们的高度，两人赶紧往后躲开，避过绳梯火焰的灼热。没过多久，火焰将剩余的绳梯都燃烧干净，整个梯子都从岩石边垂直落下。希林吓得深吸一口气。

“等一下，”她说，“现在我们要怎么从这里离开？”

弗林耸耸肩。“我们还是一次只集中精力做一件事吧。先去找古墓吧。”

他司空见惯的态度让她目瞪口呆，但她也没有别的选择，只好和他一起。“我想你要知道，这些遭遇比我日常见到的要更危险。我是一位学者，不是个冒险家。”

“我过去也这么想。”他说。

他们从洞口转身，面对着一个进入大山内部的黑暗通道。

“这是天然洞穴吗？”她问。

“我认为不是，”他说，“小心有机关陷阱。”

“机关陷阱？真的有这种东西？”

“墓室总会有机关陷阱，”他说，“或者是镇守兽，又或者是既有镇守兽又有机关陷阱……”

她惊呆地看着他。“你是怎么活到现在的？”

“洁身自好，然后凭着完备扎实的知识储备？”

他们继续沿着通道往里走，里面是更宽敞的过道，很明显是人工塑造的，至少是部分被人徒手或用工具修筑过。过道两侧的墙面雕刻了《一千零一夜》故事中的画面：辛巴达在大海中扬帆远航，一匹施了魔法的马在云朵间飞奔，阿里巴巴发现了隐藏的宝藏，阿拉丁从他的神灯中召唤出灯神……

希林在最后一幅浮雕作品前驻足。难道一切都是因为这件东西？一个能满足愿望的魔法灯？

别瞎想，她在心里暗暗责备自己，*别傻了。根本就没有魔法这种事。*

但是有一份手写体《一千零一夜》最初版本书的隐秘坟墓？这是她愿意相信的发现，因为从某种程度来说，这个不需要她把所有常识和神智都扔下悬崖。这属于考古学范畴，不属于幻想。

不论弗林怎么认为。

有东西在她脚下嘎吱作响，她吓得跳了起来，差点把手里的手电扔掉。弗林拿手电朝她照过去，看到地上是散落的小型动物骨头。可能是只老鼠，也可能是其他啮齿动物。

她害怕地抓紧了心口，感觉到心脏加速跳动。“对不起，这东西吓了我一跳。”

"没关系。每个第一次探寻隐秘墓穴的人都会被吓到。"弗林蹲下，仔细检查那些骨头。"不过，没什么值得害怕的东西。看上去更像啮齿类的褐家鼠，是最普遍的褐色老鼠——除了南极洲，其他大洲都有它的身影。"他眯起眼看，看到破碎的头骨上有些残留线索，"嗯。这个痕迹说明它被咬过。"

"被什么咬的？"

"一种有着相当锋利牙齿的东西，"他推测，"也许是……"

一阵窸窸窣窣的声音从山洞深处传来，打断了他。希林一听到声响就扭过头，瞥见一双发亮的猩红眼睛在黑暗中正凝视他们两人。她举起手电，想要看清那双眼睛的主人，但是手电的光线只照到另一端走廊。那双血红眼睛很快消失，快到让她怀疑是不是自己的眼睛欺骗了她。

"你看到没……？"她刚要说。

"两只恶狠狠的眼睛在监视我们？"弗林说，"你猜呢？"

他语气中明显的赞同并没有缓解希林的紧张感。她握紧了手里的手电，以防需要拿它当作防身的棍棒。

"也许就是另外一种动物，用这个地方当巢穴。"

"我们应该很幸运。"弗林小心翼翼地蹑手蹑脚前行，好像不管前面有没有未知的生物，都打算集中注意力去继续调查一样。他的手电光束和她手中的光线汇合到一起。"你还记得我刚才说的镇守兽吗？"

希林紧跟着他，主要是因为她没有别的选择。"到底是什么样的镇守兽？"

他在过道的尽头停住脚步，似乎前面是一间更大房间的入口。他用手电光束照亮眼前的景象。

"那种很饿的，我猜。"

两道光束共同照出一个巨大的深黑洞穴，里面散落着各种形状、各种尺寸、各种物种的骨头。没有一丝肉的骨头凌乱地散布在地上，简直是零散骨头大杂烩。小型的骨头大概属于老鼠、鸟类或者其他小动物，但其他骨头……希林的血液刹那间冻住，因为她在几米外看到了人类头骨的一部分，还有一截肋骨。一段股骨上面满是咬痕，好像有什么锋利的尖牙或是爪子将肉从骨头上撕下。一柄断成两截的弯刀静静躺在地上，很明显，这对主人非常不利。

“看上去，我们不是第一批发现这个坟墓的人。”弗林从地上捡起那把掉落的刀柄，仔细检查起来。另一截切断的金属利刃躺在几米外的地上。“我估计，大约是 11 世纪的东西。极有可能是土耳其制造……”

看到这么恐怖的景象，希林头晕目眩，找到遗失古墓的那种兴奋感，与一种对潜伏在黑暗中随时会突袭他们的未知生物的异常恐惧交织袭来，让她无法招架。她想拔腿逃跑，但却无处可逃。

“你，你觉得他们遭遇了什么？”

一阵粗暴的狞笑从他们身后传来，吓得他们赶忙往洞穴里飞奔，顾不得脚下踢开了大点的骨头，踩得小骨头“嘎吱”作响。他们的奔跑，溅起白色粉末的粪便样东西，味道十分难闻。

“又是狞笑，”弗林嘟囔，“我有没有和你说过，我最讨厌狞笑了。”

一根绷直的细绳横在地面低矮处，他们两个逃跑时慌不择路绊了上去。突然，弗林和希林的双脚都被一张隐藏在阴森残骸下面的网兜住，猛地被拉到半空中，随之掉落的骨头“嘎嘎”作响。还没等希林缓过神来，她就已经被悬吊在半空中了，和弗林一起，困在捕猎网里。他们在网中来回挣扎、摇晃。

“镇守兽和机关陷阱并用，”他咕哝着说，“我猜是这样。”

安装在墙壁上的火盆式火炬，齐刷刷地被引燃，照亮了这间洞室，也让他们看清了抓住自己的恐怖生物。

不是吧，希林心里犯嘀咕，这怎么可能呢。

面前的这个生物看起来像极了死尸和猎狗的杂交物种。斑白的癞疮样腐肉紧贴着骨架，很明显能看到凸出来的肋骨。长满毛的尖耳朵，还有像狗一样的口鼻，这些都排除了这个东西是人类的可能。锋利的牙齿从同野生动物一样的下巴中突出来，似乎正是那些骨头上的牙印来源。这个怪物的胳膊下和肩膀周围都长着灰色的粗野鬃毛。手指和脚趾都无比长，每根手指和脚趾似乎有很多个突起的关节，指尖末端有着长长的黄色爪子。怪物的腰间裹着一块破烂的遮羞布，这让希林稍稍安心。看到吊起来的人类，怪物的恶魔般红眼洋溢着喜悦。

“哇，”他狞笑道，“看看我们抓到了什么？又一群莽撞的盗墓贼来给我开胃？”

希林的怀疑精神瞬间被现实击得粉碎，碾成渣渣。“难道这是真的……”

“食尸鬼，”弗林补充着说，“正是源自《一千零一夜》中的东西。”

当然，希林比谁都熟悉那些传说。食尸鬼是一种恶魔般的怪物，可以变化形态，据说专门猎食死人的尸体。根据《一千零一夜》里的故事，食尸鬼们经常出没于废墟、墓地和墓室这些地方。但读书读到这种东西是一回事，亲眼看到则是另一回事了；亲眼所见一只食尸鬼，就足以让她的世界观土崩瓦解——也刚好符合弗林所说的一切离奇怪谈。

是真的。都是真的。

甚至连食尸鬼都是真的。

* * *

“当然。”弗林恍然大悟，“英仙座最亮的一颗星是大陵五，就是取自阿拉伯语‘食尸妖’，翻译成现在的说法，就是‘食尸鬼’。外面那个微型英仙座标示不仅仅是墓穴标示，它还是一个提醒危险的警示牌。”他拍了一下脑门儿。“我真应该早点料到这种事才对。”

食尸鬼舔着他的嘴唇，轻轻拍拍自己凹陷的肚子。

“美味的腿肉和胸脯肉。”他欣赏着自己的猎物，狞笑着说。他的声音如同脚下那些尘灰满地的骨头一样干巴巴的。“真是丰盛的大餐啊！”

“等一下。”弗林挥起那柄残刀，尽管它不足以抵挡这个存在千百年的怪物，“我听说食尸鬼只吃死人的肉。我和同伴都还活着呢。”

“哦，我会先杀死你的，”食尸鬼对弗林的反对意见完全不在乎，“然后，等你腐烂，一直到你的肉变成烂肉，变得美味。那滋味，要比老鼠和蜘蛛可口多了。我已经很久很久没有品尝过男人……或者女人的肉了。”

弗林身边的希林不禁打了个冷战。“是真的。”她嘟囔着，似乎不是和他说话，只是喃喃自语，“眼见为实，都是真的啊。”

“恐怕是的。”相对来说，她能如此镇定地应付突如其来的魔法世界，让他刮目相看。她整个对世界的认知发生了不可逆转的天翻地覆的改变，而她似乎还能镇定自若——差不多算得上镇定自若。他忍住没对她说那句：“我早就告诉过你。”

这样的话说出来没什么好处。

食尸鬼一步步逼近它们，突出的嘴巴不断流下口水。“或许，我可以先留着你们中的一个，等我吃完其中一个以后再吃另一个？没必要一下子吃掉你们两个。”他脑袋左右摇晃，心满意足地看着猎物，“但我应该先吃哪个呢？好好想想，得好好想想……”

弗林绝对不想做他的第一道或是第二道菜。他花费了这么多年取得了二十多个学位，可不是为了要葬身于这怪物腹中。就这么死去，将是对他高等教育的残忍浪费，也将是希林辉煌事业的悲惨结局。

“我们先做个交易怎么样？”他问。

“你说，交易？”食尸鬼沉思着看向弗林，尽管饥肠辘辘，但怪物的语气听上去满是好奇，“你会拿什么来交换你们的性命？”

起初，弗林脑子还是蒙的，但他忽然想到他所处的环境——山鲁佐德的坟墓。

“一个故事如何？”

食尸鬼的眼睛瞪大。

“一个故事，”他渴望地说，“我已经很久没听到一个好故事了，久到比我品尝人肉的时间还要长，我已经读过一遍又一遍说书人所讲的著名故事了——读了一千个夜晚，读了一千遍。”

弗林相信他的话。他知道这个食尸鬼不太可能会外出。

“你说的‘说书人’，是山鲁佐德，对吧？”

“还能有谁？”食尸鬼回答，“苏丹命令我守护这个说书人的墓室，还让他的大巫师为我施以强大魔力的魔法，强迫我遵守约定，不过，这都是千百年前的事了。现在，我是多么希望能听到一个新故事来取代脑海里的旧故事！”

对你来说是新故事，弗林心想，我觉得我能办到。

“那如果我们给你讲一个故事，一个你从来都没听到过的故事，你会放我们走吗？”

“我不会给你任何承诺的，人类。”食尸鬼蹲坐在地上，准备好了听他讲故事，“只要你的故事还能吸引我，我会留着你的命。”

就像山鲁佐德那样，弗林心里想，好吧，既然她能把故事讲一千零一个夜晚，我至少能让我们两个活过今晚……

“非常公平。”弗林清了清喉咙，然后开始讲故事。“很久以前，有个勤奋好学的年轻学生，他打算一辈子都待在校园里……”

他的故事开头很强劲——用自己作图书馆员初期的功绩来取悦这个食尸鬼，但是无论从体力还是脑力上来说，讲一个持续几个小时的故事比他设想的要艰难得多。没过几个小时，他就感觉到自己的精力已经疲乏。他又累又饿，嘴巴和洞室中遍地落满灰尘的骨头一样干燥。他的舌头变得又沉重又黏稠又笨拙，所以他只是尽力去把词语串联起来，就像砌砖一样费力，但这么做也没省什么力气，因为爬山太久，他的体力已经消耗殆尽。他渴得快疯了，可是水壶也已经空了。他偷偷瞄一眼腕表，离天亮还有几个小时。他们还要在漫漫长夜中煎熬，那个食尸鬼没有一点想放弃的迹象。

“嗯，我们可不可以暂时停顿一小会儿？”他问。

食尸鬼的肚子恰好这时咕噜作响。“哦，我觉得我们可以停顿一下吃点东西……”

“没关系，”弗林赶忙说，“不用在意我刚才说的。”

他尽力抿出一点口水，好能继续开口讲述他的故事。

“然后，那个勇敢的图书馆员就开始了另外一个任务，寻找另一件神秘的……”

那个食尸鬼打了个哈欠。“哎呀，哎呀，就像以前和以前的以前一样嘛。太无聊了……我有点饿了。”

真是人人都爱瞎评论，弗林心里抱怨。“好吧，那我们跳过开头，直接讲精彩的部分。”他努力快速启动大脑，但此刻，大脑似乎运行非常缓慢。也许，他需要超越自己的自传，虚构点更夸张的故事，讲些潜藏在他记忆里的老故事。“所以呢，接到他的任务后，我们的主人公就开始了一次惊险的旅程，从热带地区的一个港口坐船航行了三个小时……”

“让我猜一猜，”食尸鬼打断他的话，“然后沉船了，然后他被迫漂流到一个荒凉的海岛上了，就像辛巴达和他的水手们经常遭遇的那样。”他不耐烦地沉下脸来。“这个故事我听过了。”

弗林干巴巴地哽住。“嗯，我讲过百万富翁和他妻子的故事吗？”

“嗷”的一声咆哮后，食尸鬼四脚朝天地躺到地上……变成另外一副模样。他的轮廓一时间变得模糊，就像是雨中被冲刷的颜料一样，他毫不费力地转变成一只更大体型的鬣狗。他的颈毛竖起，尖牙亮出。弗林和希林不约而同地倒吸了一口冷气，尽管惊魂未定的图书馆员意识到他们本该预见会有这种情况发生。

毕竟，食尸鬼本来就会变形。

“坐下！别动！”弗林大声喊，“没必要着急。我还有很多很多故事没讲呢！”

食尸鬼变回原来的样子。“比方说呢？”

“呃，嗯，就是……”

弗林知道，理论上，他知道在食尸鬼之后几百年间的无数个故事，但是又有多少个故事有新意呢？他回想起来，据说所有故事不外乎七种左右的基本情节走向，他觉得食尸鬼已经对所有故事的基本冲突都了如指掌了。更关键的是，当他想到一个故事正要讲出来时，就被堵住了；他的大脑一片空白，就像一位演员站在舞台上忘记台词一般，而台下还有一位怀有恶意的观众。豆大的汗珠不由得从他脸上流淌下来，他感觉到作家灵感枯竭的致命状态出现在自己身上。

*这不公平，*他心里愤恨，*我只是个图书馆员，又不是说书人。*

“我还等着呢，”食尸鬼说，“不过，不会等太久。”

弗林张开嘴，但是什么也没说出来。他脑袋里还在斟酌要如何把故事从吸引人讲到有新意，这时，希林先开了口。

“在那艘船上，有位年轻的女孩，她从小就喜欢古老的传说，从来不相信这些传说……但在她内心深处的幽蔽角落，她还是愿意相信。她生活的国度有一位暴君，那里的女人们永远得不到应该有的尊重，而就算这样，这位女孩仍梦想成为一个伟大的学者，尽管她家中很多人都不同意。他们日日夜夜在女孩身边唠叨，反反复复就是那几句：希林，你为什么不嫁个好男人组建一个家庭呢？但她太热爱知识了，她热爱书超过任何事情，所以，她想在时光的摧残中保护这些书……”

食尸鬼重新坐回地上。“继续讲。”他说。

“我只是刚讲了一下开头，”她向他承诺，“有一天，这个女孩离开家去追寻自己的梦想，不管挡在她前面的是什么困难，她都想办法向伟大城市巴格达中值得尊敬的学者和老师们证明自己，巴格达曾是神话中学术和知识的中心……”

希林接着他的故事继续讲起来，弗林得以松了一口气。严格来说，她给了弗林救命的喘息机会。

看上去，我真正缺乏的，不是灵感，而是一位合作者。

结果证明，根据她本人的生活和经历，希林有很多故事可讲。她的所有故事都倾泻而出：她的童年生活和学习生涯，一段最后让她心碎不已的失败恋情，过去几年她遭受的战争和所有其他困难、危险。

“那座曾经辉煌一时的城市现在被各种墙和纷争划分得支离破碎。人们彼此攻击，新仇旧怨不断，直到从自家走到邻居家都变得不安全。有一天，这位女孩正在市场上买东西，一辆飞驰的汽车撞上了一栋大楼，引起惨烈的爆炸。那震耳欲聋的声音震得女孩耳朵都听不见了，一时间，浓烟和灰尘遮蔽住太阳的光芒，把白天变成了黑夜。女孩从爆炸现场逃出来，备受惊吓，她一度怀疑自己的性命不久也将殒灭……”

在她回忆起这些显而易见是悲惨的经历时，她的嗓子哽咽了片刻。弗林担心，不知让希林把这些故事讲出来到底是帮助了她还是在伤害她。的确，一只吃腐肉的食尸鬼不是理想的心理治疗师，但也许这是一个让她畅快发泄情绪的机会呢？

因为希林的缘故，弗林更希望是这样。

无论如何，希林的故事已经达到了既定目标：继续吸引住食尸鬼的注意力。那个怪物安静地蹲坐在地上，那神情毫无疑问比听弗林讲故事的时候更专注。图书馆员感觉到一种被挑战的刺痛。

嘿，那个有关水晶头骨的故事其实还不赖的，我觉得。

并不是说他真的想抱怨食尸鬼更喜欢希林的故事。几个小时过去了，火盆中的火炬开始飞溅，火苗渐渐减弱。食尸鬼又打了一个哈欠，这次困意更浓了，开始频繁垂下头。弗林和希林交换了个“有希望”的表情。也许，他们还是可以活着看到黎明。

“然后，在一个灾难性的夜晚，”希林继续说道，她的声音开始变得嘶哑，“一伙盗贼偷偷溜进智慧宫，偷走了一卷古书，那书里包含着一份超乎寻常的宝藏寻觅线索。我们的女孩，奉命照看这些古书，担心这本古书就这样永远地失去了，但在这时，出现了一位风度翩翩的陌生人——那个图书馆员，还记得吗，就是她在船上遇到的那个人？他走入她的生活，向她揭示了这个世界真实存在的魔法……”

她的声音顿住片刻，弗林明白，她也词穷墨尽了。昏昏欲睡的食尸鬼抬起头，发觉出她的停顿。“就这样？你讲完了？”

“不，没有，”弗林坚称，“我们正要讲到最有意思的地方。”

他低声对希林耳语。“接着讲啊……再讲一会儿。”

“我觉得我实在讲不下去了，”她虚弱地说，“我现在没办法清醒地思考。”

弗林感同身受，他记得几个小时前自己的状态。“别担心，我来。”

他接着她刚才讲到的地方继续说下去，这段时间的休息足够让他喘口气。

“他们两人的重逢正应时，因为图书馆员也正在寻找那份宝藏，想要在坏人之前找到，但他需要那个美丽女孩的帮助——只有她能记得那本被偷古书里的秘密，而且能够解读那个谜题。唉，可惜的是，最初她还很怀疑他，一直把秘密藏在心底……”

希林猛地用手肘怼了他一下。

“噢！他说，因为感觉不被她信任心里难过极了，但他敏锐地观察到她同样也很危险，所以他就跟着她来到一个热闹非凡的市场。在那里，一个形迹可疑的陌生女人走上前和我们漂亮女孩说话，还试图劫持她……”

忽然传来的呼噜声打断了弗林的讲述。地上，食尸鬼的眼睛完全闭上，他侧躺下去，在散落的骨头中间委出一个栖身的小窝。弗林竟感到有点被冒犯了，因为食尸鬼没能多清醒一会儿听他讲到后面的故事。

我刚要讲到我是怎么转危为安这种精彩之处。

“你成功了，”希林悄悄说，“他睡着了。”

“我们成功了。”他纠正她。

弗林看了一眼腕表。照理说，外面的太阳应该刚刚升起。

“看上去食尸鬼是夜行生物，”他说，“这可真不错。”

弯刀手柄边缘参差不齐，原来曾是刀身，弗林拿起这截断裂的刀柄割起网来，很快割出一个洞，接着割出一条口子，足够他们两人挨个钻出来。“小心点，别弄出太大声音，”在他帮希林从网中下到地面时，他如此建议说。散落的骨头被她踩在脚下，发出“嘎吱嘎吱”的轻响，吵得食尸鬼焦躁地动动身子，但他很快就又睡熟了，弗林趁机小心翼翼地下到地面。他伸展开四肢，让血液循环起来。

“我觉得他一低头就睡着了。”希林小声地说。

“他真幸运。”弗林蹑手蹑脚地离开食尸鬼，“我也超想闭眼打个盹儿。”

她回头看了一眼来时的路。“也许我们可以设法离开这儿？”

“在我们找到想要寻觅的东西之前，不能走。”话虽如此，毕竟他俩差点成为食尸鬼的夜宵点心，他也能理解希林和他有不同的想法。“但如果你想离开，那剩下的就交给我，没关系的。我的工作就是要接受这么疯狂的事。你不是。”

她想了一下，但也就仅仅一下而已。

“我都大老远地跑来这儿了。也许我也能干到底。”她仔细打量了一眼正在打鼾的食尸鬼。“另外，如果变形的食尸鬼是真的，那我猜阿拉丁的神灯也不再是遥不可及的幻想。这说明你一直都是对的。我们不能让那些杀手先拿到神灯。”

弗林敬佩她经历过这么多艰辛后，还能如此坚定。“很高兴我们终于意见一致了，我想可以这么说吧。几分钟之前我说过，我真的非常需要你的帮助，这话绝不是开玩笑。”

“我记得，”她说，“你还说过‘漂亮女孩’，是吧？”她用调侃的语气对他讲。“你说的是‘美丽’这个词吧？”

“我似乎想起来，有人说‘风度翩翩的陌生人’来着。”他一边反驳，一边好奇地挑眉。“风度翩翩？”

“讲故事一种诗意的夸张而已，”她红着脸说，“不过这都不重要。现在我们不是有个古墓等着探寻？”

“没错。”

调情可以以后进行。该去探索山鲁佐德之墓了……还有《一千零一夜》埋藏的秘密。

“您先请，美丽的女孩。”

15

· 2006 ·

踮脚悄悄走过食尸鬼的巢穴，弗林和希林走进下一间洞室。刚迈进去，他们两个都惊奇地瞪大了双眼。希林深吸一口气，不过这次并不是因为害怕。

“这真是，”她惊叹地说，“山鲁佐德之墓……真的。”

弗林并没有马上直接看到墓室或者石棺。“更像是墓穴的前厅，我觉得，但我知道你的意思。这真是……哇哦！”

与之前那间令人毛骨悚然的堆满骸骨的巢穴不同，接下来的这间大山洞可称得上是阿拉伯艺术与建筑的杰作。上面没有钟乳石，而是高大的穹顶，让这个房间给人一种更加宽敞的感觉。无限重复着阿拉伯花纹的华美瓷砖装饰着任何平面，不论是墙还是天花板。阳光透过彩色玻璃窗照射进绚丽多彩的穹窿，那些彩色玻璃巧妙地镶嵌进房间顶部。一张手工编织的精致波斯地毯吸引了弗林的注意力，让他无暇去欣赏这间屋子其他的华丽装饰。石刻的书架放着大量落满灰尘的书和卷轴，想来应该是山鲁佐德的个人藏书，还有纪念她故事的东西，包括一艘古代阿拉伯样式的帆船模型、一匹玩具大小用铜和银打造的机动公马、一片巨大蛋壳的碎片。

没有一样东西长得像神灯，像魔法物件。

如果那样的话就太简单了，弗林心想。

希林瞪大了眼睛，在房间正中整整转了一个圈，把所有东西都浏览一遍。“真是太壮观了，”她轻声说，“但他们究竟是怎么把这些陪葬品运送到悬崖下边的墓室这里呢？”

“用魔法？”弗林猜测，“或者食尸鬼负责那些沉重物件的搬运？”

如果是普通图书馆管理员，弗林会花好几天的时间来欣赏前厅这里的宝贵艺术品，但是作为图书馆员，他知道他们应该把注意力放在继续寻找神灯上。房间墙面的珠帘掩饰着紧接着那间屋子的入口，那间屋子开凿进坚硬岩石更深的地方。弗林感觉，他们已经接近了任务的尾声——或者可以说是目前搜寻程度的结尾了。

他凑到珠帘后面，眯着眼往里看。

找到了，他在心里欢呼。“希林，你快来看看这个。”

第二间屋子与前厅一样装饰优雅，同样有泛着光泽的陶制墙砖和阿拉伯花纹，但是和正中间的石棺相比，这些华美的装饰都黯然失色，成为毫无特色的背景。正中精巧完好的石棺上，雕刻着一位有异域风情美貌的苏丹娜，横躺在砖石地面上的石棺外。雕像上那双典雅的眼睛凝神望向永恒的时空。

“是她，”希林悄声说，“山鲁佐德。”

弗林赞叹这座雕像沉静、安详的神情。

“她阅读诗歌，熟识于心，”他背诵起来，“她精通哲学、自然、艺术和历史伟绩；她文雅友善，才智博学，蕙质兰心。”

希林转过身面向他，辨认出了他引用的话。“理查德·伯顿爵士[1] 的评价，来自 1885 年翻译版《天方夜谭》。”

“没错。”弗林仔细查看了一下雕像的面部。“你知道吗，她长得确实和你很像。”

“是吗，她像我？”希林对她和雕像的相似感到惊奇，“该不会是你觉得我妈妈讲的故事是真的吧，认为我真是她的直系后人？”

“很有可能，”他说，“你们两个看上去非常相像。”

她不禁朝他笑了出来，她那全神贯注盯着宏伟石棺的眼睛飘移开片刻。“这是我听过所有对我的评价里，最让我开心的话了。”

他很难抗拒她的笑容魅力，以至于分了神无法专注于他要应对的任务。幸运的是，他们不必费劲去打开石棺。一部厚重的皮边大部头书正好放在石棺的正上方，由大理石雕像双手紧紧抱着。书的封面刻着鎏金波斯字体“Hazar Afsan”。

“一千个故事的意思，”希林解释说，“加一个故事。”

弗林冲着那本古书一扬头。“你介意尽一下主人之谊吗？”

“求之不得。”希林走近石棺，恭敬、小心地从石像手中把那本书往外抽，直到完全从雕像手中取出她才敢喘气。“该死。要是我想着带双工作用的棉手套就好了。”

弗林心里很同情她的想法，但很久之前他就已经意识到：有些时候，你工作时不得不学会有所妥协，尤其是在和一群坏人竞赛寻宝的过程中。“你不必所有事都按照书中的要求去做，这里我可不是故意双关。”他满怀期待地看着那本厚书，“是它吗？是山鲁佐德写的最初那本吗？”

---

①理查德 · 伯顿（1821—1890），英国人，身兼探险家、地理学家、翻译家、作家等多重身份，对中东文化和亚洲文化造诣颇深。——译者注

“我认为是。”希林将书放在石棺上，小心翼翼地翻起书页，里面是一行接着一行的手写字。她眯起眼睛仔细看着那些优美的手写字。“尽管我甚至不敢相信。这不太可能啊。”

“请相信。”弗林将手电照过去给她阅读提供更多光亮，“我觉得我们外边那位吃腐肉的朋友不会数百年来守卫一本假书或者摹本。”

“太不可思议了，”她充满热情地说，“就看一眼，我就敢说这本书要比我之前翻译的那本书，不，比现存任何版本的《一千零一夜》都更古老、更完整。”她不停地翻阅着手中的书，眼睛片刻不离。“这里面的故事一个套着一个……我都不知从哪里开始调查好。”

“嗯，我不想催促你，但也许你可以跳过其他部分直接去读阿拉丁那个故事，去看看他的神灯最后下落如何？”

“好，当然。”她恍然大悟。“抱歉啊，我现在的脑子还在亢奋——我真是在山鲁佐德的墓中，正读着她写的第一版故事书！”

她开始更专心地读起书来。弗林后退一步，给她足够的个人空间，不过手里的手电仍然为她点亮着。他环视一周墓室，小心地寻找是否有其他机关陷阱或者圈套。他发现这里明显没有蜘蛛网和老鼠之类的痕迹。

估计是那个饥饿的食尸鬼把墓室中害虫问题都解决了，他心里想。哎呀，好恶心。

他很想冲过去亲自去查看那本书，不过他忍住了。希林比他更了解《一千零一夜》，大概对这本书可称得上如数家珍。不论他多么迫切地想知道有关神灯下落的线索，他能做的，就是站到后面，让她去专心研读。他发觉自己无意中不耐烦地用脚一直在跺镶满瓷砖的地面，就赶紧停了下来。

“在这里，”她声音里满是兴奋地说，“这段是我之前没读过的，任何《一千零一夜》的版本里都没有过。”

他立即走到她身后，越过她的肩膀向前张望。“写着什么？”

“用《读者文摘》那种通俗易懂的方式说吗？这上面说，在阿拉丁风烛残年之时，害怕起灯神的巨大力量，他担心这个任性、残忍的灯中精灵如果从神灯逃脱获得自由身之后，世界会是无比凄惨的下场。于是，他把那盏神灯托付给他同一时代的好友——辛巴达和阿里巴巴，他们两人承诺要将这盏灯藏到一个魔法岛屿上的山洞里，让巨石守卫那个山洞。”

想到自己刚才说的话，希林的脸沉了下来。“一座不知名岛屿上的一个隐蔽山洞？这些信息对我们来说一点用也没有。我们要怎么找到那座被施了魔法的岛屿？”

弗林留意到，她并没有质疑那座岛屿和神灯是否真的存在，只是在怀疑他们是否有能力找到它们。很显然，遇见食尸鬼，然后又发现了这座古墓，她仅存的一丝怀疑也被撕碎了。她不再扮演同穆德唱反调的史考莉的角色[①]。

“你问得还真巧，”他说，“我还真想到个法子。”

就在他想要详细解释的时候，突然，一连串机关枪的“嗒嗒”声打破了古墓的神圣和宁静。这些扰人心烦的噪声来自两间屋子以外的食尸鬼巢穴。弗林听到那个受惊的怪物只痛苦地号叫了一声，哀嚎声随即就被机关枪的射击声打断。很明显，这只古老的食尸鬼根本不是现代武器的对手。

①史考莉与穆德是电视剧《X 档案》中的两位主角，两人是联邦调查局负责调查神秘事件的工作搭档。女主角史考莉注重理性分析，认为一切都可以从已知的科学进行解释；而男主角思想超前，想象力天马行空，常常认为神秘事件背后是外星人或是超自然力量，因此两人常会有不同见解。——译者注

“怎么了？”希林赶忙抓起古书，把书抱到胸前，“发生了什么事？”

弗林回想起之前在山林里搜寻的直升机。“我想，是有朋友来了。”

话刚说出口，一小支持枪的队伍便闯进墓室。他们把枪口对准弗林和希林。“想要活命的话，就一动别动！”一个面色阴沉的持枪男子警告他们，“把你手里的剑扔掉……或者，不管是什么玩意儿，扔掉！”

弗林都忘了自己手里还攥着一把残损的弯刀。他将残刀扔到地上。

“这就对了。”持枪男子说，“站在那里别动，图书馆员。”

弗林觉得他认得这个闯入者，就是曾经袭击书店的一员。当弗林发觉自己极有可能面对着杀害莉拉·哈姆扎的凶手之一时，惊愕中，心里腾起一团怒火。弗林的天性并非喜爱暴力，他更喜欢用智慧代替武器，但是此时，他的拳头不由得在身体两侧紧紧握起。他走到希林和古书前面，保护着后面的人和东西。

“我们找到了他们！”持枪男子高声喊。“这里安全，你们可以进来了。”

其他入侵者——总共算下来至少有十二人——呈扇形排开，站满了整间墓室。过了一会儿，更多的古墓强盗进入屋内，包括在市场上和莉拉书店出现的那个女子，此时她穿着利落的黑色毛衣、裤子和靴子。她恶狠狠地瞪了一眼弗林和希林，好像仍旧对他扬到她脸上的那把姜黄粉怨恨不已。她手中玩弄着一把寒光闪闪的锋利匕首。

想忘记过去不愉快的事，怕是没那么容易，弗林心里想。

她身边站着一位身形修长、体格健硕的男人，穿戴着坚固的户外装备。他的头部和半张脸被一块藏蓝头巾包裹住，只露出一双冰冷的蓝眼睛。他应该是这群人的头目，因为背着机关枪的枪手站到一边让他站在正中间。此人只在后腰处别了一个里面装着手枪的枪套。进入室内后，他对着无线对讲机说起话来。

“直升机阿尔法，我们已经找到目标。原地待命。”

“收到，大首领。”对方如此回复，伴随着“呼呼”作响的旋翼声音，“直升机讲话完毕。”

那个男人把对讲机收起来。

这里谁说了算太明显了，弗林心说，管他是谁呢。

那个男人看到石棺之后，面露喜色。

“终于啊，”他说的是英语，尽管脸上的遮挡布抵消了一点点他的美国口音，“干得好，卡森先生，马斯里博士。你们可是让我们好找啊，不过，最后，你们还是把我们带到了我们寻觅了几百年的地方。”

弗林在心底喊，为什么那个死去的食尸鬼要轻易地让四十大盗追上他俩呢。他疑惑了一小会儿——这些敌人究竟是如何跟随他们来到这里的，很快他就明白：从那辆被抛弃的吉普车到峡谷中被烧焦的悬索桥，这些痕迹太过明显，很容易就能追溯清他和希林的行动路线。谁知道呢，说不定是他们也解开了古书中的“悬念”，然后利用直升机进入古墓洞口。

能不能哪怕有一次啊，弗林心里无奈地想，让我找到遗失的古迹时没有不请自来的敌人。

“所以，我猜，你就是四十大盗的首领喽？”弗林试图保持勇敢的态度。他心里也不清楚哪个更恐怖：是吃腐尸的食尸鬼，还是带着自动化武器的职业罪犯。“很明显，你知道我们的名字，但我不记得我认识你。”

“叫我和卓就行。”那个男人笑着说，好像在说一个只有他自己才懂的笑话。

“是不是和卓·侯赛因，与《一千零一夜》中四十大盗首领的名字一样？”弗林说，一语点破对方说的是容易被揭穿的假名，“我觉得你说的不是真名，尤其是从你给我的印象来说，你甚至都没有阿拉伯血统。”

“说得很好，卡森先生。我看得出来，这么多年来图书馆并没有丧失格调，至少从图书馆员的博学程度来说，水准还在。我确实对你做了一番细致的调查，卡森，然后我注意到，对于纽约大都会图书馆你目前的职位来说，你的资历明显过高——但是，当然了，你也并不是普通的图书馆员工。”

弗林并没有假装不知道这个所谓的“和卓”说的是什么意思。按照贾德森的说法，图书馆和四十大盗应该已经交手过很多次了。

“每个人都需要一份正职嘛。”他故作随意地说。

“太对了，”和卓指了指身边那位身姿曼妙的冷面女子，“我相信你已经见过我的副手——马尔贾娜了？”

她的黑眼睛随意凌厉地扫过弗林和希林，就让弗林紧张得冒汗。

“呃，我觉得我们还没有正式介绍过彼此……”

“相信我，”她不悦地说，“你给我的印象可是非常深刻。你们两个都是。”

这正是我害怕的，弗林心想。“那个，关于香料的事情，你要知道，并不是有意针对你……”

她听完，露出嘲弄的冷笑。“我们以后会弄明白的。”

“别说客套话了。”和卓越过弗林，盯着希林，“书给我，马斯里博士。”

希林转头问弗林。“我们还有别的选择吗？”

“暂时没有。你最好按照他说的去做。”

“听图书馆员的话吧。”马尔贾娜推走弗林，站到希林身边，而希林不愿把古书交给这个女人，“放聪明点。”

她把书交给和卓，后者迅速翻看了起来。弗林在疑惑这个人可能根本看不懂古波斯文。和卓“砰”的一声合上了书，然后为了安全把书夹到自己胳膊下。

“我猜你们已经读过书中相应的内容了，”他对希林说，“书中怎么说神灯的下落？”

“什么也没有，”希林撒谎，“至少是这么仓促地阅读下，发现不了什么。翻译这种文学作品需要相当深入的精准研究。我们说的是无数个小时、无数天、无数月，甚至要花上好几年时间。”

“别对我说谎，博士，也别向我证明此刻你俩对我们毫无用处。我们有自己的专家，如果有必要，他们能够很快解读其中的内容，但是，你们能不能活到下一分钟，就要看你能不能及时提供给我想要的答案了。”他掏出手枪，把枪口对准了弗林，“或者，我们可以现在就解决掉卡森先生，然后让你为我解读其中内容。”

“不要！”希林脱口而出，“你不需要这样。”

“这样啊，看来你的确是有什么消息可以分享给我了？这本书里有什么新的线索？”

希林颤抖着说：“也许有，但这只是个故事，并没什么太多信息。”

“你尽管说，我自己判定。”和卓仍旧把枪对着弗林，“请赐教。”

当希林说出她读到的不知名岛屿上的洞穴时，她的心揪了一下。“被凶残的巨石守护着，”她总结说，“山鲁佐德写的大概就是这样。”

“我懂了，”和卓说，“那我们要怎么才能找到那个岛屿？”

“我不知道，”希林说，“这是事实，我发誓！”

“也许吧。”和卓把枪对准她，“那你呢，图书馆员？对于我们下一步该怎么行动，你一定有什么主意了吧……你拿想到的办法来交换马斯里博士的性命如何？”

弗林顿住了，急切地想找到个既能保护希林也能守住秘密的办法。“你为什么认为我没被难住呢？”

“因为你是图书馆员，”和卓说，“你就是干这个的。”他扣动扳机。“但是，若你们两个真的对我们没什么用……”

弗林是个水平一般的扑克牌玩家，但他觉得此刻和卓不是虚张声势。

“地毯，”他说，“就在前厅里。”

“要地毯干吗？”和卓暴躁地问，“别逼我拧折你的胳膊，卡森，无论你理解成字面意思，还是按照比喻来想。”

“我更喜欢拔牙。”马尔贾娜说，“哦，对了，这绝不仅仅是一种吓唬人的说法。”

弗林倒吸了一口冷气。他们两个是要动真格的。

“按照惯例，那块地毯的图案设计成几何形状，以精确计算方式伸展的图形组成了一个抽象图案——两个交错三角形叠加组成的一个特别星形。”

希林立刻明白，接着他的话说：“所罗门封印。”

“完全正确。”弗林之前就注意到这块地毯的图案组成了所罗门封印，“根据传说，这个六芒星封印是所罗门王用作信物来指挥精灵和地下恶魔——不论是自然还是超自然的力量。”他不由自主地停顿片刻，以调动听众情绪，增加戏剧性效果。“据说，所罗门还拥有一块魔法飞毯，能够载他到任何他想去的地方，不论是天涯还是海角。”

和卓终于明白，认同地点点头。“你认为隔壁房间的那块地毯就是……？”

“是所罗门王的魔毯，没错。”弗林有些吃惊，这个盗贼团伙的头目居然对这一提议并不吃惊，“你一点都不怀疑我的话？”

“我们还要找阿拉丁的神灯呢。”和卓提醒他。

“那倒也是。”弗林起身要往前厅走，但被和卓的手下拦住，“借过一下？”

“让他过去吧，”和卓吩咐，“但你们要盯紧他。我们绝不能再让他溜掉。”

马尔贾娜听到最后一句时，身子一震。她朝弗林甩过去一记憎恨的白眼。

好啦，你这样真是多此一举，他心想。

两边持枪的手下各让开一步，让弗林通过。希林也要跟着他走过去，却被和卓拦住。“你就和我们在这里等如何，博士，我只是防止那个图书馆员偷偷留一手。”

“留什么手啊，我手上干净得很，就一块手表和一层鸡皮疙瘩，”弗林说，“都跟我过来吧。”

他领着众人来到前厅，那块精致的地毯仍静静躺在地面上。它的边缘缀着一圈金色流苏，地毯整体是绿色的丝绸和金丝编制而成，就和历史书上描述的一模一样。他指着地毯中间那个交织的三角形。

“就是这个……所罗门封印。”

希林一直盯着封印图案。“简直不敢相信，我之前竟然没看到！”

“嗯，你当时还处于被食尸鬼差点吃掉的恐惧中，没缓过神来。”他说，“另外，大概我对所罗门王遗物的第一手经验也比你多一点。”

比方说把所罗门王的私人符咒书扔进熔岩坑……

“不过，你真的认为你能让这块地毯飞起来？”和卓问，“一路带我们去那个不知名的小岛？”

“根据《一千零一夜》中的故事走向，似乎这是我们最好的办法。”弗林看过一圈前厅里其他展示的艺术品。“事实上，我起初也在疑惑，到底他们当初是怎么把这么多东西搬进墓室的呢，后来我想明白了：用魔毯啊。”

他描述出过去的景象：一块承载着珍贵书籍和艺术品的飞毯神奇地穿过峡谷，最终这些物品都留给了那位传奇的说书人。这正像是山鲁佐德自己故事的一部分……

“那就飞给我看。”和卓说，“不过，如果你想让马斯里博士还能继续喘气的话，就别想一下子飞得太远。”

他和其他人都退后几步，让出地毯，不过他们还押着希林做人质。弗林大步走上前去，站在地毯正中间，使劲儿地咽了一口唾沫。

“起来！飞起来！上，上，往上飞！”

丝毫没有动静。地毯还静静地铺在地面上，嗯，就像普通地毯那样。

弗林开始冒汗。他又用阿拉伯语和波斯语重复了一遍刚才的话，但结果还是一样，什么都没发生。他开始怀疑自己弄错了，也许这不是所罗门王那块魔毯，如果真是如此，那接下来他和希林的遭遇肯定要比现在更糟。

“你让我很失望，图书馆员先生，”和卓说，“真遗憾……对你们两个来说。”

他身边的马尔贾娜露出期待的残酷笑容。“那好，请让我先杀了他们中的一个吧？”

“等一下！”希林抗议道，“让我走近一点看清那块地毯。我觉得我能帮上他的忙。”

和卓点点头，拽着她走近那块地毯，手还死死地抓牢她的胳膊。“去吧，”他说，“不过，别想耍花样儿。”

她仔细检查起地毯，因为专注，她微蹙起平滑的额头。接着，她眼睛一亮，弗林真切地感受到她脑顶的灯泡忽然亮起来。这一切也逃不过和卓的眼睛。

“你发现了什么东西。是什么？”

“文字，”她说，“在所罗门王和山鲁佐德的时代，经常会把字体衍化成艺术形式，藏在几何图案里。如果你仔细看，地毯这里的装饰花边实际上是一段非常抽象的艺术体文字……大概可能是咒语之类的。”

和卓十分感兴趣地看向她。“你为什么会这么认为？”

“传统，一般被这样隐藏起来的文字是一段《可兰经》中的话，但这里却是一段‘所罗门王之歌’：升起吧，我的爱人，我可爱的爱人，走吧。”

“那一定就是咒语！”弗林兴奋起来。经过希林的一番提醒，他也能看出编织的咒语了。“都退后！”

他重复了一遍咒语，然后，地毯从地面升起。

“哇噢！”他惊叹道。随着飘浮的魔毯抬升到地面 0.3 米高时，他赶忙保持住身体平衡。所罗门封印闪烁了一下光芒，随即又变回之前被地毯上纷繁图案掩盖的模样。金色的流苏悬荡在魔毯四周的边缘，弗林感受到脚下传来一种奇特的震荡。不知为何他觉得：魔毯急切地想飞起来。

“棒极了，”和卓说，“你们两个把自己的死期推延了一会儿。”

“只是暂时的。”马尔贾娜嘟囔。

“我们不要和自己人过不去，”和卓责备他怀恨在心的副手，“所有人都上去！”

和卓和他的手下，连同希林，都爬上了那块魔毯，每上一人，魔毯就下沉一点，直到最后他们的总体重量让魔毯直接掉回到地面。

“怎么回事？”和卓问，“告诉我。”

“看上去，我们超载了。”弗林猜测，“抱歉。”

和卓思虑片刻。“这块魔毯能承载多少人？”

“这可难倒我了。”弗林望向希林，“你看到书中有说这魔毯最多能载多少人了吗？”

“恐怕没有，”她回答，“那又不是一本魔毯操作指南。”

“我想也是。”和卓朝他的手下一扬头，“下去，每次下一个人。”

“遵命，大首领。”其中一个持枪男子说着就跳下魔毯，站到铺着地砖的地面。更多盗贼同他一样下去，但是魔毯仍然在地上躺着。

“这两个下去怎么样？”马尔贾娜眼睛瞪着弗林和希林说，“现在，我们真的还需要这两个人吗？”

“还很有用，”和卓说，“谁知道我们要去的地方会遇到什么新的阻碍和谜题？等到魔毯飞到目的地，在找神灯的一路上，我们也许还需要他们各自的知识。”

可以看出，马尔贾娜对她头领的决定感到很失望。“如果你这么想，我也无话可说。”

另一个手下离开魔毯，让它终于离开地面飘浮起来。最后，只有和卓、马尔贾娜、弗林、希林和另外五个持枪手下坐在飞起来的魔毯上。看到马尔贾娜还在上面，弗林深感沮丧。他心里想，要是留下这个女人该有多好。

不过，至少我们的敌人势力减弱了许多，他心想，感谢上帝，魔毯不是飞毯中的波音 747。

“我觉得我们已经准备好出发了，”和卓命令道，“继续念咒语飞吧。”

“好的。”弗林坐到魔毯上，离希林不远，然后示意其他人也坐下来。他朝希林努力挤出一个安慰的微笑。“所有人都坐好了！准备起飞。”

他嘴里干巴巴的，但仍念出咒语，说出他们的目的地。

“以所罗门王——所有天空和空气精灵的主宰之名义，现在，带我们去阿拉丁神灯的神秘藏匿处！”

魔毯像子弹一样飞了出去。

16

· 2006 ·

飞毯从起步到神速之间只用了不到一秒时间。刹那间，弗林还后知后觉地疑惑——这块魔毯要怎么穿过从前厅到洞口之间形状不同、大小各异的门和过道，紧接着，魔毯就卷起来，紧紧把乘客包裹住，然后“嗖”的一下冲出峡谷。峡谷上方盘旋着一架直升机，直升机为了避免与窜出洞口的飞毯发生碰撞，急忙避开，而这边，冲出来的飞毯疾速上升，以超乎寻常的速度飞入天空。

“直升机阿尔法！”和卓冲着无线电对讲机大喊，“跟紧飞毯。再说一遍：跟紧飞毯！”

弗林能想象到，直升机飞行员以前肯定没接到过这种奇怪的命令，估计此刻他还没从震惊中清醒过来，看到一块飞毯奇迹般地从古墓里飞出来，足够他目瞪口呆一阵子了。尽管和卓吩咐下去，但飞毯还是轻而易举地就甩掉了后面的直升机。

“让这玩意儿减速！”和卓冲着弗林大喊。

弗林摊开双手，很是为难。“你看到刹车了？还是看到油门踏板了？”

现在是魔毯自己做主，它加速后比之前的标准飞毯速度更快，风驰电掣般朝着大山东南方向飞去。弗林回想起，根据传说，所罗门王的魔毯飞行速度之快足以让这位国王在一天之内，在大马士革吃早餐，然后再到遥远的中亚去享用晚餐，所以，魔毯飘浮在山区的高空时，能瞬间飞出去千百米，弗林对此一点也不意外。魔毯的四周朝中心卷起来，形成一排护栏似的防护圈，出于安全需要，这一圈护栏可以让上面的乘客扶好坐稳——但弗林还是宁愿魔毯能有座椅安全带和耐压防护顶篷，如果再有几个降落伞就更完美了。

乘坐魔毯还是蛮安全的，他心里想着，至少在电影里是这样……

这种眩晕的飞行让其中一个盗贼手下难受到极点，他惊慌到失去理智。

“快把我们放下来！”这个男子把枪对准弗林。他惊恐的双眼从眼窝凸出来。“马上把我们放下来，否则……”

马尔贾娜一把将他从飞毯上推了下去。当那个人尖叫着陡直坠落时，马尔贾娜厌恶地用鼻子哼了一声。

“懦夫。”

和卓挑起眉毛。“这样可有点极端了。”

“反正我一直也不喜欢他，”她耸耸肩，轻松地说，“就是可惜了那把枪。”

和卓并没有对失去的那个手下和枪表示出过度关心。“我觉得，用一个步兵换个灯神，对我们来说也不亏。”

弗林想起贾德森对他说的有关灯神的严厉警告。“关于那个灯神，”弗林说，“你也许想重新考虑一下怎么处置那个神灯。”

“为什么这么说？”和卓疑惑地问。

“他可不是个善良的精灵。这正是他被封印进那盏灯的原因，每次他被召唤出来，他的力量就会增大一点，神灯的力量就会被削弱一点，所以，一旦有一天他完全获得自由……那……没人会想看到那种景象，我知道的就这些。”

“谁告诉你的？”和卓问，“图书馆吗？一个数千年来无比惧怕魔法的机构？一个什么都不做，打算把神灯锁起来放到书架上落灰的古板机构？我想你会明白，我对你这种过分小心的建议暂且理解但绝不接受。”他嘲讽地看向弗林。“什么时候图书馆能不觉得在这个世界运用魔法力量是种危险呢？”

“呃，因为总是……或许因为……”弗林支支吾吾，因为脑中还没想好怎么反驳他，“听着，魔法真的很危险。你要相信我。我知道我自己在说什么。”

“但是，灯神确实实现了无数手握神灯之人的愿望，给他们带来无尽的财富和权力，对吗？”

“呃，是这样，”弗林不得不承认，“根据传说是这样，但是……”

“没有但是。”和卓转过头，不再看向弗林，他把注意力集中到对美好未来的展望上，“很快，我就能获得神灯，到时候我会用它的力量把我最无法实现的愿望都实现了！”

“我们的愿望，”马尔贾娜纠正他，“自从750年前洗劫巴格达时我们弄丢了《一千零一夜》之后，世世代代，四十大盗都在寻找这盏神灯。不过现在，我们的等待终于有了回报……四十大盗终于要成为全世界的至尊霸主。”

弗林在心里仔细分析着对手们。给他的感觉是，和卓寻找神灯完全出于自己的野心，而马尔贾娜则似乎更有对复兴四十大盗辉煌往昔的使命感。

“哇哦，你真是个虔诚的门徒，对吧？”

“她应该是，”和卓说，“马尔贾娜的家族正是最初四十大盗的直系后人。实际上，她父亲就是在我之前的大首领——直到她帮我推翻了她父亲。”

“他太软弱了，止步不前，”她丝毫不感到愧疚地说，“他缺乏21世纪把四十大盗振兴的力量和远见……经历了这么多，今天总算要和神灯见面了。”

魔毯疾速飞行，掠过伊朗领空。它飞得足够低好让乘客们能够舒畅地呼吸，同时也尽可能地躲避雷达的追踪。在飞毯将他们载过波斯湾飞到阿拉伯海时，希林一把抓紧了身边弗林的手，之前飞毯疾速冲出古墓时，她被甩到弗林身上，如今他们已经远离扎格罗斯山脉有数百千米。除了他们的处境非常危险之外，弗林发觉这趟魔毯之旅还是挺让他高兴的。他转头看了一眼希林，看到她也是一副完全惊奇的神情。

不如顺其自然地享受一下飞行的快感，他心想，*人能有多少次机会乘坐飞毯翱翔在天际呢？*

可惜的是，一同旅行的伙伴不够友好。

“神话中那个该死的海岛到底在哪里啊？”马尔贾娜一边抱怨着，一边在魔毯上不耐烦地挪动身体。她乌黑的长发在空中飞扬。

“耐心点，”和卓斥责道，“我们正心旷神怡地飞往……管它是哪儿的地方呢。”

话音刚落，魔毯开始下降，进入大海中央上方一团厚实的乌云和浓雾中。潮湿的薄雾瞬间让弗林感觉到一股凉意，紧接着，一座神秘的岛屿映入眼帘。岛上有一座俯瞰着小海湾的灰色荒凉大山，突兀地从四周满是树林和灌木丛的平地耸立起来。

第一眼看过去，那模糊的“U”形海岛似乎自辛巴达航海时代以后，就再也无人涉足，无人居住。弗林很疑惑是不是有种魔法结界，保护这个岛屿不被其他人发现呢，就像布里格登[①]和香格里拉[②]那样。

要是有的话，我一点都不觉得奇怪。

魔毯下降时缓慢下来，让弗林宽慰、安心不少。他们离神灯越来越近了，不幸的是，这也意味着四十大盗离召唤灯神越来越近了，这次极有可能是永远地把灯中精灵释放出来。他和希林需要尽快逃脱这些盗贼的控制，然后在为时尚不晚的时候找到神灯。山鲁佐德所写的藏匿处是怎么写的来着？好像是被巨石守卫的一个隐秘山洞？

“所有乘客，请注意，”他宣布，“请为着陆做好准备。”

一声聒噪的鸟叫从上方天际传来。弗林抬起头，只隐约看到一个巨大的阴影冲入头顶上方厚厚的云彩里。他忽然就想到古墓里面展示的那个超大蛋壳……

“呃，希林？那本书里讲的，守卫那个洞穴的，是巨石还是巨鸟来着？[③]”

听到他如此一问，她深吸一口气，脸色震惊地一沉。“你是说……”

答案很快自己出现：一只长满羽毛的庞然大物飞了过来，它从云端朝着魔毯俯冲下来，握紧的利爪张开亮出，简直和

①布里格登，音乐剧中百年一现的村庄，因为很少被外界知晓，所以村庄保持着祥和与安宁。——译者注

②香格里拉，源自 1933 年詹姆斯·希尔顿的著名长篇小说《失去的地平线》。小说中描述了一个远在东方群山环抱的地方，那里和平、宁静，人们友好、安详，仿佛世外桃源一般，被当地人叫作“香格里拉”。——译者注

③巨鸟的英文为 Roc，巨石的英文为 Rock，这里弗林是怀疑：很有可能希林在匆忙之中将古波斯语中的巨鸟看成了巨石。——译者注

“辛巴达第二次航海”故事里面描写的一模一样。这只巨鸟正如经典故事书中描述的那般——是一只恶魔般巨大的猛禽，翼展至少有 15 米宽，身上覆有不祥的灰色羽毛，羽毛末端带一抹血红。它尖长的利喙是食肉猛禽的典型特征，利喙大到足可以一口吞下一个成年人。它大得惊人的阴影笼罩在魔毯上，让魔毯上的乘客心惊胆战。

“抱歉，”希林说，“我可能对那行字翻译错了。”

“你也这么觉得喽？”弗林回应，“但也情有可原，那是匆忙之下干的活……”

大鹏鸟袭来时，乘客们有的倒吸一口凉气，有的只顾着尖叫。那只恶魔猛扑下来，袭击魔毯，它用利爪抓起一个盗贼喽啰，抓着那个男人厉声高叫着飞回云里。其他所有人都弯下腰，躲避开那只急速的巨鸟。巨鸟的翅膀扇动，搅动的气流把飞毯都震荡出层层波浪。

被眼前的景象震慑住，和卓缓了好一会儿才想起要应付这个威胁。“开枪！”他朝着上边扬起头高喊，“把那只大怪鸟给我打下来！”

“但是，大首领，”另一个手下说，“那艾哈迈德怎么办？”

“别管什么艾哈迈德了！开枪！照我说的做！”

那些盗贼开始朝天空放枪，刺耳的枪声震得弗林耳朵疼，但他们所有的努力不过是让那只巨鸟扔下了爪子上的负荷——那个人类。伴随着尖叫，艾哈迈德垂直从魔毯旁边掉落，魔毯上的乘客一丝不落地目睹了全过程，最后，他摔到下面凸出的石头上。剩下的盗贼，包括马尔贾娜继续对着巨鸟开枪，但好像此举收效甚微，只是让巨鸟更暴躁而已。很明显，要在摇摆的飞毯上瞄准一个轻盈飞行的移动目标，比想象的难得多。

弗林想到另外一个计策。

“以所罗门王的名义……采取逃脱模式！”

魔毯立刻有所回应，它在空中忽然有意地大幅度倾斜以逃避巨鸟，后者正挥动翅膀，紧追不舍，粗犷的叫声响彻云霄。以空气为动力的飞毯忽然开始急速转向，瞬间上，瞬间下，忽而左，忽而右，曲折地飞行。弗林为了保命紧紧抓住魔毯翘起的围边，心里后悔为什么自己没准备好晕机袋。和卓与他的手下仍然向巨鸟开枪，但飞毯剧烈的晃动把他们甩得东摇西晃，这种情况下，谁都无法把枪瞄准那个怪物，而这个像怪物一样的巨鸟始终以迅疾的速度紧追魔毯。弗林回想起辛巴达曾经被困在一座海岛上时的情形，最后辛巴达把自己捆绑在巨鸟的爪子上，然后让这只庞然大物带他飞离困境。

*这就是勇敢无畏，*弗林心想，*也可能是孤注一掷。*

巨鸟开始了又一轮进攻，好像双方参与到过去战争时期的空中缠斗中。为了保护乘客免遭巨鸟利爪攻击，魔毯突然翻转过来，但锋利的鸟爪还是在魔毯身上划破一道口子，破裂的缝隙距弗林和希林还有其他人之前蹲着的地方只有几英寸远，他们几个人被魔毯突然的翻转抖落下去。地球引力使得希林拽紧弗林的手被挣开，他们两个在高空中呈自由落体运动掉下去，朝着下面的岩石山岭坠落。

*安全带，*他想，*我就知道，这块魔毯需要安全带。*

他耳边满是风的呼啸声，几乎盖过了希林和其他人的尖叫，他们都以 9.8 米每秒的二次方加速下落——时间太短，他在心里痛惜，这么短的时间里他无法想出一条聪明的对策，无论他取得了多少个学位。他最喜爱的书从眼前掠过，还有很多不可磨灭的记忆也浮现在眼前，这些记忆里，近期的多于往日的。

真是对不起，希林。你的故事值得一个更完美的结局。

就在弗林心里盘算着估计图书馆需要重新招募一位图书馆员时，在他们达到终端速度以前，魔毯翻了个筋斗，忽然出现在这些掉落的乘客下面接住了他们。弗林和其他人重重地摔进魔毯，但飞行的魔毯完全吸纳了他们的冲击力，像一张安全网一样接住他们。他发现了希林的手，赶紧把她拽到身边。他感受到了希林的颤抖，几乎同他一样。

“我们可别再这么做了。”她建议道。

“别和我说，你得和魔毯说。”

魔毯中间被巨鸟爪子撕开的长长裂缝削弱了魔毯的承载力，使得魔毯中间众人坐下的凹陷更深了。魔毯逃离了高山，转而向周边杂乱的树林上方滑翔。一度，弗林奢望这只巨鸟能够厌倦了在山林上方追逐他们，但明显，这个洞穴的守护者真的就像岩石一样顽固不化。

“它又来了！”马尔贾娜高喊，她和其他同伴一样也被魔毯接住了。不出所料，她看上去没那么害怕，反而无比暴躁。“把它给我送进地狱！”

大鹏鸟巨大翅膀扇出的风把魔毯和它上面的乘客推来搡去，如此一来，魔毯上下浮动，就像在波浪起伏的水面上随波逐流一样，也把撕开的布料切口撑得越来越大。马尔贾娜和她的手下从不平稳的魔毯上一直无效地开枪，而这时，魔毯已经开始加快下降到地面的速度了。弗林的视线从凶恶的巨鸟身上移开，看向前面，他看到魔毯迅速撤退的路径即将再次经过那个岛边的小海湾。一尘不染的蓝色水域倒映着漫天白云。他还留意到：大盗们都全神贯注地应付那只巨鸟，此刻没有一个人盯着他们的人质。

“你会游泳吗？”他问希林。

“会。你问这个干吗？”

没时间解释了。小海湾马上就要过去。机不可失，时不再来。

“深吸一口气！”

说着，他没多提醒一句就把她推下魔毯，随后也跟着跳下去。他们又一次自由落体，朝着十多米下的海湾坠落。他深吸一口气，希望魔毯忙着应付巨鸟而没发觉他们又掉落，他还希望大盗也忙着开枪没有留意，还希望海湾足够深能让他和希林从这次跳水中活下来。

转念一想，又有好多个问题冒出来……

头顶上方还有刺耳的枪声，和巨鸟粗犷的鸣叫不相上下，两人均以高速跳进海面，深深扎进水里。冰凉的海水让人一激灵，但至少他们没有撞上暗礁或者其他巨石。弗林憋着气，努力游到水面，把头探出海面。他“哗啦哗啦”地游着，眼睛四处疯狂地寻找希林的身影。

“希林？”他扯开嗓子喊，“希林！”

“弗林！我在这里！”

她在不远的海面上游着。他放下心来，看上去她除了身上全湿透之外，并没受什么伤。他们都向对方游过去。

“下次提醒我一下！”

“别担心，”他说，“最近我是不打算再这么干了。”

知道他们两人都活下来了，他抬头瞧了瞧，但既没看见魔毯，也没看见巨鸟。他心里不禁好奇和卓与他的手下都怎么样了。是成为巨鸟的腹中食，还是已经撞到岛上什么地方了？

“你看到其他人都去哪儿了吗？”他问希林，“或者，你知道巨鸟怎么样了吗？”

“真是抱歉，我太忙了，我忙着要从一块飞行的魔毯上掉下来呢。”紧接着，一股忧心如焚的紧张神色爬上她的面庞，“书！山鲁佐德的书……我们弄丢了！”

他明白她内心的悲痛。毕竟，她是一位学者，一位历史学家，不论面对怎样艰难的困境，丢失一部宝贵的古书对她而言都是沉重的打击。

“也许我说什么都安慰不了你，”他试着宽慰她，“但至少我们没成为鸟食，而且我们还有机会在其他人之前找到神灯。”

她的表情被一丝勉强的微笑点亮。“有没有人告诉过你，你真是个不可救药的乐观主义者？即使对美国人而言，你也是太乐观了。”

“可能是工作导致的。”他回答，“做这份工作，你需要像永远不会装满的圣杯[①] 一样，学会接纳缺憾。”

“圣杯？神圣的圣杯？”

“提醒我以后给你讲讲，我接受这份工作的第一天就把圣杯给摔碎了。”想到这点，他心里懊悔不已，很快，他的注意力就转移到眼前的一片沙质海滩，上面堆满了巨大的鹅卵石，有的鹅卵石甚至有 15 米宽。“等我们到陆地上弄干衣服以后，我慢慢讲给你听。”

经过一段费力的游泳之后，终于，他们爬上了岸边，无力地瘫倒在沙滩上，身上湿漉漉的，四肢累得动弹不得。他们从头湿到脚，湿透的衣服压在身上沉甸甸的。弗林不记得他们最后一次真正休息和恢复体力的时刻是几时，不，蜷缩在皮卡车

①圣杯，传说耶稣受难前所使用的一只葡萄酒杯子。后世传说这只杯子具有神奇的力量，成为著名的法器。——译者注

后面偷渡的几个小时当然不能算。他的肚子咕噜作响，心里盘算着在阿拉伯海洋上一座魔法海岛能有什么果腹的东西。贝类，也许能有，或者一只离群的海鸥？

大鹏鸟鸟蛋肯定不在菜单之列了。

希林在他身边“扑通”坐下。“我从来没感觉过这么疲惫。”

“我和你一样，”他说，“但我们不能休息太长时间。我们都知道，说不定四十大盗也活下来了……”

话音未落，他们身后传来“咔嗒”一声手枪扣上扳机的声音。

弗林咕哝着叹了口气。他转过头，看见和卓、马尔贾娜和其他两个手下从点缀着海滩的树林和灌木丛中走出来。他们看上去惨遭痛击，浑身凌乱不堪，但和卓却仍保住了遮盖住脸的那块头巾，一同保住了的，还有他的手枪。

“游得还开心吗？”和卓问。

17

· 2006 ·

弗林的灵魂沉降到比洞穴底还深的地方。当他以为终于摆脱了四十大盗的时候，他们两人兜了一大圈又回到原点，只不过全身比之前更潮湿了。他脱下靴子，倒出来一水壶那么多的水。他太累了，累得上气不接下气，更别提设想怎么从持枪歹徒眼皮子底下逃脱了。

“如果你不介意我问的话，”他说，“你们是怎么打死那只巨鸟的？”

“我倒是想打死它！”马尔贾娜愤怒地咆哮道，“那个长羽毛的下贱怪物差点杀死我们所有人！我真想把它亲手宰了，串上扦子，把它烤熟了！”

弗林开始觉得这四十大盗的二首领好像有愤怒管理方面的问题。

“那你们是怎么……”他问。

“我们怎么逃脱的？”和卓说，“在你们逃走以后？我们穷途末路，我承认，当时情况很让人绝望，我们身下的魔毯被撕成了几条，那只该死的大鸟还穷追不舍。绝望中，我们决定把魔毯撕开，我们每人一条，把它当作降落伞跳到地面，这样能分散开大鸟的注意力，所以，我们中的大多数能安然无恙地活下来了。”他耸耸肩，接着说：“可惜了哈鲁法，但估计他粗韧的着装能让那怪物暂时消化不良——或者至少让它暂时填饱肚子，不再猎食。”

弗林紧张地抬头张望，但他没发现巨鸟的身影。他在脑海里做了一个标记：要时刻警惕天上的威胁。

“那本书怎么样了？”希林紧张地问，“你们有没有救回那本书？”

“这话问得真符合图书馆馆员的风格，”和卓说，“但恐怕，那本书在混乱中丢失了。它可能掉在岛上任何一个地方。”

希林的脸沉了下去。“哦，好可惜。”

“不过，我们设法抢救回来魔毯的大部分。”和卓向其中一个幸存下来的手下示意，很明显，后者的任务是背负魔毯被撕碎的布条，“谁知道呢？说不定什么时候魔毯能缝好呢，也许可以借助灯神的帮忙。的确，也许，他还能帮我们找到你那本珍贵的古书。”

弗林觉得此刻是个劝阻和卓的好机会。“你知道吗，释放灯神可是超级坏的主意。根据我听说的，将他从神灯里释放绝对是极端危险的行为，尤其是如果你太过经常地摩擦神灯召唤他，会增强他逃脱神灯的法力。”

“你们图书馆员啊，”和卓鄙视地说，“你们有很多机会接触到地球上最强大的魔法遗物，但你们太胆小了，从不敢使用这些神奇的力量。”

“那是因为我们知道这些强大的力量会多么轻易地毁灭使用者，”弗林说，“试想一下，如果你无法控制灯神你会怎么样？

这种状况发生的概率相当大。”

和卓不想听这样的劝说。

“你在浪费你的口舌和我的时间，”他说，“你别想这么轻易地把我从我们的猎物面前吓走，我们终于快抢到手了，你就更别想糊弄住我。”他拿起枪在弗林和希林面前一挥。“我们出发吧，别等那只肥鸟又感觉饿了来捕猎我们。出发吧。”

他们一行人此刻站在开阔天空下一览无遗的海滩上，弗林感觉有点危险。少得可怜的树林在召唤他，至少那里能为他们提供一点隐蔽。他不情愿地站起身，然后帮助希林站起来。尽管他们使劲掸落，但湿漉漉身上粘着的很多沙子就是不掉。希林把湿头发从脸上拨开。

“这就对了嘛。”和卓转身问马尔贾娜，“联系上我们的人了吗？”

她摇摇头，对着没有反应的卫星电话，她生气地皱起眉头。“什么都接不通：语音通话不行，GPS 导航也用不了。有什么东西屏蔽住了我们的信号。”

“魔法，”弗林说，“整座岛屿大概和现实世界完全脱离，就像是与世隔绝的神秘仙境。”他眉头皱起片刻。“我从来没想过会是这种状况。”

“那让我们祈祷你在找隐蔽洞穴时能发挥正常，”和卓说，“我觉得，我没必要再重复一遍威胁你的话。”

即使不是图书馆员，弗林也知道：他和希林在敌人面前依然力量悬殊，缺乏武器，尽管巨鸟消灭了一个小喽啰，让坏人的数量又少了一个。

“我认为我们可以跳过这段。”他赞同地说。

和卓收起了枪，但马尔贾娜仍然用手玩弄着匕首，那利落的手劲和锋利的刀芒让人胆战，弗林一辈子都不会这么玩刀。

“那么，下一步怎么办？”四十大盗的大首领问。

弗林看着横亘在他们眼前的这座灰色荒凉大山，陷入沉思。和之前伊朗境内的扎格罗斯山脉中的高山相比，这座山并不高大，但它足够藏匿无数山洞。他真希望山鲁佐德能在书里提供一点更确切的线索啊。

要是有张地图那有多好。

他求助似的望向希林。“你记得书里还有什么线索吗？”

“不记得了。我只记得海岛、洞穴、巨石……抱歉，巨鸟。”

弗林的大脑在飞速运转。他本可以坚持说自己被难住了，但代价极有可能是他和希林的生命，而且那样的话还是会留下和卓与他的手下留在岛上自行搜索神灯，谁都无法保证这群不达目的决不罢休的盗贼团伙最终就找不到那洞穴。弗林觉得，他绝不能为了拖住四十大盗就牺牲希林。

“给我一块魔毯的碎布条。”他说。

“为什么？”和卓说，“现在这种情况，这些布条可不适合飞行。充其量能像我们刚才那样用作降落伞。但如果你异想天开地以为用这种碎布条能带着你和马斯里博士迅速逃跑的话，你可以直接放弃了。你现在和我们一样都被困在这里了。”

“说什么呢，我可没想过逃跑，”弗林撒了一个小谎，“但我要魔毯的碎布条是有其他用处。”

和卓的眼睛怀疑地眯起来，不过经过一阵思虑后，他同意了。“可以。让我们看看你脑子里打的是什么主意。”他用眼神示意背着魔毯的手下，“拉汉，给卡森先生一条魔毯。一条小的。”

“遵命，大首领。”那个男人递给弗林一块擦鞋垫大小的魔毯碎布，同时对弗林投以粗暴无礼的表情。“我可看着你呢，图书馆员。”

“我们都看着呢，”和卓补充道，“你可以开始了，卡森。给我们看看你要做什么。”

弗林深吸一口气，心里忐忑，不知这个计策能不能行得通。他双手拽起魔毯的残片两端，在身体前面展开，魔毯的残片就悬荡在沙滩上方。他重背了一遍他之前背诵的指令。

“以所罗门王的名义，带我们去神灯的洞穴。”

魔毯破碎的边缘闪过一道微光，残片从弗林手里开始变得活跃，慢慢飘浮起来，与大地保持平行。随着魔毯残片用力向前拉，他的手指传来一阵刺痛，魔毯想要拉着他走向前面赫然耸立的大山。

“它想走这条路，”他说，“我认为。”

和卓立刻明白了。“导航装置。你用魔毯的碎片做了个导航装置。”

“功能更像是探测器，”弗林说，“但总的来说，是的，是个导航。”

“天才啊！”和卓说，“你总是给我惊喜，卡森先生。我想，你会不会愿意更换阵营，加入我们组织呢？”

弗林可从未这么想过。他曾经和一个变节的图书馆员交手过。那是一条他永远也不会选择的不归路。

“抱歉，不感兴趣。”

和卓耸耸肩，说：“值得问一下。也许等我们把神灯拿到手，到时候整个世界都是我们的囊中之物，你就会改变主意呢。”

“我再说一次哦，那绝不是好主意。我是说，释放灯神。”

“你的想法我可不敢苟同。”和卓冲着大山一扬头，“带路吧，图书馆员。”

飘浮在空中的魔毯残片一再地用力拽他。弗林叹了口气，让它给众人领路。

他希望他不是在犯一个滔天大错。

18

· 2006 ·

“当心脚下。”弗林提醒。

“我觉得你用不着说这个，”希林说，“但还是要谢谢你。”

急切的魔毯残片在前面引领着，他们几人爬上大山一侧狭窄的悬崖边小路。前方的路还很长，山路陡峭，要手脚并用地爬。整个队伍现在由弗林、希林、和卓、马尔贾娜和其他两个匪徒组成，他们很快走过植被覆盖的低处，所以在他们面前的，只剩下毫无生命的岩石、泥土和碎石，还有一条令人却步的险峻山路。他们左侧是陡直的悬崖，一步踏错，性命全无。松散的泥土和鹅卵石在弗林脚下滚落，增加了他们前行的危险系数。辛巴达和阿里巴巴自有方法进出洞穴，所以他们会把去隐蔽洞穴——还有神灯的路打造得尽可能艰难。

真是感谢你们了，弗林心里想。

他爬山爬得双腿疲软、酸痛。潮湿的衣服又冷又黏，当他吃力地走在最前面时，每一步走来，靴子里面的水都跟着晃荡。他急促地呼吸，跟在他身后的希林也一样。和卓和他的手下走在后面，好像他们不想在走这么危险的悬崖边小道时，把后背留给他们的人质。

弗林没去猜他们这样做的理由。

“还有多远？”和卓问。

“只有魔毯知道，”弗林回答，“可它又不会说话。”飘浮在空中的魔毯碎片一直在用力拽他，就像一只正在寻找猎物的寻血猎犬绷紧了牵绳。“但似乎它对我们更加热情了呢。”

“你最好祈祷如此，图书馆员，”大首领又开始说不吉利的话，“如果事实证明你领我们穷追野鹅——白费力气的话……”

鹅可不是我们现在需要担心的鸟类，弗林心想。他时不时地留意着天空，还要经常注意前面路上遇到的险阻，这个时候他就很后悔为什么不向图书馆的光学科学馆借来“第三只眼”呢。即使没有额外的“眼睛”帮忙，他也怀疑之前不可能是他们最后一次见到大鹏鸟，尤其是他们越爬越高，越来越接近巨鸟的老巢和隐蔽的山洞。大概，它随时会出现在我们面前。

“过来了！”马尔贾娜忽然喊道，“大鸟来了，十一点钟方向！”

说曹操，曹操就到，弗林心想，祝我们好运吧。

他无法挑剔那个有着恶毒眼神的绑架犯太过警惕。抬起头后，他看见巨鸟朝他们又凶猛地俯冲过来。它刺耳的鸣叫在岩石山丘中回荡。它翅膀扇起的风吹过来，吹得他们这伙爬山队伍后退到右侧花岗岩质地的岩石陡坡上，还吹得泥土和沙砾翻腾起一团黑云。弗林抬起胳膊挡在头前抵挡这些旋转岩屑的抽打。希林嘶哑地咳嗽起来。

我们死定了，弗林心里想，还没等到他发誓再也不用鸟类的俚语呢。往好的方面想，我觉得四十大盗今天也拿不到神灯。

“干掉它！”和卓高声喝道，“要不然它就会干掉我们！”

“我有个更好的主意。”马尔贾娜转过身，一枪击中身后的那个小喽啰，那人从山路上跌落，一头栽进岩石山崖下面。他身后的魔毯残片飘浮着，使他像风中的一片叶子一样缓慢落下，恰好呈现出诱惑饥饿巨鸟猎食的样子，果不其然，一声苍厉鸣叫之后，巨鸟改变了朝着弗林和其他人的猛扑方向，转而俯冲下去。马尔贾娜把手枪插回枪套。“这能让大鸟忙活一阵，至少争取一小会儿时间。我们不能浪费时间。”

如果这种冷血的解决方式吓到了和卓，他也没有表现出来。

“你听到二首领的话了，”他命令道，“快走！”

尽管被残忍的谋杀所震惊，弗林也不想在此多停留。没有其他路可走，只能前行。这支队伍中幸存的人们更使劲、更快速地攀爬起山路，在不那么紧张慌乱的情况下，他们本可能会更小心点的。弗林的脚踢到一块松散的砂石，瞬间失去平衡，在山崖边上摇摇欲坠。幸亏希林及时抓住了他的胳膊，把他拉回安全点的路上。

“不用谢，”她说，“你可不能把我丢下给这群人。”

弗林的心跳得比巨鸟的翅膀更有力。“我绝对不会这么做。”

他们一行人加快速度攀爬，转了个弯以后，却来到一处绝境。曲折的小路变得开阔，形成一个岩石平台，面积大概有一座庭院大小，一块坚固的花岗岩巨石赫然耸立，完全堵住了他们要继续行进的小路。站在这块开阔的平地上，海岛的全部美景尽收眼底，包括之前他们实施完美逃跑计划的小海湾，但却不能保护人们免受那只扇着翅膀的怪物袭击。

“真是棒啊！”弗林说，“我们被困在一只巨鸟和一处硬壁中间。”

希林不敢置信地盯着他。“不是吧？你真要说这么绝望的话？”

“不然能怎么办呢？我的意思是，总得有人说吧。”

“这个，还真有待确认呢。”

和卓没留心他们打哑谜的真正含义。他盘问道：“怎么了？”他怒气冲冲地盯着他们面前的岩石阻碍：“你竟然领我们走到死地！”

“也不全然是。”弗林任由那块魔毯残片拉着他朝着看似无法通过的障碍物走去，“山鲁佐德已经写了，那是个隐蔽的山洞。”

“那就别让它继续隐蔽了，卡森，”和卓厉声说道，“趁我们没被大鸟吃进肚子以前，你必须抓紧时间。”

别给我施加压力了，弗林心想。他匆匆检查了一遍大石头表面，想找找看是否有密道或者操作杠杆之类的，但他什么都没发现。上面甚至都没有寻常神秘的象形文字。*当你想要一个难解的图形时，怎么就没有了呢？*

“继续干活吧，图书馆员，”马尔贾娜冷淡地说，“否则我会亲手把你和你女朋友一起喂大鸟！”

弗林留意到，剩下的那个手下紧张地后退了几步，远离马尔贾娜，毫无疑问，仅剩的手下想起了几分钟前她如何转移走大鹏鸟注意力的。“我不认为‘女朋友’是准确的称谓，我和她也才刚刚认识，刚刚深入了解……”

“这不是现在的重点，”马尔贾娜冷冰冰地说，“赶紧为我们领路，你个多话的蠢货！”

翅膀扇起的大风预示着巨鸟回来了，它从山崖下面直冲上云霄。鸟喙上还悬挂着一条人腿，它飞了一圈准备再次朝这伙人进攻。

“你说得对。”弗林贴在大石头上的手开始加速，但没发现任何明显的裂缝和细纹。绝望中，他在脑中开始翻阅《一千零一夜》求助。如果是辛巴达的话，他会怎么办？

“不，”他恍然大悟，“不是辛巴达。”

隐蔽洞穴更像是阿里巴巴的杰作。

“芝麻开门！”他大声喊，接着后退几步等待。

什么事都没发生。没有出路的绝境还是没有路。

“芝麻开门！”他又试了一遍，这次语气更加慌张。“黑麦……大麦……罂粟籽……开门……”

“别用英语说！”希林喊道，“用古波斯语说！”

希林赶紧跑到跟前，用完美无瑕的古波斯语重复了咒语。

突然间，坚固的巨石像幻景一样发出微光，渐渐地，石头消失了，露出一个洞穴的入口。洞穴里面是幽深如漆一般的黑色，但现在，那只巨鸟正俯冲下来准备大开杀戒，已经没有时间去考虑洞穴里面会有什么东西。

“快进去！”和卓冒出一句多余的命令，“赶快！”

为了躲开那只饥饿的巨鸟，这伙人惊慌地逃进洞穴里，免不了你推我搡。弗林发觉，如果不是有这只巨鸟要猎食他们，此刻正是他和希林从这群盗匪手中溜走的最佳时机。他不得不留意着任何其他化解四十大盗危机的时机，越快越好。

说不定这个山洞有后门？

巨鸟看着渺小的人类躲进山洞后消失，失望地厉叫两声，这个洞口太小，根本容纳不了巨鸟通过。它把鸟喙伸进洞穴，凶猛地啄食里面的东西，但它什么都没咬到。山洞里回荡着巨鸟刺耳的鸣叫，还有山洞外平台上愤怒地抖动翅膀的声音。弗林和其他人后退很远，避开暴怒巨鸟的脑袋，他们谨慎地和那鸟喙保持着距离。

“顺便说一句，非常感谢刚才的紧急翻译。”弗林对希林说，“你大概不知道，但我刚才真的慌得像只无头苍蝇。”

“是这样啊？”希林委婉地说，“我一点都没发现。”

和卓打断了他们两人的私密对话。“你们两个，干得不错。我收回刚才对你的某些恶毒诅咒。”

“只有‘某些’？”

“你要学会见好就收，图书馆员，”和卓说。他把头从入口转向里面幽深的阴暗处。“现在呢，我们看看里面有什么？”

大家把所有手电都打开，照亮了一条通往大山深处的宽阔通道。又是这种路啊，弗林心里感叹，他开始感觉自己更像个洞穴探索家而不是个学者。和伊朗悬崖上古墓不同的是，这里看上去才像个真正的洞穴，而非墓穴。粗糙的岩石四壁上没有任何人工修饰。地面上坑坑洼洼，凹凸不平。这里不是为了纪念一位备受钟爱的苏丹娜而精心修筑的皇家陵墓，而像是一个单纯为了藏匿战利品、魔法物件或者其他什么东西的普通洞穴。

“各位，都当心脚下。”弗林觉得在其他人为了找神灯仓促行事之前，有必要提醒他们一下，“这里可能会有机关陷阱。”

“你说得太对了，”和卓说，“你先走。”

“不知道怎么，我早料到你肯定会这么说。”

弗林从最后一位盗贼手下借来一个手电，小心翼翼地走进山洞，希林紧跟在他身后。“千万可别碰到另一只食尸鬼了，”她小声地嘀咕，“我没故事可讲了。”

道路一直延伸到一座天然石桥，石桥下面似乎是无底的深渊。这座只有 0.6 米宽的石桥引发了弗林的恐高症，他们往隐蔽洞穴爬行的山崖边狭窄小路已经把他的勇气几乎都用光了，更别提之前还烧掉悬索桥那桩事了。他深吸一口气，平复一下紧张的情绪，牵着希林走上那座石桥。他一边走着，一边在心里琢磨——不是第一次了，为什么这些古墓啊、神庙啊、藏宝地的建造者好像永远都不考虑一下建点安全措施呢？

安装一两个护栏会要他们命吗？

桥下的深渊是一条坚硬岩石的裂缝，似乎陡直地向下延伸到地狱的最深处。弗林踢出一块松动的鹅卵石，那石头从桥上坠入深渊。弗林竖起耳朵听，却一直没听到它掉进底部的声音。他心里不免担心，如果滑倒的话，很容易就被深渊底部的石笋刺穿身体，于是，为了安全考虑，他特别想手脚并用地爬过石桥，但在希林和其他人面前，他才不会让自己这么出糗。作为一个图书馆员，他还有一定尊严尚需保持……差不多可以这么说吧。

实际上，这座石桥的长度不到两米，几乎用不上一分钟就能通过，但当弗林和希林到达另一边时，他不由得长舒一口气，紧接着，劫持他们的盗贼团伙就跟了上来。他们继续往前走，发现一间相当宽敞的大洞室，很显然，这里又是一个死胡同。这里根本看不到有什么灯，只有一排排陶制大瓮安放在房间的四周。所有大瓮差不多都有齐腰高，形态一模一样，上面没有任何明显的符号或标记。参差交互的钟乳石挂在屋顶上方，犹如一排排巨大石化猛兽的獠牙。

“等到我们离开这里，”希林打了个冷战说，“我要去那种阳光普照的开阔地方。也许，去海滩吧，我再也不想见到这种山洞、悬崖之类的了。”

“就这么定了。”他说。

“定好了要约会？”她问，“只是确认一下。”

“我也是这么想的呢。”

和卓与他的手下也跟随他们走进这间洞室，很明显不想让他们不情愿的“向导”脱离他们的视线。“如果是我，我就不会做长远打算。”和卓警告他们，“尽管区别不大，但在乐观和不切实际的希望之间还是有一条关键分割线的。”

四十大盗的大首领饶有兴致地查看了整间洞室，但他谨慎地克制住彻底搜查那些陶瓮去找神灯的冲动。不管怎样，他明显把弗林有关小心机关陷阱的警告听进心里去了。

“所以……有陶瓮，”他观察完说，“很多大陶瓮啊。”

“三十八个。”弗林猜。为了验证自己的说法，他快速地清点了一遍。“正如‘阿里巴巴和四十大盗’故事中的一样。我们回想一下，你们杰出的先辈——四十大盗最初的首领，他想要残忍地报复偷走他们不义之财的阿里巴巴，于是他把三十七个手下藏进了油瓮里。他只有三十七个手下了，”弗林觉得有必要解释清楚，“因为在此之前，他的两个手下因为没能准确地找到阿里巴巴已被他斩首了。”

听到这里，唯一活着的盗贼部下偷偷地瞄了一眼马尔贾娜。尽管他体形几乎有她两倍大，壮得如一头牛，但此时他还是觉得自己有可能随时会被她杀掉，弗林心里也有这种想法。

“我很熟悉这个故事。”和卓干巴巴地说。

“那你就能记得，其实第三十八个油瓮里面装的是芝麻香油，然后那个聪明的女仆——真是巧合呢，也叫马尔贾娜——用那个油瓮里的油倒进其他油瓮，憋死了藏在瓮里的其他盗贼，保护了阿里巴巴和其家人，使他们在睡梦中免遭贼人的杀害。”

“这不是我们四十大盗的光辉时刻，”和卓承认，“如果一个故事想让别人相信的话，总会有点曲折。”

“山鲁佐德并没让我们走错路。”弗林走到洞穴墙壁边上，手指敲了敲每个陶瓮，听了听它们的回音。等这一系列活动完毕，他忍不住地咧嘴笑起来，进一步说明：“正如我预料的一样，除了第一个大瓮是满的以外，其余都是空的。”

和卓疑虑，走近陶瓮。“也许，神灯就藏在这个油瓮里，沉到油里面了？”

“不可能，”弗林嘲弄他，“那就太简单了。”

和卓咄咄逼人地瞪了一眼弗林。“那你说是怎么一回事，卡森？”

“我猜？我们要遵循原来故事中的线索，把油平均分到其他所有陶瓮里，使三十八个陶瓮盛放相等的油。”

“谁会做这么精确的事？”和卓问。

“这个可难倒我了，”弗林说，“但根据我的经验，这种问题解决起来和机关陷阱一样，总是需要试探，需要解谜，好像这些东西都是由世界上最一流、最狡猾的游戏设计师发明的。”他轻蔑地看了一眼翻新版的四十大盗残余队伍。“一直以来依靠枪、刀和恫吓解决问题的你们，真的需要学会思考和学习。”

“那你说。”马尔贾娜阴沉着脸说。

弗林的手指敲敲脑袋——和那三十七个陶瓮不同的是，他脑袋里可是充满了东西。“这才是你们要解决问题时应该有的态度，不要总是打打杀杀，也不要暴力威胁嘛！”

“我不知道。”马尔贾娜抽出匕首，“我总觉得，很多问题，用这把刀就可以轻松地解决。”

一时间，弗林担心自己好像有点说得过火了，但和卓伸出手，压住马尔贾娜的胳膊，这一举动让她不情愿地放下了匕首。她恶狠狠的眼神却始终都在。

“很好，卡森，”四十大盗的大首领说，“那就向我们证明你的脑袋有多灵光吧。”

*反正是比你们聪明，*弗林心里暗想，*历尽磨难之后，最终的结果还是比你们聪明，理论上来说是这样……*

一个空水壶选来用作舀起香油和往其他陶瓮倾倒的容器。弗林把水壶递给马尔贾娜。“你会愿意效劳的吧，就像和你同名的女主人公一样？①”

她对这个建议很不屑。“在你看来，我像个女仆吗？”

“我就是这么一说，”他后退了一步，说，“无意冒犯。”

“让我来吧，”希林主动提议，“还有，顺便说一句，如果你真的读懂了这个故事的话，就会知道：那个机警的女仆是整个故事的真正英雄。能够效仿她，其实是很荣幸的。”

两位学者一同开始干活，他们打开了第一个陶瓮。弗林仍旧担心会有什么机关陷阱，已经做好了会遇到危险的准备。但当他们把盖子打开后，遇到的却是一股浓郁的独特香气，保存完好的芝麻香油味道从油瓮里飘出来。油瓮里的油很满，几乎到了瓮口边缘。他扫视了一眼等待装满的三十七个空瓮，想到要干的活，心里默默地叹息。这注定是漫长而又繁重的活计。

“你还在等什么呢？”和卓命令道，“快开始吧。”

弗林和希林开始小心翼翼、有条不紊地干起活来，他们慢慢地为每个陶瓮舀出相同量的香油，逐一倒入，一趟又一趟。这个任务比弗林预想的还要耗费时间、枯燥乏味，所以当他们终于快给三十多个陶瓮里注入完等量的香油时，他都已经有点烦躁了。他料想，再往最后一个陶瓮里填进一水壶香油时，机

---

①在《阿里巴巴和四十大盗》的故事中，杀死强盗救了阿里巴巴一家的是女仆马尔贾娜，女匪马尔贾娜与她同名，所以，弗林会如此调侃。——译者注

关就应该被触发了——如果真的有机关并且真是如此设计的话。

“要开始了，”他对希林耳语道，“希望我们不是白费时间。”

“你是图书馆员，”她说，“你知道你在做什么。”

他一边在心里感谢希林对他的信任，一边倒出最后一壶量好的香油。香油倒进陶瓮后，最后一个油瓮和其他油瓮里的香油都达到同一高度，不多一毫，也不少一厘。他屏住呼吸等待。

没等多久。

从洞穴底下深处传来一阵轰隆隆的声音，好像重新分配重量的香油触发了某个隐藏的装置，让古老的齿轮重新运作起来。弗林紧张兮兮地抬头看了一眼悬挂在头顶上的钟乳石，担心掉进一个长期蛰伏的致命陷阱里，但希林的喊叫让他回过神来。希林指着第一排陶瓮，高兴地喊起来。

“成功了！有什么东西正在打开！”

第一排陶瓮沉入洞室的地下，露出一处通往大山深处的隐藏阶梯。弗林一向喜欢读有关密室类书籍也同样热爱发掘密道，所以看到这个密道，他感到一阵兴奋的喜悦，随即他又想起，这也可能是四十大盗离找到神灯更近了一步。

*对于整个世界来说，若是有个高效的致命陷阱就更好了，*他心想，*但对我们个人而言，陷阱又不是好事。*

“好极了，卡森。”和卓为弗林的功劳拍手喝彩，“我从来都不怀疑你的能力。也许，我们四十大盗过去太依赖刀枪了。一旦我们拥有一个神灯，我要好好动动大脑，仔细想想我该许什么愿望才好呢。”

“我们的愿望。”马尔贾娜纠正他。

“那是自然，”他说，“不过既然排出名分，高级别的就有特权，就和指挥等级一样。你还记得这点吧，二首领。”

“一直谨记，”她说，“我怎么会忘呢。”

弗林不敢想象一旦和卓得到那盏神灯后会许何种愿望，更不要说他那嗜杀成性的二首领了。即使暂时不考虑传闻中可怕灯神获得自由后大肆作乱的极大可能性，单说这四十大盗，他们绝不是那种会许愿乞求要一只小狗、阳光雨露或者世界和平之类的善良之辈。

“让我们看看这些台阶通向哪里。”和卓向弗林和希林致意，“当然，你们先请。”

台阶底端某个地方，有一道金色微光闪过。弗林很欣慰当整队人在下台阶时，手电的光都朝向前面，为他照亮了脚下的路。台阶上的灰尘和蜘蛛网说明，已经很久没有人来过这里，而这里的台阶又十分平整没有什么破损，说明这座隐蔽的台阶没有承载过什么客人，甚至在阿拉丁和他的神灯时代也没有人经常出入。除了身边甩不掉的致命威胁，弗林开始惊叹起这次神奇的探寻。

“想象一下，”他说，“我们现在真的正在走辛巴达和阿里巴巴走过的路！”

希林露出同样敬畏的表情。“现在有多少人敢说来到过这种地方啊？”她用力捏捏他的手，“谢谢你，弗林。说真的。”

安装在洞穴四壁的铁质火盆一个接一个引燃，亮起来，引领他们向前走。弗林推测，这些火把也是被刚刚他在洞穴上层触发的机关点燃的。这些火把的燃料极有可能就是陶瓮里的香油，香油经由触发后以重力为动力运转的水泵装置流到火盆里。

“聪明，”他喃喃自语道，“真是好想法。”

“你在说你自己呢，图书馆员？”马尔贾娜嘲弄他，“别太骄傲了。你的用处快到尽头了。”

不用你提醒我，他心里想，不管怎样，我们都接近故事的最后结局了。

走过长长的台阶，他们穿过了一条很短的过道，进入了另一间洞室。他们一走进去，就全都惊呆了，面面相觑，只留弗林又是惊愕又是大笑地打破了宁静。

“好嘛，不是有人要找灯吗？”

19

· 2006 ·

他们确实找到了宝藏。无数的灯——各种形状、尺寸的灯摆满了整间由火光照亮的洞穴。它们挤在粗糙的石头架子上，堆满地上，以至于整个洞室像一个遗失已久的地下灯具市场，展示着来自世界各地的古老油灯。仅仅扫视一圈，弗林就看到一盏史前时期的岩石灯，大概是新石器时代的；一盏古埃及第三王朝时期神庙举行仪式时的圣灯；一盏古希腊时期简洁的赤陶灯；一盏 14 世纪非洲的红色高挑细颈灯；甚至还有一盏中国周朝时期的文雅玉灯。很多由贝壳、石头做成的简易灯，还有用青铜、银、象牙、犀牛角、白玉石和其他材料精美装饰的华丽油灯。这里简直是名副其实的油灯宝藏，尽管这些宝贵的灯都被这么随意地乱丢到一起。身为图书馆员，弗林更喜欢条理清晰的收藏，也许按照时间顺序和地理顺序排列起来更好……

“不得不说，这主意真是绝了，”弗林不由得用满是赞誉的口气说着，“要藏起来一盏灯，还有比放到一大堆灯里更好的地方吗？”

和卓可没觉得这个手段高明。“我受够了谜题。”他猛地一推弗林，让后者朝着那堆令人震惊的油灯宝藏扑过去，“找出神灯，卡森，别告诉我你不知道怎么找。这里也只有你能完成这个任务。”

这大概是我的错吧，弗林心想。“也许我该说，谢谢夸奖。”

就是这个机会。这是他最后一次让四十大盗无法找到神灯的机会，如果他灵敏的大脑能够想出一条应对之计——然后平稳实行的话。

他没有着急行动，而是慢悠悠地在各种油灯前面来回踱步，逐个仔细观察，其实，在他湿透的衣服下，他早已紧张得大汗淋漓。在火盆中燃烧的火焰照射下，打磨光亮的金属和陶器釉面闪烁着独特的光芒。他开始走到一个像碗一样形状的简洁油灯跟前，准备拿起来仔细检查，但立刻就有枪上膛的声音。马尔贾娜把她的刀又亮出来了。

“手拿开，图书馆员，”她警告，“你胆敢触碰一下神灯，你手就没了，明白吗？”她怀疑地看向他。“你可以看，但不能碰。”

“这话我好像以前听过。”弗林嘟囔，缩回他的手。他能敏锐地感觉到马尔贾娜的监视，更别提她那难以平息随时准备复仇的冲动，眼下，他只能靠眼睛观察每盏灯的特征。他的目光停留在一盏阿拉伯样式的光亮黄铜灯上，这盏灯的外观就和故事书中的魔法神灯模样一样。他佯装不再对它感兴趣，迅速把眼睛从那盏灯身上移开，然后走开，假装四处转悠，接着，他忽然转身想要抓住那盏灯。

“别那么快，图书馆员！”

马尔贾娜像一头豹子一样飞速跳过来，挥起刀子向着弗林伸出的双手一顿乱砍。他急忙缩回双手，还算及时，胳膊差点就被她切断。

“好啦，好啦！我知道啦！”弗林从那盏灯跟前走开，“它是你们的。”

“终于啊！”和卓一把推开弗林，抓住那盏黄铜灯。他把那盏灯拿到光亮处，不住地赞赏着，他的手下站在一旁也是满怀期待的神情。“经过千百年来的努力，阿拉丁的神灯终于归我们了，有了它，我们就有了重塑地球的力量！”

“我再啰唆一次，”弗林试图劝阻他，“如果我是你，我一定不会摩擦它。”

“把你的糊弄计策留着，用在别的胆小鬼身上吧。”和卓贪婪地盯着手里的铜灯。他低沉的嗓音里满是胜利的喜悦。“从此刻起，灯神——还有它的命运——尽在我们的掌握之中！”

弗林耸肩：“别说我没提醒过你啊。”

和卓完全不在意图书馆员的警告，他把铜灯抱在怀里，用右手抚摸起灯来。那盏铜灯立刻有所回应——一道不可思议的金色光芒从灯中射出来，同时，一股绿色浓烟从油灯朝上的灯芯嘴处冒出来。那浓烟有一股刺鼻的难闻气味，但似乎和卓毫不在意。

“太棒了！”他欣喜若狂，“真的有反应！”他双手握住铜灯，拿到身前。“出来吧，灯神，来见见你的新主人！”

“新主人们，”马尔贾娜一边补充道，一边全神贯注地盯着眼前的景象，“加上‘们’，你应该说的是复数。”

对他们来说，第一次一瞬间好像慢得如几个小时，所有眼睛都盯着那盏灯，除了弗林和希林。他偷偷地走到她身边，悄悄在她耳边说话。

“你等着看吧。”

墨绿色的浓烟从铜灯里不断涌出来，越来越亮，金色的光芒开始变成火红色。痛苦不适的呜咽声取代了和卓充满喜悦的欢呼。他的额头沁出大颗汗珠。尽管头巾盖住了他的嘴，但能看得出，头巾后面的脸也痛苦得扭曲。

“有点不对劲啊，”他大口喘着气说，“它怎么越来越热，根本拿不住。”

“松开手吧。”马尔贾娜伸手，“把它交给我。”

“绝不！绝不松手，除非我……”

他的喉咙发出一声撕心裂肺的叫喊，打断了拒绝的话。这时，铜灯的光芒越来越耀眼，从地狱般的火红变成一束刺眼的白炽火光，即使在洞室中浓厚的绿色烟雾笼罩下，这道光仍像信号灯一样刺眼。他发疯了一般手臂乱挥，想要扔掉炙热的铜灯，但那灯仍被他烧焦的皮肤粘在手上。他的手开始发出嗞嗞声，一股媲美那铜灯刺鼻臭味的烤焦味散发出来，很让人反胃。

“它着火了！”他尖叫起来，“我快被它烧着了！”

马尔贾娜后退了几步远离他，明显被眼前的景象吓呆了，不知道该如何是好。她抽出匕首挡在身前，好像把它当作抵挡魔鬼的法器。“别傻站在那里，巴达！”她冲最后一位手下大喊，“快来帮忙！”

“怎么帮？”这位小贼也不知所措，他盯着挥舞着火苗的首领，脸上露出惊恐的神情，“你想让我做什么，二首领？”

“我不知道，你个蠢货！反正得做点什么！”

敌人的混乱没有让希林脑筋混沌。“这是我们的机会。”她悄悄对弗林说。然后，她随意从架子上抓起一盏铜灯，“哐”一声朝巴达的脑袋砸过去。被砸迷糊的小贼身子一晃，跪倒在地，痛苦地抱住头，希林趁机抓住弗林的胳膊，拽着他往门口跑。

"快走，弗林！我们赶紧从这儿逃走！"

"等一下。"他说。

他挣脱开希林的手，让希林又惊又不解，他没解释一句就又一头扎进浓烟中，那铜灯发出的恐怖光束指引他找到那盏装饰华美的玉灯——正是他之前看过的那盏中国玉灯。他从架子上拿起玉灯，然后冲回到完全疑惑又焦心的希林身边。"弗林！"

"来了，"他告诉她，"现在，我们可以走了。"

伴随着滚滚浓烟，装满油灯的洞室里仍然一片混乱。和卓疯狂地挥舞手臂，痛苦地哭号，他把很多油灯碰倒掉在地上，而马尔贾娜似乎又惊恐又慌乱，竟然无法动弹。那铜灯冒出的浓烟似乎无穷无尽，但却没有一点灯神的影子。洞室开始颤抖起来，震得更多油灯掉落到地面。金属油灯摔到地上，发出清脆的响声。琉璃和陶器古灯摔到地上，遍地破碎。

"救命！"和卓的尖叫划破古灯摔落的喧闹响声，"有没有人来救救我！"

他突然冲向马尔贾娜，后者惊恐万分，她弯腰一脚踹上他的腿，和卓与更多古灯一起应声倒地。看到弗林和希林趁机逃跑了，她犹豫了片刻，似乎在抉择到底是陪着她的头领，还是去追逃走的人质。脑袋仍眩晕的巴达抬起头，向她寻求下一步指示。

"二首领，我们该怎么办？"

马尔贾娜做出了决定："去追他们！别让他们跑了！"

看来大盗们中的尊卑地位也不那么牢固，弗林心想，*了解喽*。

他和希林从洞室里跑出来，奔向前面的过道，后面紧跟着马尔贾娜和巴达，还有四处扩散的浓烟。当他们加速跑回通往装着油瓮洞穴的台阶时，弗林紧紧把玉灯抱在怀里。他打死也不会把这盏灯落下。脚下的石阶开始震颤起来。

“我不明白，”希林说，“你是怎么回事？”

“说来话长，很奇怪是吧，”他一边狂命奔跑，一边解释，“最早版本的故事里，阿拉丁是在遥远的异域国度——中国发现的神灯。现代版本的故事大多跳过这一段，所以人们就自然而然地认为神灯来自《一千零一夜》故事的发生地——阿拉伯，而不是遥远的东方，但若是你追溯早期版本的故事，就会发现，阿拉丁的神灯就应该是中国古灯的样式。碰巧呢，这盏灯是周朝的，周朝又和所罗门王统治时期大致相仿，而据说，就是所罗门王第一次把那个邪恶的精灵封印进灯里的。”

“对啊！我应该早想到的。”希林在摇晃的台阶上跌跌撞撞地向上爬着，她失去平衡几乎站不起来，“那，那盏灯又是怎么回事，和卓抢过去的那盏……”

“很明显，是另一个机关陷阱。我故意误导和卓，让他相信那就是真的神灯。”他回想起自己假装伸出手要抢那盏铜灯的样子，想到和卓的皮肤就在他们眼前被烧得嗞嗞作响，他不由得后怕起来，“凭良心说，我可是警告过他，让他别摸那灯。”

整个山洞震颤得更厉害了，他把真正的神灯抱得更紧。当他们攀爬上通往油瓮洞室的石阶时，头顶的灰尘和岩石碎屑像雨滴一样掉落，一切都说明山洞极有可能塌陷。弗林听到马尔贾娜和他的手下追过来了，也听到他们把和卓留下让其自生自灭时，和卓愤怒地叫嚷。

“你尽管跑，图书馆员！”她高喊，“你绝对逃不出我的掌心！”

弗林不知道她到底是在追玉灯还是仅仅出于报复心理，但无论出于哪种目的，弗林都不想让她得逞。也不能让她靠近希林。

洞顶的钟乳石被震得掉落下来，差点就击中弗林和希林。钟乳石砸进陶瓮里，溅起的芝麻油落到震动的地面。希林踩在湿滑的不平稳地面上，不小心跌倒，然后喊出声来。弗林赶忙扶她站起来，却发现她的脚痛苦地缩着，无法行走。

"你没事吧？"他紧张地问。

"我的脚踝，"她解释道，"我想我把脚踝扭到了。"

"还能走路吗？"

"我觉得，可能吧……"

他一手紧握神灯，腾出另一只胳膊架起希林，他们艰难地走出洞室，来到危险的石桥面前。希林的伤痛拖慢了他们的速度，似乎他们在山洞塌陷之前——或者是赶在马尔贾娜和巴达追上来之前逃出去的希望不大了。

"别管我了，"她催促弗林，"拿上神灯，快走。"

"绝对不行。我们图书馆员是有恩必报的。"

当马尔贾娜和巴达从浓烟中出现时，他们已经走到了石桥的半路。马尔贾娜在桥头犹豫起来，很明显，好像不愿意冒险在地震中走上那座狭窄的石桥。

"你走得已经够远了，图书馆员。把那盏灯拿回来！"

所以，到底她还是看到了他在逃跑时卷走的玉灯。弗林心里想，这就有更充足的理由让他们尽快逃开她和那个五大三粗的手下了。

"到了外面，我们再讨论这个怎么样，"弗林喊道，"趁整个山洞还没塌掉？"

一块巨大的钟乳石从高处落下，与石桥擦肩，笔直地落入桥下深渊中。石桥边缘的碎石和岩屑开始脱落，随着刚刚掉落的钟乳石一同落入无底的黑洞里。马尔贾娜看到这些坍塌的石块，然后点头。

“你说得对，图书馆员。”

她立刻和巴达一起匆忙走上石桥，在如此危急、慌乱的情况下，他们想尽可能快地走过去。在她还没到达弗林和希林那里时，身后传来一阵极其痛苦的哀号，让她愣住。

“马尔贾娜！”

真是难以置信，和卓竟然从陶瓮洞室踉踉跄跄地走出来，手上还抓着那个假神灯。他脸上的面纱松垮地垂下去，但打着旋的浓厚烟雾仍然遮挡住他的面庞。弗林惊讶这个人竟然还能站起来，更别提他还一路跟过来走这么远。和卓在洞室门口跌倒，跪在地上。

“救救我，马尔贾娜！别丢下我！”

马尔贾娜的眼睛在弗林与和卓两人之间来回转悠。她面前的石桥出现了一条条细缝。又一大块岩石从石桥的桥身掉落，砸进深渊里。

“二首领？”巴达焦急地问。

“叫我大首领。”

他们和弗林之间的石桥忽然断裂，在四十大盗和他们的人质之间形成一条一米多宽的断裂口。整个石桥看上去摇摇欲坠，眼看着要全部坍塌。

“跳过去！”她对巴达喊，“为了活命！”

“不……！”和卓厉声咆哮，“你们竟敢不管……！”

弗林没等着看剩下的盗贼是不是成功跳了过来。他半拖着也半架着希林，艰难地走过剩下的石桥和到山洞口的那段通道。他心里担心着，不知外面的山崖上是否还有那只巨鸟在等待。

真是刚出火坑……又入鸟腹？

外面天还亮着。和浓烟、黑暗洞穴中昏暗的火把相比，下午的太阳正如那铜灯发出的地狱般火光一样刺眼。弗林不停地眨眼，他寄希望于巨鸟被大山的震动所惊吓然后飞走，但投在山崖边小路上那片不祥的阴影却打破了他的美梦。那个阴影遮住太阳，弗林抬头，看到巨鸟正盘旋在头上的高空中。不论有没有地震，他都怀疑这只长着翅膀的怪物是不会让他和希林完好无损走下山去的。

他们的人类敌人也不会。

很快，期待马尔贾娜和她手下被那座石桥阻碍留在山洞的美梦就被打碎了，他眼见最后两个大盗从山洞里着急慌忙地狂奔出来，没过几秒，他们身后的洞口就发出轰隆隆的岩石砸落声音，山洞塌陷了。灰尘扬起，一团迷乱，马尔贾娜上气不接下气，看上去样子十分狼狈，但弗林却警觉地发现：她竟然在这种难熬的奔命时刻还拿着那把利刀，而且，她那凶残的眼神一如既往地骇人。

巴达看上去也不那么开心。他肥硕的手指不停地揉抚脑袋，那是希林袭击他的地方，另一只手紧握着一把枪。

“把灯交出来！”马尔贾娜命令道，手里挥舞着她最爱的武器，“否则，我会把你们中的一个先喂给大鸟吃。”

此刻，巨鸟正在高空中盘旋而下，弗林快速地考量了一下当前局势，这恐怕是他遇到过的最艰难、危急的时刻。前有凶恶的巨鸟，后有残忍的盗匪，中间希林还扭了脚踝，在此情况下能成功地逃脱的概率，就像沙琳会忘记管他要收据一样渺茫，这就意味着，他唯一的选择是那个他被强烈警告绝不可以做的事。

“对不起，贾德森。”

弗林顾不上导师的警告，摩擦了神灯。

“不！”马尔贾娜撕裂了喉咙使劲儿喊。“不要！”

那只巨鸟也发出唳鸣。

太晚了，弗林想，我现在要释放灯中精灵。

一团发光的蓝色烟雾汩汩冒出来——闪烁的光芒的确是浓烟自身发出的，浓烟从灯口喷薄而出，很快升到他们头顶上方很高的地方。巨鸟因为害怕而厉声鸣叫起来，没有继续它致命的猛扑，拍着巨大翅膀飞离了浓烟柱升起的地方，逃命似的飞走了。

弗林觉得，巨鸟想必知道这灯中是何等人物。

与那假灯冒出的刺鼻绿色浓烟不同，闪着光的蓝色雾气有一股异域调料和熏香的混合味道，好像与中东市场里的味道一样。这些浓雾并没有分散开，而是聚合，形成了一个巨大的烟柱，然后烟柱迅速幻化成实体……

“是灯神，”希林目瞪口呆，“是神灯中的精灵。”

巨大的灯神比他们高出很多倍。他深蓝色的皮肤闪耀着五彩斑斓的光辉，暗示出他超自然的属性。他尖尖的耳朵上，挂着两枚呼啦圈大小的耳环；红胡须修剪得异常整齐、干净，这种外形简直是令人恐慌的恶魔外表。他无比庞大的上身罩着一件金色丝绸马甲，下身穿着紫色灯笼裤，考虑到他千百年来都很少出来运动，他的身材还真是超乎寻常的颀长、强健，这不免让弗林怀疑，是不是神灯里面也有一套齐全的健身器材。看到这个高大的身影，他脑海里闪过这个平台是否能支撑得住这个巨人重量的念头，很快他又后知后觉地想到，除了庞大的外表，基本上所有精灵都是烟和火组成的物种。

“自由！”灯神用低沉的声音说，这低沉的隆隆声让达斯·维达[1]的声音都像儿童的叫喊那样尖锐。他巨大的腿迈开，步幅让人惊叹，他同样举起巨大的胳膊伸展起来，明显为能从灯中出来而欣喜若狂。锐利的金色眼眸像闪电一样耀着亮光。“又一次踏进世界，又一次自由！”

灯神的恐怖外形足以震慑住马尔贾娜和她的同伙，他们也觉得巨鸟的反应很明智。

“快跑！”她冲巴达大喊，“别等那个图书馆员用那恶魔来对付我们！”

或是担心灯神的怒火，或是害怕弗林的愤怒，或是忌惮这两种愤怒交织，强盗团伙幸存的两人拔腿就跑，像离弦的箭似的沿着山崖边的小路朝着山下树林一溜烟奔过去。弗林看到他们逃跑，心里非常高兴，高兴的原因也不止一个，一个是至少暂时没有刀刃威胁，另一个是他们远离了神灯。看了一眼巨大的灯神，他心想，就算不需要处理那两个残忍的盗贼，自己要应付的也已经够多了。

“嗯，不好意思。”弗林清了清喉咙，以吸引这个大巨人的注意，“呼叫神灯里的前任居民？”

灯神屈尊矮下身子，若有所思地低头凝视他。“你是何人？此刻，持我灯者为何人？”

“我是图书馆员。”

“当真？”灯神有点难以置信的模样，“甚好，图书馆员，悉听尊便。你将许何愿望，渊博的学者？”

弗林脑海中瞬间蹦出无数个想法，其中一个是现在就让他

---

①达斯·维达，是奇幻作品《星球大战》正传三部曲中的反面角色，也是《星球大战前传》三部曲中的男主角。其形象是：头戴全黑面具，身穿黑色盔甲和黑斗篷，声音低沉，有震慑力。——译者注

们两人安全地回到图书馆，还有个想法是要报复在巴格达杀害莉拉·哈姆扎的凶手，但他并没有完全遗忘贾德森有关神灯的警告。仔细查看起那盏玉灯，弗林沮丧地发现在玉石灯身外面能清晰地看到好多条极细的裂缝。正如贾德森所预料的，千百年来摩擦神灯许愿给了精灵很多力量，削弱了囚禁他的玉灯牢固程度，以至于这盏灯已经濒临破碎边缘。谁知道再有多少个愿望能永远地释放灯神呢？

那样的话，根据贾德森的说法，将会是灭顶之灾。

“快讲！”精灵敦促弗林，“汝之心愿为何事，博学的凡人？”

在他和希林一同经历了这么多艰辛之后，弗林多么想利用灯神的力量让所有问题都消散啊，但这样一来，他很有可能就把整个世界推到绝境边缘，任由这个凶残的精灵肆意作乱。顶多，弗林决定，就是冒险许个愿望呗。

“我希望你和神灯永远、永远地消失！”

“不！”精灵暴怒着吼道，身体却渐渐消失变回浓烟，缩进灯里。“图书馆员，我要诅咒你，以及你所有后人！从此刻起，至千秋万代！”

神灯像个玉石吸尘器一样，把正说大话的精灵吸进肚子。他在空中胡乱地挥舞着双手，徒劳地试图要抓住什么东西，直到他的头和肩膀也渐渐沉下去，直到最后一点身影消逝，从玉灯口消失。转过身来，弗林面对着小路这一侧的山崖，狠命地朝遥远的海湾掷出那盏玉灯（和它里面的暴怒居民）。按理说，他本不可能扔出那么远去，但他愿望的力量让那盏灯划过一道弧线，越过长满树木的山坡和下面的沙滩，然后，灯“哗啦”一下掉进了海湾中，消失在波浪之下，永远也不可能再被人找到。

这也正是弗林希望的。

“好吧，尘埃落定了。”他把神灯扔掉了，很显然，不能给图书馆增添一个新魔法藏品了。“阿拉丁的神灯永远地消失了。”

“幸好，”希林说，“从各方面考虑，我想，我更喜欢在书里读到而不是在现实中真的见到这些。灯神也好，食尸鬼、巨鸟也好，还有四十大盗，都是。”

弗林明白她的感受，哪怕是他本想要把那盏神灯带会图书馆。不过，至少他也让神灯没有落入坏人手中，这是更重要的，贾德森应该能同意他的观点。

可以宣布：完美收官！他心里想。

因为脚踝受伤，希林依靠在他身边。她一览整座魔法海岛和无垠海洋的盛景。“还有一件事，”她说，“我们要怎么才能回家？”

对这个问题，弗林已经有了主意，而这主意还是取自《一千零一夜》中的一篇故事。他们只需要想想当初辛巴达是怎么做的。

“你觉得，搭乘巨鸟的顺风车怎么样？”

20

· 2016 ·

附件馆里，一座 1900 年左右制造的带着号码拨盘的老式烛台电话响起铃声。詹金斯拎起听筒，拿到耳边。

“斯通先生？”他对着另一只手握着的话筒说，已经知道电话是谁打来的，“我能帮你点什么？”

“我们一直搞错了，”斯通回答，“不是幸运币在作怪。”

“好的，我们已经知道这件事了。恐怕你的消息可能稍微滞后一点。那你有什么新消息要告诉我吗？”

“你说对了，确实有。邓菲和我刚被一伙残忍的竞争对手追赶。他们在找什么灯。”

“一盏灯？”一阵寒意袭上詹金斯的后背。当然不会是它。这么长时间了，不可能会是它在作祟。

尽管他有理由用这么惊奇的语气说话。换成那个人，也会是这种语气吧。

“把所有事情都告诉我，”他沉重地说，“别遗漏任何细节。”

* * *

看到卡桑德拉和伊齐基尔都在酒店大堂等着她，贝尔德松了一口气。还没走近他们身边时，她听到他们窃窃私语的只言片语。

“你‘借走’了什么？”卡桑德拉压低了声音问，脸色变白。

“世界最大的‘狗头金’[①]，”伊齐基尔扬扬得意地说，“总共有 875 盎司[②] 重呢，在旁边的赌场正做展览。”他耸耸肩，完全不在乎卡桑德拉惊讶的表情。“好啦。好像我真的会忘记‘贼不走空’这句箴言似的。”

“但你以后会把它还回去的，对吧？”卡桑德拉带着期望的口气问，“你这样做只是为了挑战，不是吗？”

他回避了她的追问。“这个嘛……”

贝尔德无奈地仰头乞求上天给她力量，结果只看到酒店大厅天花板上豪华的错视画，画面是仿冒的阿拉伯明朗天空。这个消息是此刻她最不想听到的。她疑虑了片刻，不知道伊齐基尔把偷来的金块藏到了哪里，但很快，她决定不猜了，也不想知道。

“算了，你们两个别谈这些了，”她说，“以后我们再解决这事儿，现在我们需要集中精力到正要查找的真正东西上。”她看了一眼伊齐基尔。“卡桑德拉有没有告诉你幸运币的事？”

“说了。”他脸上的得意神情被皱眉的苦脸代替。“真不敢相信，我竟然花费时间和高超技艺去偷一枚普通的铜币。”

“实际上，从精确的角度来说，”卡桑德拉告诉他，“那枚硬币 97.5% 是锌。”

①狗头金，天然形成的金块，质地不纯，形状各异。——译者注

②盎司，西方国家使用的重量单位，1 盎司约等于 31.1 克，文中 875 盎司约等于 27 千克。——译者注

“现在这些都不重要。”贝尔德说，试图把讨论拉回主题上，“剪贴簿派我们来这里调查一定有很重要的原因，所以，我们需要调查清楚，这个重要的原因到底是什么。”

卡桑德拉考虑了片刻。“你说斯通正在和邓菲在一起。说不定他现在已经发现什么线索能指引我们找到正确的调查方向？”

“问一下也无妨。”贝尔德拿出手机，就在她正要拨给斯通时，她接到来自图书馆的电话，于是，她决定先接听图书馆的来电。她不禁希望詹金斯会打电话来告诉她，他之前错过了点发现，而那枚幸运币就是魔法物件。“我是贝尔德，有什么事？”

“恐怕，我有个非常不幸的消息要通知你，”他的声音相当阴郁，“团队其他成员在你身边吗？”

“除了斯通，都在。”贝尔德打开免提功能，招呼卡桑德拉和伊齐基尔走过来。路过的行人都在专心走自己的路，完全不在意路中间正聚在一起开秘密会议的三个人。“他和邓菲在一起，正要准备享用一顿美味的牛排晚餐，这是我最后知道的消息。”

“可能当时是这么说的，”詹金斯说，“但我刚接到斯通的电话，后来他们的晚餐可比预料的要曲折得多……足以引来极度糟糕的麻烦。”

贝尔德从他的语气中听得出来问题有多严重。“告诉我们吧。”

詹金斯继续说起斯通和邓菲是如何惊险地从一群要找某盏灯的歹徒手中逃脱，她听到这里，和其他两个人都露出了担心的神情。

“一盏灯？”贝尔德问，“那是什么样的灯？”

“阿拉丁的神灯，”詹金斯说，“如果我的怀疑是正确的话。我都不敢想，我们要找的东西是神话中的魔法神灯……还有里面封印的精灵。”

“但你曾经和我们说过，这世界上不可能有藏着精灵的神灯啊。”卡桑德拉抗议道，“还记得去年我们调查神话故事中蹊跷事件的时候，你这么说过。”

“我的确说过，”他承认，“因为我有理由相信神灯永远地消失了，这要归功于几年前卡森先生的足智多谋。”

“弗林？”贝尔德问，“他和这件事有什么关系？”

“碰巧的是，那次任务完成得也很不错，尽管那是在你们来这里之前的事了，那个时候他还是唯一的图书馆员。”

根据他的习惯，詹金斯简明扼要地把弗林追寻阿拉丁神灯的历险故事讲述给他们听，里面有神灯、残忍的精灵，竟然还有……四十大盗？

“会飞的魔毯？”卡桑德拉抑制不住兴奋说道，“我太羡慕他了！”

“听上去，他那时很需要我的帮助，”伊齐基尔说，“一伙还自称‘大盗’的老古董，根本不是像伊齐基尔·琼斯这号人物的对手。我能在他头巾都没飘动的时候就飞快把神灯抢到手了。”

贝尔德努力消化这个新消息。“我从来没听他说过这件事。这件事弗林一个字都没和我讲过。”

“恕我直言，上校，在你们被招募进图书馆之前的很长时间里，弗林都是一个人执行任务。的确，作为图书馆员来说，他的命已经长到创纪录了。我能想象到，肯定会有几个小故事他没有机会和你聊过。”

“大概是因为他从来不多停留，所以也说不上话吧。”贝尔德心里有点恼火。尽管现在的形势紧迫，她还是忍不住会猜测希林·马斯里会是什么样的女人，还有，他们脱离险境以后，她和弗林会有多亲密。原来她不知道他过去还有那么多功绩、罗曼史或者其他说法吧——尽管，实话实说，她好像也没有把自己过去战争中的故事如实相告。“但是……我明白你的意思。”

她强迫自己专注到任务上。

“我不明白的是，”她说，“如果弗林许愿说让神灯永远消失，那为什么它会在十年后的拉斯维加斯再次出现呢？如果我们暂且假设神灯是在这里被人找到的话。”

“是个好问题，上校，”詹金斯回复，“这还有待调查。目前为止，我只能猜测，黑魔法力量被释放进现实世界以后，不明缘故地导致了多年后神灯再次出现……伴随这灯而来的，可能是恐怖的结果。”

贝尔德凝视着异域风情的装饰。“阿拉丁神灯？一座《一千零一夜》主题风格的赌场？一定有什么关联，或者说，有什么巧合的东西？”

“做我们这行的，”詹金斯说，“巧合往往用来形容没有发现事件后面的神秘力量。我认为，我们应该初步判定是邓菲先生现在持有这盏神灯。灯中精灵天生缺乏想象力，所以，他别无去处，匆忙地来到一个完全按照《一千零一夜》里中东地区的奢侈宫殿寻找新主人，也不奇怪……或许一个差不多的冒牌宫殿对他来说也不错。”

“有道理，”贝尔德说，“这里恰好是灯中精灵熟悉的氛围。”

“对啊！”卡桑德拉想到一个主意，脱口而出。“根据这些话，让人不免会猜测：魔女摩根[①] 会不会就把自己封印在埃克斯

①魔女摩根，神话中亚瑟王同母异父的姐姐，并与亚瑟王有一私生子。在诸多版本的亚瑟王传奇中，摩根大多是与亚瑟王敌对的反面角色，拥有强大的魔法力量。——译者注

卡利伯剑里，哪怕是为了旧日情分呢？”

“基里安小姐，即使是玩笑，也别扯上亚瑟王。”詹金斯严厉地说。亚瑟王的私事对于他来说，再熟悉不过了，这点贝尔德十分清楚。“不要提那个奸诈的妖妇，我们所面对的危险就已经够严重的了。”

“不会吧？”伊齐基尔质疑，“某个倒霉的失败赌棍用一盏魔法灯赢取一点好运。这种事能危险到哪儿去？”

“你在认真听我说吗？”詹金斯说，“除了绝对不能让神灯落入四十大盗的继任者手里之外，更大的威胁来自灯神他本身。”

伊齐基尔仍然怀疑地说：“所以，他不是个友好的灯神喽？”

“诸位听好了，所有人，”詹金斯说，他凝重的口气让人能从电话的这一端看到他严肃地皱眉，“这个精灵可不是善茬，他绝非音乐剧里面给人送去财富的可爱卡通形象。他是个凶狠的魔法邪恶精灵，已经被单独幽禁在灯里千百年了。别指望他能有好心情。为了报复这个世界，他等待了足够久的时间……尤其对于图书馆来说，他更是怀恨在心。”

“多谢你的‘激励’。”贝尔德说。

“不客气，”他回复，“随时效劳。”

21

· 2016 ·

这只水晶占卜碗曾是古波斯波利斯[①]一个神王的遗物，七圈古色古香的楔形文字雕刻在碗外沿。这只碗是詹金斯从图书馆厢房的占卜馆拿过来的。此刻，它端放在附件馆的会议桌上。他往占卜碗里注入了一些寻常的自来水，然后开始说起一连串从青铜时代就沿袭下来的简化版召唤咒语。他需要立刻召唤出某个人询问事情，而他既没有耐心也没有时间去忍受繁文缛节的仪式。

“以恩利尔[②]、伊什塔尔和永恒之火的名义，等等，诸如此类，等等，我召唤任何能代表烈焰廷的人。”他挥舞着一根保存完好的翠绿羽毛——从极乐鸟身上拔下来的羽毛，随意地在碗上面乱挥。在羽毛扇动下，平静的清水泛起波纹。“召唤特使，越快越好。”

①波斯波利斯，古波斯帝国的都城之一，是波斯阿契美尼德王朝的第二个都城。——译者注

②恩利尔，苏美尔时期人们心中至高无上的神，又名“精神之主”，是大地和空气之神。——译者注

让他心烦的是，起初，什么都没有出现。他不耐烦地叹了口气，用食指沿着碗边画圈，随即，耳朵里传来尖锐刺耳的铃声。

"如果你不出来，我就一直这么画，"他警告占卜碗，"相信我。"

这招果然奏效。占卜碗的标志发出光亮。水面出现涟漪，詹金斯的倒影被另一面孔代替，这个人头上一根头发也没有，脸上却留着浓密的胡须。一个金色大耳环让这个倒影看上去像个海盗，或许，更精确点说，像个精灵。不出詹金斯预料，水上的面庞一脸忿忿不平的样子。

"加拉哈德？"水中人影说，自卡米洛特[①] 陨落之后，就再也没人这么称呼詹金斯了，"你竟敢打扰青铜城主多布拉的宁静？当我心情不好的时候，我就想血染全世界！"

"别跟我装腔作势了。"詹金斯不以为然地回复。根据他以往的经验，这个精灵的威吓也就是说说而已。"我有件紧急的事要问你。"

当多布拉和图书馆以及其他神秘王国、派系交涉时，他代表着所有精灵。詹金斯上一次和他会面，还是在两支敌对龙族在交战初期举行的高级别秘密会议上。那个时候，他就像现在这样难缠、自以为是。

"我是随时听你吩咐的狗吗？你太过分了，渺小的人类。"

"正如你所知，我确实只是一介凡人。所以，如果我没有合理的理由，就不会召唤你出来了。"

"说得倒是容易，你个苦行僧。我有七个妻子需要照看，更

①卡米洛特，传说中亚瑟王的宫殿。——译者注

别提各式各样的情妇了。”

“在帮我回答问题的这段时间里，我相信你所有的女人即使没有你的照看，也能好好活着。”

多布拉嘲笑道：“那我为什么要遵照你的要求？”

“《银金盟约》第十二条，第三十二款，第567项。”

水中的人影不耐烦地掀起一圈圈涟漪，不过似乎被协议中的内容限制。

“那好吧。你问吧，但是要快点。”

詹金斯单刀直入。“阿拉丁的神灯。是不是又出来作乱了？”

“噢，这个啊。”多布拉一改之前恼怒的态度，瞬间变得不自在起来。他紧张地用手拽了拽脸上的胡子。“恐怕，针对这个问题，我不能确认，但也不会否认。”

詹金斯对他的逃避态度很懊恼。“又来这套，多布拉。如果神灯又出现了，现在可没时间戏耍外交辞令。我们可没时间和你较劲嘴皮子功夫。”

面对如此不容忽视的事实，多布拉退缩着败下阵来。他慎重地四下张望，压低了嗓门儿，似乎往前靠过来，以至于水中他的影像都形成了鱼眼效应[①]。

“呃，这些话可要保密，假设，即使有某盏神灯再次出现在你们的世界里，我们精灵一族也不会轻易承认这一事实。”

“为什么会这样？”詹金斯问，“人们都会觉得这正是在你职责管辖范围内啊，还是你没有兴趣监管你们本族的祸乱精？”

“这绝非易事。这盏神灯里的精灵——他的本名无人敢说，从来没有向烈焰廷的权威屈服过。他就是一只离群的野兽，一

①鱼眼效应，一种桶形畸变视觉角度，看上去中间物体突出放大，越向四周越小。——译者注

匹不受管教的烈马，一位最可怕的精灵。我们没有能力约束他……也不会对他的所作所为负任何责任。”

“我明白了，”詹金斯说，脑海里已经出现了清晰的画面，“换句话说，你们都贪生怕死，害怕这个害群之马，没人敢应战他。”他毫不掩饰语气中的轻蔑。“我这么说，没错吧？”

多布拉赶紧为自己辩护，说：“你是不知道我们坐在这个位子上有多为难。”

“哦，我认为我知道得很清楚。我明白你们烈焰廷打算袖手旁观了，当我们要应战你们恣意妄为的同族时，我们不能指望得到你或者你们精灵的任何帮助，对吧？”

“假设出现这种事……很遗憾做不了什么。”多布拉提高了他卖惨的声音，很明显想要挽回点颜面，“我们说清楚，尽管我没有插手这件事，但是，这位不能直呼其名的精灵如若被伏，他一定能真切地感受到我爆发的愤怒力量。我会赐他一千道雷霆，到时候，他定会为不顾青铜城的多布拉私自越境而后悔万分。他会乞求我的宽恕，唯恐我会熄灭他元神中的恶魔之火，把他的魂魄扔进四方风中。他会为这次违法付出惨痛代价，到时候，他会颤抖地跪求在……”

“哦，是的，我确信后面会发生很悲惨的故事，”詹金斯讥讽地说，“无论如何，你的话还真是有用呢，但我想我们中有的人还真有实际工作需要处理。”

他把羽毛戳进水里，搅走了多布拉的人影，没走任何礼节性的程序就粗鲁地打发走了那位没用的精灵。为了避免把水洒到桌子上，他小心地拿起占卜碗。詹金斯拿着碗走过大半个图书馆，来到真正的加尔各答黑洞[①] 面前，满意地把水倒进了无底洞里。

平静下来后，他回想，和多布拉气人的私下会面也并不是完全浪费时间。至少，他成功地确定了两件事：一件是那盏神灯并没有永远地消失；另外一件是，图书馆员们和他们的守护者在应付四十大盗和独行的灯神时，他们孤立无援，只能自己作战。

老样子，还是老样子啊，他心里想。

* * *

和拉斯维加斯城中的老虎机相比，毕沙罗[②] 美术馆的游客寥寥无几。几乎没有游客知道这座城市除了赌场之外，还有很多优秀的美术馆和博物馆，这真是个令人遗憾的事实，好在斯通可以利用这点暂时安身。他和邓菲几乎坐拥整间美术馆，并不是说格斯好像能欣赏得了这些正在展出的杰出艺术品——新印象派艺术家的水彩和油画作品。

“我还有那么一大块牛排没吃呢。”邓菲抱怨起来，完全没注意到他面前这幅马蒂斯[③] 的珍贵画作。他坐在长凳上，沉迷于自怜自哀中。“我做了什么会招来这种霉运？先是丢了我的幸运币，现在连牛排也吃不上。”

①加尔各答黑洞，一座用来监禁英国俘虏的场所。传说 1756 年，孟加拉国国王道拉为驱赶英国殖民者，攻占了加尔各答，并俘虏了一批英国人。英国军队重新攻占加尔各答之后，发现关押英国俘虏的狭小房间中，146 名英国人中有 123 人因窒息死亡。这间小牢房被称为“加尔各答黑洞”。后世将加尔各答黑洞传为能吸纳任何东西的一个小房间。——译者注

②毕沙罗，全名：卡米耶 · 毕沙罗（1830—1903），法国印象派著名画家。——译者注

③马蒂斯，全名：亨利 · 马蒂斯（1869—1954），法国著名画家、雕塑家、版画家，野兽派创始人和主要人物。——译者注

“对了，关于这个问题。”斯通正在欣赏乔治·修拉[①]一幅早期创作的木炭画。他强迫自己中断赏画，坐到邓菲身边。“对于你说的事，我多少了解一点，但我们心里都清楚：事情的起因可不是这枚幸运币。那盏灯才是。阿拉丁神灯。”

“阿拉丁……”邓菲的下巴掉了下来，“你是怎么知道……我的意思是，你在开玩笑呢，对吧？”

“绝不是。”斯通说。在他和邓菲去美术馆的途中，詹金斯已经在电话里简要地说了他的怀疑。“你不用骗我，格斯。你现在陷入大麻烦了，有一大群危险的歹徒对你紧追不舍。除非我们能向对方说实话，否则，我也帮不了你。”

“你到底是谁？”邓菲困惑地看向斯通，“餐馆里的那个女人，管你叫‘图书管理员’？”

“她说得没错，”斯通说，“我是一名图书馆员，而且不是你认为的那种普通工作人员。我和我同事的工作，就是追寻危险的魔法物品……比方说，神灯。”

尽管美术馆内有空调，格斯却开始冒汗。“我向上帝发誓，我不知道你在说什么。”

“饶了我吧，何必绕圈子呢，格斯。这一套在牛排店不好使，在我这儿，也一样行不通。秘密早就曝光了，哥们儿。你糊弄不了任何人。”

邓菲张开嘴，好像嘴上想反驳，心却想到了别处。“你真的知道所有事了？”

“是的，还有你的新朋友马尔贾娜和她的同党也知道。似乎他们属于一个神秘的团体，他们自称为‘四十大盗’。从各方面

①乔治·修拉（1859—1891），法国画家，后期印象画派的主要代表人物。——译者注

记载来说，他们是一群凶残的杀手，已经追寻神灯很长时间了，相当长的时间。”

格斯紧张地抽搐了一下。“那是多久？”

“一千年左右吧，因为我们曾经从他们手里夺走过一次神灯，所以他们这次是不会轻易罢休的。你需要我们的帮助，格斯，这就需要你告诉我们，你把那盏神灯藏到哪里了。”

很明显，他没有随身携带那盏神灯，也肯定不是放在四十大盗已经彻底搜查过的房车里，所以斯通就认定邓菲应该是把它藏在其他什么地方了。至少，我们现在知道了他们在找什么，他心里想。

“那个女人也这么说，当然除了要把我切成肉条这句。我怎么知道应该相信你呢？”

“因为到现在为止，我已经救了你两次了？”

斯通后退了一点，不想逼迫邓菲太紧，倒不妨先赢取邓菲的信任。“你看啊，先忘了我刚才让你回答神灯此刻放在哪里的话。至少，你能不能先告诉我，你是怎么得到它的？说实话，我还没想明白这点。”

“纯粹的运气，”格斯说，“那时候我正逃债……我的意思是，我正在度假，上个礼拜的事，在圣塔芭芭拉[①]，它被海水冲到了岸上，灯上面还缠满了海草。我把它洗干净，以为它能值几个钱呢……然后，‘噗’的一下，那个超大的精灵就从一股烟里冒出来，就像赌城大街上的魔术表演秀一样，但比那个要大十倍，也更吓人。”他挥起胳膊想要表达出那个精灵有多大。“我告诉你，杰克，起初我是真的被吓呆了。恐怕当时一半的我

①圣塔芭芭拉，美国加利福尼亚州南部海岸线上一座旅游型城镇。——译者注

已经吓疯了，另一半的我还保持着清醒。”

“我懂你的感受，伙计，”斯通说，“告诉你吧，作为一个图书馆员，我见过很多吓人的东西。”

“你还真不一定知道。”回忆起当时的画面，邓菲还是忍不住打了个冷战，“那个灯中精灵相当吓人，个头比一栋房子都要大。我也不怕丢脸，我当时差点吓得丢下那灯，然后逃往后面的小山。”

斯通相信他的话。“但你没有。”

“是啊，精灵可以满足人的愿望嘛。所有人都知道的，对吧，所以，我怎么能就这么放弃这个机会呢？我已经输光了全部家底，所以我有什么好失去的？我想，也许这是我最终撞上的大运呢。一个超级大，也超级吓人的大运，但好在也是……”

斯通明白格斯当时的处境。他父亲就是“月光族”，总是把家里的钱拿去挥霍，不是喝酒，就是赌博。从小到大，斯通亲身经历过不计后果会给一个人带来什么下场——人们会无比渴望一次好运把所有麻烦都解决。

“那你许了什么愿望？”他问。

“当然是让我交好运。还能是什么？”似乎，格斯对斯通能问出这样的问题很疑惑，“不必每把都赢，因为那样的话，就没有乐趣了，但我想要好运到能够打败庄家，赢到钱，最终让我成为一位真正的豪赌客。”回想起这些，他脸上露出苍白无力的笑容。“并不是说我在作弊或者其他的不好事情。知道吗，我只是想赢点小钱，在赌场崭露头角？”

“我知道，”斯通说，“但现在有个问题，格斯。魔法从来都不是自由的，真的不是。魔法总是伴随着相应的代价，通常是很不合理的代价。这也正是我和我朋友想要把神灯收藏起来的主要原因，这样魔法物就不会带来伤害……给你或者其他人。”

邓菲不想听这样的说教。“但我没有伤害任何人。”

“也许，”斯通说，“但你想想，如果四十大盗拿到神灯的话会怎么样？你真的想过像马尔贾娜这种人会对无辜平民做什么吗？还有，如果灯中精灵自己从灯中逃脱然后肆意作乱的话，又会怎么样？你自己也说灯神特别恐怖，我们不能让这种危险释放到现实世界里。据我所知，千百年前，他被囚禁在灯里也是因为作恶太多。他不是你的朋友，格斯。从长远来看，他不是任何人的朋友，他只是个凶恶的孤僻精灵。”

“我不知道，”格斯犹豫不决地说，“到目前为止，他为我服务得很好。”

“目前也许是，但是想想它已经带给你的所有麻烦。你真的想这样生活下去吗，总是处处谨慎，每天提心吊胆地过活？”

斯通诚恳地把手递给邓菲。“你给我的感觉，本质上还是个好人，格斯。让我们从你手中处理掉那盏灯吧，把它放到安全的地方去。”

“别说了。”邓菲断然否定地摇起头，“那盏灯完全改变了我的生活。打死我也不要再做回那个失败的窝囊废。”

“即使，那盏灯会带给你死亡？”

22

· 2016 ·

阿里巴巴酒店大厅里有一专用电梯，专门供客人达到顶层的豪华套房。当卡桑德拉和伊齐基尔一同走进空无一人的电梯时，她还在烦恼自己穿得太寒酸，不像能随意出入这里的人。她随时保持警惕，生怕保安会以擅自闯入为由拦住她。

“你再说一下，我们为什么要这么做来着？”

伊齐基尔等电梯缓缓关闭后，才开口回答：“以防万一邓菲会把神灯就藏在周边随时能找到的地方，所以很明显，他温馨的新家值得我们去看一眼，尤其是斯通说了啊，这个邓菲并不想把神灯交给我们。”他顽皮地一笑。“这正合我意。偷东西可比向别人要东西有趣多了。”

与卡桑德拉不同，他看上去相当放松，好像闯进一间豪华酒店套房根本就不算什么事儿，他似乎太过自嗨了。

按照常理来说，他这么高兴……她心想。“所以我猜，赌场是你最喜欢的行窃地喽？”

“没错，还有博物馆珍宝展览，”他回复，“也是乐事一件。”

卡桑德拉羡慕他的自信。“我想，是不是这种行动很刺激，”

她说，很想从他那里学到点自信、漫不经心的态度，“感觉就像我们在执行《十一罗汉》[①] 系列电影里的任务一样。”

“拜托！”伊齐基尔白了她一眼，“那只是好莱坞角度的盗窃。如果他们想要拍个像样儿一点的电影，他们应该咨询一位真正的偷盗大师才对，例如咨询你的超级同伴——我。”他抛给她一个邪恶的眨眼。“你想看看真正的专业偷盗大师是如何工作的吗，仔细看好喽。”

电梯里的控制面板上只有两个目的地按钮——大厅和顶楼。伊齐基尔拿出一张空白的钥匙卡，在控制面板的凹槽里划了一下，然后按下顶层按钮，按钮一碰就亮了起来。电梯立刻开始平稳地上升。

“看吧，”他自夸道，“真实的偷盗需要你是一位研究专家和技术大师，更别提还需要大量的绝对天赋。”他收回钥匙卡，把它放回口袋里。“在成年之前，我就仿制了第一把电子万能钥匙，后来等我到了法定考驾照年龄后，就用它偷开了一辆车兜风去了。”

卡桑德拉不得不承认，当需要开锁进门或者闯入其他安全系统时，伊齐基尔完全知道他应该怎么做。正当电梯迅速升往酒店顶层时，她在脑中记下：一回到附件馆后，她就要完全清除掉她的网页浏览记录。铃声宣布他们已到达顶层。电梯门打开。

“瞧！”伊齐基尔自鸣得意，“我是不是对安全系统相当熟悉呀？”

“我从不怀疑。”她说。

---

①《十一罗汉》，2000年上映的讲述盗贼团伙如何策划、实施一起复杂、缜密的赌场劫案的电影。后续还有《十二罗汉》《十三罗汉》两部续集。——译者注

他们走出电梯，来到一处圆形等候区，这里头顶上直接是宫殿的镀金穹顶。圆形的等候区四周是豪华套房，总共四间。卡桑德拉不由自主地计算起每间客房的面积，减去电梯井等公用空间，能计算得出每间套房大概是她所住的波特兰简陋小公寓的 15.3 倍大。她只能想象这样的房间每晚的住宿价格（含税）得是多少钱了。

“这边走，”伊齐基尔说，“相信我，刚才只是热身而已。”

他直接走到邓菲的套房门前。球形把手上挂着“请勿打扰”的牌子，但其实邓菲本人此刻在斯通的严密保护下，远在赌城另一边的美术馆里——四十大盗（但愿）几乎不会想到在那里能找到他。卡桑德拉怀疑：也许是邓菲挂在上面的，目的是当他不在屋内时不让打扫客房的服务员到他屋子里乱翻，又或者另外一种糟糕的情况——四十大盗挂出这个标志，好让他们在搜索这里时不被其他人打扰？

“小心，”她提醒伊齐基尔，“记住，我们不是唯一寻找神灯的人。”

“好，但他们可不是伊齐基尔。”他连续敲了几下门，“你好？客房服务。”

无人应答，这稍微消除了卡桑德拉的疑虑。但当伊齐基尔试了一下门把手然后咯咯笑起来时，她仍然保持着警惕。

“我简直爱死了这些先进的电子锁。那种古老的机械锁解起来还能稍微复杂点。不是不可能哦，我告诉过你，只是更复杂一点点。”

他把仿制的钥匙卡放进卡槽，电子锁的灯立刻由红色变为绿色。

“芝麻开门。”他得意地笑了。

“你竟然……”卡桑德拉很是惊叹，“能说出典故？”

除了图书馆员这重身份，伊齐基尔并不是个爱读书的人，除了外卖菜单和技术手册之外，他几乎不看任何书。

“嘿，别这么说，我也看电影的好嘛。”他耸耸肩，“嗯，至少我出生之前拍的电影还是能看的。”

为了避免被人发现，他们动作麻利地溜进套房里，然后关上了身后的门。

“哦，天哪，”卡桑德拉感叹，“我们是不是来晚了？”

第一眼看过去，这里显然是一间豪华套房，和阿里巴巴宫殿的其他房间一样，这里也是按照《一千零一夜》的风格装修的，不过这里似乎已经被洗劫了一遍。整个房间一片狼藉——衣服扔得到处都是，散落在铺着地毯的地上；衣帽间的门四敞大开；咖啡桌和吧台上面有一对乱扔的香槟瓶子；内置吧台的水槽里堆起一个脏水杯的小山；凌乱的浴室毛巾悬挂在长绒矮沙发的靠背上；其他东西也是乱到不忍直视。有什么东西在卡桑德拉的脚下“咯吱”作响，她低头一看，发现自己正踩在一块比萨的酥皮上。

真恶心。

“不，”伊齐基尔一边四处看，一边说，“我认为仅仅是邓菲的杰作，他是个邋遢鬼。”他手指小心地从地板上捏起一只皱巴巴的袜子，闻了闻，然后一脸嫌弃地把袜子扔掉。“我可以确定，有的家伙真是一点不上档次。”

卡桑德拉仔细看了看，发觉伊齐基尔大概是对的。除了有脏衣服和其他垃圾被丢得到处都是之外，这间套房没有真的像邓菲房车里的东西那样被损坏、乱扔。床单和垫子没有被刀子切开，抽屉和衣柜里的东西也没被一股脑儿地扔到地上，卡桑德拉相信，这是个好兆头，他们第一次抢在四十大盗前头了。

她拿出手机，打给留在大厅里保持警戒的贝尔德。“我们进来了，”她报告道，“我们还安全吗？”

“目前为止安全，”贝尔德回答，“没有类似斯通形容的那伙匪徒的人靠近通往套房的电梯，所以你们不必担心被打扰。如果有可疑的危险人物出现，我会告诉你的。发现神灯没有？”

卡桑德拉的目光扫过混乱的套房。“稍后我回复你。”

她挂断电话，看见伊齐基尔已经在侦查现场了。很多大面额筹码堆在茶几上，上面都落满了灰尘。他随意地抓起筹码放进口袋，然后朝着一块挂在墙上的波斯挂毯走去。

“他们简直把这一切弄得太容易了，”他叹口气说，“简直侮辱我的技术。”

他把挂毯撩到一边，露出一个隐藏的保险箱，无疑，这是酒店给经常住豪华套房的豪赌客和重要客人提供的便利保存工具。当然，一般来说出于安全考虑，保险箱是只放现金、珠宝，而不是放魔法神灯。

“你能打开它吗？”卡桑德拉说。

他露出不敢置信的表情。“哦，好吧，我现在是真的受到侮辱了。”

“抱歉。”她开始怀疑自己为什么一开始要答应同伊齐基尔一起执行这次任务呢，“别在意。你开始吧。”

“我很快就完事儿，你别乐不思蜀了。”说完，他开始自信地在保险箱的键盘面前忙活起来，“等到我打不开格兰瑞德牌第九代商用壁式保险柜的时候，我就金盆洗手再也不偷了……所以，换句话说，就是永远不可能。”

保险柜“咔嗒”一声，非常合作地开了。

“我无须多说吧。”他拉开保险柜的门，接着，惊讶地眨起眼睛，“好吧，这我可没想到。”

里面并没有詹金斯形容的阿拉丁神灯，他们只发现一个由某个高中学生会颁发的廉价树脂奖杯。伊齐基尔斜眼仔细看着底座上的刻字，大声地读出来。

“奥古斯都·邓菲。票选得出的最有可能获得大奖者。1998届。”伊齐基尔不敢置信地盯着奖杯说，“老天爷，你是和我开玩笑吧！”

卡桑德拉猜测这其中缘由。“也许，它有某种……纪念意义？”

“可这说不通啊，”伊齐基尔抱怨，“如果一个人只有一件宝贵的东西，谁会不把它放在保险箱啊？”

“那些担心你这样盗贼的人？”卡桑德拉说，“或者是那些不信赖酒店、提防清洁服务员的人？”

“说得在理，”伊齐基尔说，“我知道别人会忌惮我，否则我就不是我了。”他打了个冷战。“刚才想到我不是伊齐基尔·琼斯，真吓我自己一跳。”

真有意思，卡桑德拉心想，越是最近，我越是希望可以不计任何代价地成为别人。

但那种想法是在她成为图书馆员之前的事。

“你可以告诉贝尔德了：我们任务失败。”伊齐基尔用力地摔上保险柜的门。他朝门走去。“真是浪费时间啊！”

“等一下，”她说，“给我个机会找找看。”

她忽然打开双手，释放敏锐的联觉，这样，她眼前开始飘浮出无数想象出来的图表和公式，她快速地从各个房间走过，眼睛扫视每个房间，计算着每个能容纳一盏中国古灯的物品：

花瓶、垫子、小橱柜、冰桶、装满垃圾的纸篓。空间几何的运算在她脑海里疯狂进行，伴随着一股树莓果冻的味道，耳朵里回荡着一曲优美的旋律。她一边计算着一边穿过客厅、餐厅、吧台，然后进入一间仿阿拉伯风格的卧室，卧室中间有一张装饰华美的天篷床，看上去好像好几天没整理过了。这张床的疑点吸引了她的注意力，尽管她一时也说不出来哪里不对劲。她停下脚步，走上前，仔细查看。

“怎么了？”伊齐基尔跟随在她身后，“你发现了什么吗？”

“嘘，”她让他别说话，“让我集中注意力想一下。”

她在房间踱步，计算着房间的角度，对比着天篷床的高度。根据她的估算，天篷床的华盖和天花板之间至少有八英寸的缝隙，这么大空间也许足够藏匿起那盏神灯。

“在上面，”她指着华盖说，“在床最上面，有能放灯的地方，至少在华盖不紧绷的时候是能放进去的。”她清除掉脑海中的幻觉，跳上杂乱的床，眼前凌乱的床单让她皱起眉来。她躺在床上，盯着头上拉紧的天篷布料。难道是她的幻觉，还是那个华盖中间果真比它应该凹陷的程度要深呢？

不，她想道，*有什么东西在上面，把它给压下去了。*

因为兴奋，她心跳加速，从床上起身，站起来，踮起脚想要够到那个缝隙，但却发现自己太矮了。如果没有垫高物品的帮助，她离华盖顶还有段距离。

“给我找样儿东西垫一下！”

一张小金属茶桌就放在离床不远的地毯上。当伊齐基尔朝她推茶桌时，她把散落的衣服等东西推开给他让路，忽然，她发现了另一线索：地毯上出现了四个明显的凹痕，好像之前有一件沉重的家具摆在床边的地毯上——邓菲把它移走作为踏脚凳，之后又想挪回原地？凹痕的形状和茶桌腿刚好吻合。

“没错，就是它！”她惊呼，“我们找到了！就快找到了。”

“老天爷可真会开玩笑，”伊齐基尔说，听上去明显被惹恼了，“他竟然把一盏无比宝贵的魔法神灯放到床顶上？谁会这么干啊？”

“总之，你没找到，对吧？”卡桑德拉忍不住稍微打击一下他异常强烈的自满心。“而且我敢打赌，就算是这里的服务员，都不会经常抬头去看床顶的。”

她登上桌子，这样就可以够到床顶的缝隙。她在华盖顶上摸索着寻找神灯，使劲儿伸长了胳膊，很快，就摸到一个又坚硬又光滑的东西。她伸长了手指，指尖轻轻擦过那东西的表面，随之指尖传来一股奇异的温暖。

“我就知道！”她大声说，“上面有东西，但我够不着，拿不到。”

“这个你不用担心。”伊齐基尔吃力地爬上床，用冰锥划开了华盖，所以那个没看清的东西垂直掉落到他手里。“抱歉了，老兄，看上去你是拿不回来‘防损押金[①]’了。”

“是吗？”卡桑德拉满怀希望地从茶桌下来，“是那盏神灯吗？”

“准确无疑。”他把手里的东西递给她看，“你瞧。”

她急切地接过来这件手工艺品，立刻看出它完全符合弗林描述的十年前发现的那盏神灯。灯身不足0.3米，看上去就像一盏中国传统的灯笼，只不过它是用玉石做的，而非用纸糊的。斯通估计能准确地把这盏灯的归属朝代说出来，但卡桑德拉并

①防损押金，酒店住宿要求客户提供一部分押金，以免破坏客房物品后客人拒绝赔偿。——译者注

不在意它有多少年历史。

“哪，我的天呐，”她惊讶地说，“这真的是啊！阿拉丁神灯。”

“而找到它的，可是我们！”似乎伊齐基尔更兴奋他们的智慧战胜了邓菲，而没有体会到寻回一项《一千零一夜》故事中的神话遗物那种高兴，“当你自己有魔法般运气的时候，谁会需要魔法来乞求运气呢？”

和他不同的是，卡桑德拉好奇地盯着神灯看。她震惊于她真的拿着一盏有历史、神话或者两者都有的真品神灯。然而当她进一步仔细查看时，她警醒地发现，这盏灯已经很古旧了。细微的裂纹已经爬满了灯身，随时会让玉灯整体破碎掉，说不定再许一个愿望，就足以让灯中精灵完全打破这个牢笼。她又留意到——比之前更紧张地留意到，这盏玉灯摸上去很热，似乎被幽禁在里面的灯神焦躁地强压怒火，随时准备被最终释放的那天，就可以肆无忌惮地对这个世界……

“这可不太妙啊！”她把神灯抱在怀里，生怕打碎了，“一点都不妙。”

“不用担心啦，”伊齐基尔说，“现在一切都解决了……除非你想让自己许一两个愿望犒劳一下自己？”

“别诱惑我！”

除了她充分了解这盏历经沧桑的神灯外，如果她说自己并不想许愿那绝对是撒谎，她不得不承认，她也想指挥灯神利用魔法移除她的脑瘤，这样她就可以有一长久、丰富的人生，完全不用理会脑袋里时刻有个葡萄大小的定时炸弹在嘀嗒作响。但不行，过去沉痛的教训告诫她：作为图书馆员绝对不可以用魔法达到私人目的。她不想再重蹈覆辙，即使她知道自己会一直这样辛苦地煎熬着，直到最后，她不可避免地投入死神怀抱。

“对不起，”伊齐基尔说，“不是有意说到你伤心处的。”

“没事。”她小心地把神灯放到茶桌上，然后拿出手机，“我要打电话给贝尔德，告诉她：我们找到了神灯。”

令她感到意外的是，贝尔德没有接听电话。

“很奇怪啊，”卡桑德拉说，“为什么她不接电话呢？”

23

· 2016 ·

“嘿，又见面了，”克里格说，“今天一定是我的幸运日。”

贝尔德正在大厅监控可疑人物，时刻留意着通往豪华套房的电梯入口，这时，马克 · 克里格忽然出现在她面前。他慢悠悠地穿过大厅来到她跟前打招呼，打着绷带的左胳膊还绑着悬带。很明显，又遇见贝尔德让他很开心，他一边朝她走来，一边咧开嘴笑起来。

“嘿。”她挤出一个微笑，尽管他在这个时间点出现十分可疑。“又见到你真是开心。”

“我知道，”他兴高采烈地说，“这种概率不算大吧？”

这个或许只能由卡桑德拉告诉你了，贝尔德在心里想，*如果我们没有更重要的工作需要她天赋帮忙的话*。

“这里可是拉斯维加斯，”她说起俏皮话，“永远别信概率这回事。”

“有道理。”他走得更近一点，“那，为了不浪费我的幸运，你吃过晚饭了吗？”

我倒是希望吃过，她心想。换作平日里，她会欣然应邀，

但现在她有任务在身，需要专注的事情太多了。“下次再说好吗？恐怕，我有其他事呢。”

克里格的笑容僵在脸上，眼睛里的温度渐渐消退，随之换成一种冷峻、算计的眼神，她想起这是他在海外审问叛乱嫌疑人时特有的表情。

“恐怕，我不得不坚持一下了，伊芙。”

他的目光转移到她心口，一个不祥的红点忽然瞄准了她心脏。贝尔德僵住了，她意识到自己现在已经被狙击手瞄准了。她眼睛扫视一周，想要确定那位枪手的位置——或者是一条可以逃跑的路线。她自己的枪就藏在外套下面，就别在她长裤腰带里。作为守护者，她可以一秒钟拔枪出来瞄准对手，但现在狙击手已经抢先瞄准了她。

她不必是卡桑德拉也能计算出狙击手的可能方位。抬眼间，她看到赌场那个扮演的吉祥物——骆驼正在中层楼上俯视大厅。一束宝石红的极细光束——如果你不仔细看几乎看不见——从“骆驼”的嘴里射出来。吉祥物张开的鼻孔里想必就隐藏着一双不为人知的眼睛。贝尔德忽然隐隐地怀疑：往日在骆驼演出服里的演员一定被四十大盗中的一员给替换了。

真是不可思议，她心里想，一只高于2米的骆驼用狙击枪瞄准了我。

“别想逃脱，想都别想，”克里格警告她，“也别想利用人群做掩护。我确定你并不希望这些无忧无虑的度假游客成为‘附带损害’①。”

噢，该死，她心里暗骂。“你这是为什么，马克？”

①附带损害，美军军事行动造成的平民伤亡或非军事设施的破坏时，这个词常被美军用于解释各种“误炸”事件，成为美军为了推卸责任的惯用借口。——译者注

“当然是为了神灯。还能是什么？”

* * *

“我不明白。”卡桑德拉在拥挤的大厅里寻找贝尔德，“她去哪儿了？”

伊齐基尔耸耸肩，也四处张望。伊齐基尔紧紧抓着神灯——神灯被他放进一个从邓菲房间找到的阿里巴巴购物袋里。“我也不知道。也许她只是开个几分钟的小差？”

我可能会这么干，他想，如果我无聊的话。

“不。”卡桑德拉摇头，“那不是她的行事作风。”她又拨了一遍电话给贝尔德，但还是没有接通。“情况不妙。直接进语音信箱了。”她焦虑地皱起眉毛，“出什么岔子了。”

伊齐基尔也担心起来，尽管他仍极力保持那种放松的外表。“大概是，但你知道贝尔德的。如果说有人能摆脱困境安全脱身，那一定是说她。”这些话说出来，一反常态，对他而言太过煽情，所以，他又赶忙转变语气，“嗯，当然是除了英明果敢的我之外。”

这些话并没有让她放下心。“你能通过 GPS 或者其他什么东西追踪她的手机吗？”

“也许可以，如果有必要的话。但也许詹金斯知道什么事呢？或者斯通有什么消息？”

“我会问的，”卡桑德拉说，“但我不敢相信的是，伊芙竟然就这样撇下我们，事先都没和我们打声招呼。”

“是啊，”他承认，“我也没想到。”

放着神灯的袋子似乎忽然沉重了许多。难道他们得到神灯的过程就要失去贝尔德？

这可不是这次行窃应该有的结局！

* * *

“笑一下嘛，”克里格温柔地对贝尔德说，“我确信，我们之间的友谊还是那么牢固。”

贝尔德在身侧握紧了拳头。“你知道吗，我真不是这么想的。”

“试着保持开放的心态嘛，伊芙。”

他从后面抱住她的肩膀，这样就不会阻挡隐蔽狙击手的视线。他小心地拿走了她的手枪和手机，把手枪放进他自己外套的口袋里。他的碰触让贝尔德厌恶地退缩。在枪口威胁下被收缴武器已经够糟的了，更何况还是被一个曾并肩作战的战友？那种被出卖的痛楚……无比剧烈。

“不得不说，马克，我对你很失望。我一直以为我们是同一战线上的。”她说这话时，忧伤多于愤怒，“我从未想过你会这样。”

“也许这是因为你总是把焦点集中到敌人身上，从而忽视了你身边的人，”他如此说，“但公平地说，我觉得你还没有完全适应守护者的角色，所以你还不知道这个世界的真实模样，或者说，不知道是谁在操纵这个世界。”

“你知道？”

“在海外，我见惯了很多无法解释的现象，这些事使我相信：无边的权力和财富在等待着人们，只有那些有胆识追寻的人才能获得。”他双眼流露出凶狠的光芒，“不过，我们现在还是到另一个更舒服点的地方继续讨论吧，离这些拥挤的轻浮人群远点。”他打上绷带的手轻松从悬带里滑出来，轻轻地推她走。"请走楼梯，就在那边电梯后面。"

现在，贝尔德别无选择，只能服从。可恶的红点一直跟随她走过大厅。克里格表现得很自然，指引她走到通往酒店上层的楼梯前。他在楼梯前面停住，完好的右手插进衣兜里，隐蔽地握着那把刚才从贝尔德身后缴来的手枪。

"你先请，"他命令，"不管你信不信，伊芙，看在过去的情分儿上，我宁愿不开枪，所以，你配合一下，让我们两个都好过点。"

不太可能，她一边想着，一边等待着反败为胜打倒克里格的时机。他拿着她的枪又怎么样？近身搏斗可是她最擅长的。我唯一需要的，就是一个有利的时机。

难办的是，克里格也不是业余的。他们上楼时，他小心地故意离她有几个台阶远，保持着她若忽然袭击的安全距离。贝尔德一面向上爬楼梯，一面沮丧地烦恼着，忽然，迎面过来一群咯咯说笑的年轻女孩，她们要走下楼梯到大厅去。

"我不明白，"其中一个说，"为什么我们不等等电梯呢？"

"当然是为了锻炼啊。我们要把一会儿喝下去的甜酒消化掉！"

"哦，我的天啊，谁会想到新娘的单身派对还有这么多有氧运动哪？"

贝尔德一度考虑随着那群女孩一起下楼，或者向她们做出自己身处危险的手势，但很快她想起克里格之前说的"附带损害"的话，她决定还是不冒险为好。她咬着舌头，站到一边，让这些参加派对的姑娘先过去。

有时候，坚持做好人的准则真是碍事。

"很明智。"克里格轻声说，好像已经读懂了她心里所想。

他等着这些女孩从身边走过，笑声渐渐飘远，然后他逼着贝尔德又继续爬了三层楼，来到一条铺着地毯的走廊，接着，走到一间毫无特点的酒店房间门前，这个房间恰好是邓菲所住套房的楼下。

“我们到了，”他说，口袋里的枪还对着她，“不介意敲一下门吧？我的手现在都被占用了。”

她在心里把那扇门看成了克里格奸诈的脸，于是使劲儿地捶了几下。她听到了门里面的链条锁扣上的声音，接着，门被打开了一条缝。一张瘦长的男人脸警惕地朝门外张望。

“没事儿，奥马尔，”克里格说，“让我们进去。”

那个哨兵点点头，让他们走进房间。进入屋内，贝尔德发现了房间里还有四个敌人在等着他们，包括一位容貌出众的中东女子，应该是之前追踪邓菲和神灯的人，也是弗林十年前交手过的那个女人。

“我猜，你就是马尔贾娜？”

那女子轻蔑地朝贝尔德一笑。“我的名声远扬啊。真让人开心。”

所有情节拼凑到一块，形成了不堪的事实。贝尔德转过头面对克里格。

“你竟和‘四十大盗’同流合污！”

“准确说，我是四十大盗的大首领，”他进一步阐明，“几年前我第一次和你的朋友弗林 · 卡森不期而遇时，我就已经是了。尽管，他认为我的名字是和卓 · 侯赛因。”

贝尔德一下子无法完全理清思绪。“美国军队的马克 · 克里格少校也是四十大盗的大首领？怎么可能会有这种事？”

他惬意地坐到摩洛哥样式的沙发里，一把甩开似乎再没必要掩饰的悬带。他从面前的咖啡桌上拿起陶罐水壶，为自己倒了一杯水。

“那是在巴格达，震慑行动[①] 之后，我开始负责调查有关抢劫博物馆艺术品和文物的黑市交易，那时我偶然遇见了四十大盗他们。他们那时特别破败，只有一副昔日辉煌的空壳子，缺乏正确的领导。但我发现，仍有机会把他们打造成过去那般伟大的组织，并实现他们的终极目标：得到神灯，得到神灯能赐予的一切财富和权力。”他双眸又蒙上一层凶戾神采，“这就好像命运把我带到那个干旱、尘土飞扬的鬼地方，还是有一定原因的。”

贝尔德选择站在原地。她从未见过克里格的这一面。她无法逼自己喜欢这一转变。

“然后，我差点就成功了，”他失望地说，“在我马上就要拿到那盏传说中的魔法神灯时，却被图书馆员给戏耍了。”他握紧了绷带缠绕的左手。“真可惜，他这次擅离职守了。我还真有大礼要好好还给他呢。”

“我们都是。”马尔贾娜补充道。

贝尔德回想起詹金斯简明地讲述过弗林很久以前的阿拉伯探险经历。“等一下，”她说，“那个时候你不是被山洞掩埋了吗？”

“活活被掩埋了，是的，但我还活着。”一想到过去，他的面容便更阴沉了几分，“不过，我最终成功把自己从那个险恶的山洞挖出来了，当然也得到了我另外一只右手——马尔贾娜的帮助，最后，她还是决定为她先前抛弃我做补偿，回来找

①震慑行动，是美化美国入侵伊拉克在伊进行军事行动的官方说辞。——译者注

我……”

马尔贾娜瞪起眼睛。“都已经十年了。你就不能让这事儿过去吗？”

“也许，等我拿到神灯吧。”他接着对贝尔德说，“我怕说太多招你烦，简单说吧，我们最终成功逃离了那座可恶的海岛，还留下一两件纪念品呢。”

他轻轻解开绷带，露出严重烧伤的手掌。

*难道是弗林骗他摩擦假神灯时受伤的？*看到疤痕累累的皮肤，贝尔德皱起眉头。*但那不是十年前的事了吗？*她痛恨自己为什么没有早点把他的手和过去的事联系到一起，但话说回来，她又要如何怀疑她的朋友马克会和2006年弗林遭遇四十大盗这件事相关呢？*要是弗林没有满世界飞而是和我们一起处理这个案子的话，就好了。即使时隔多年，也许他还能认出克里格来。*

克里格展示着自己烧焦的左手。“非常难看，我知道。几年前，皮肤移植手术还算成功，但就在一周前，我的伤疤又出现了，又开始灼痛。”他从口袋里掏出一瓶止痛药，就着一大口水把药片吞进肚子，“那个时候我就开始怀疑：神灯终于又出现了，我凭着疼痛的知觉寻到拉斯维加斯，越靠近这座伪造的沙漠乐土宫殿，我手上的疼痛就越剧烈。”

*那究竟是怎么回事呢？*贝尔德心里疑惑。毫无疑问，卡桑德拉对这种神秘关联有独到的见解，差不多算得上个技术专家，但贝尔德却把这样的事归结为魔法的奇异力量。“把你引到邓菲身上？”

“差不多，”克里格说，“在现在如此关键的时刻，你不能期望我把所有计划都透露给你。我们在严密监视邓菲时，你和你的图书馆员朋友又蛮横地搅和到我们的事情中，我只说这些，就足够了。”他开始重新包扎烧伤的手。“你能想象我发现你竟然也是我的对手时，我有多惊讶。”

“你说你很惊讶？”贝尔德说，“你一定不想知道我现在是怎么认为的。”

“噢，我觉得我不妨猜一下。但没必要这样子。过去，我们两个可是很好的搭档。为什么不来到我们这一边呢？为什么你要浪费你的天赋在一群我行我素的图书馆员面前扮演童子军教官的角色呢？”

“因为相比追求财富和权力，我们中的某一人更注重责任和保护无辜弱者，”她回答道，“我是个守护者。而你，只是个妄自尊大的盗贼。”

“一位杰出的盗贼，”他纠正说，“那我们就等着看吧，等到我们拿到神灯你看看我是怎么尊大的。”他仔细端量起她的神色。“你找到神灯了吗？在这方面你们图书馆员似乎很擅长，这我得承认。”

“我不知道，”她如实回答，“在我不知道是否找到神灯之前，你就绑架了我。”

“说得对。”他拿起她的手机，要检查里面的内容，“嗯。你有好几条新的电话留言。”他把手机递给她。“输入密码，打开手机。”

“不然呢？”她问。

“想想我威胁过你的话。”他冲她冷血地一笑，“你已经见过我在战斗中的样子，伊芙。你知道如果情况必须的话，我会怎么做。”

“彼此彼此。”她说出事实，但她也清楚此刻克里格占据有利地位。她不情愿地按下密码，打开手机扬声器。拜托，她暗暗祈祷，千万别在这些留言中说什么关键信息。

电话里传出卡桑德拉焦急的声音，打破了她的期盼。

“贝尔德？伊芙？我们已经找到神灯了，但你去哪儿啦？为什么你不接我们的电话？”

马尔贾娜夺过贝尔德手里的电话，把它放到咖啡桌上，这样他们所有人都能听到卡桑德拉的语音消息。事实证明：所有消息都一个意思。克里格得逞地咧嘴笑起来。

“祝贺你，伊芙，”他嘲弄地笑道，“很明显，教训告诉我们：永远别派一个小偷去做图书馆员的工作。”他朝马尔贾娜投过去一记轻蔑的白眼，让马尔贾娜大为恼怒。“我们的工作，是保证他们不能一直拥有它。”

“这是我们该出马的时候了，”马尔贾娜说，“当我们想要某样东西时，就拿走它，这是我们四十大盗的一贯作风，管它是偷来的……还是当作赎金送来的。”

哦，糟糕。贝尔德顿时明白了。我太讨厌这种转折了。

“没错。”克里格同意。他又拿起手机，给卡桑德拉回拨过去。

“嗨？”她立刻接听了电话，“伊芙，你去哪儿了？”

“恐怕你搞错了，贝尔德上校现在作为人质在我们手上，”克里格说，“但你们可以用东西把她换回去……用神灯换。”

“你是谁？”

“伊芙的一位老朋友，一位非常想要得到神灯的老朋友。我相信我们可以达成一项公平合理的交易：用神灯来交换你们的守护者。”

“让我们先和她说话，”伊齐基尔的声音打断了两人的争论，“我们需要证明贝尔德还活着。”

“没问题，”克里格一边说着，一边带着警告的表情把手机递给贝尔德，“小心你说的话。马尔贾娜现在的心情不太好。”

“说得太对了。”那女人说。

贝尔德想起斯通之前曾让她受挫遭了一回罪。“卡桑德拉，是我。无论你做什么，都不能让他们得到神灯。记住詹金斯说过的……”

“够了！”

马尔贾娜从贝尔德手里抢过手机，还给克里格，让他得以继续谈判。

“你们拿到神灯，”他说，“伊芙现在也安然无恙，但如果你们不配合的话，我可不会保证她能一直这样。我给你们一小时时间，好好考虑清楚。一个小时后，等我电话……最好不要让我失望。”

他挂断了卡桑德拉和伊齐基尔的电话。贝尔德心里很希望他们能够听她的话，不要为了她就交出神灯，但她又想象不到任何一位图书馆员能真正做到。他们不是战士。他们不明白作战中“可接受的损失”的含义。

这就意味着需要詹金斯来规劝他们理智行事。

24

· 2016 ·

“绝对不行,”詹金斯说,“不论在什么状况下,都不能把神灯交给四十大盗,无论代价是什么。”

斯通和其他成员都回到附件馆商议下一步该如何行动。刚拿到手的神灯就放在会议桌上,旁边放着卡桑德拉的手机。追踪四十大盗电话的计策没有成功;很明显,比起阿拉丁时代的前辈,现在的四十大盗技术可说突飞猛进。出于安全考虑,斯通本想带着邓菲一起回到这里,但詹金斯立刻提醒他:图书馆没到参观时间,这里也不应用来当作任性凡人的安全屋。既然格斯不再拥有神灯,他认为格斯也就没那么危险了。

“那贝尔德怎么办?”卡桑德拉问,“我们不能丢下她,不能让她留在四十大盗手里。”

“不要觉得我这样说就很轻松,”詹金斯说,他的表情很凝重,“但是贝尔德上校不是第一位把其他人的安全排在个人安危之前的守护者。她是个战士。她自愿承担这项艰巨工作所需承担的一切。”

“你说得倒是简单,”斯通抗议,“我知道你已经埋葬了许多位守护者和图书馆员，但我绝对不允许把贝尔德当作可牺牲的替罪羊，只要还有一丝希望解救她，就不能放弃。”

“你误解我了，斯通先生，虽然你认为我这么说太过轻松，但我们必须得留着一份理智来审视更大的图景。我们果真希望四十大盗得到神灯吗？难道我需要提醒你：灯神曾经发誓要对每一代图书馆员复仇吗？”

“神灯现在状态很不好。”卡桑德拉承认。

“这话说得很委婉，不过很正确。”詹金斯让他们注意到光滑玉石灯身上面密密麻麻的细微裂隙。他把一个杯垫放在灯下，防止神灯异常的高温会毁坏桌面。“我敢说，这盏神灯已经濒临破碎，所以就更需要我们让它远离危险妄为的四十大盗。逻辑上来讲，此刻我应该把这灯存档，收到一间安全的地下室里，完好地用泡沫颗粒和气泡膜包装纸包好。”

“但我们是图书馆员，”斯通说，“所以，这盏灯怎么处置是我们的工作，对吧？”

他们很少利用职权命令詹金斯，詹金斯的确切工作职责是附件馆，所以尽管工作权限没有明确阐明，但斯通宁愿越权也不愿不顾朋友的性命。

“先生，如果你这样坚持，我也无话可说。”詹金斯冷静地叹了口气。“但我希望你们所有人，在做出选择时，要考虑到可能产生的后果。”他看了一眼腕表，“还剩下三分十四秒了，别忘了。”

四十大盗约定的最后期限马上就到了。

“也许我们应该尽量把贝尔德往好处想，”卡桑德拉抓住最后的机会说，“我们说的，可是伊芙，她也许已经有了摆脱那些大盗的计划。”

“别管他们叫‘大盗’，”伊齐基尔出人意料激动地说，“他们不是大盗。说是绑匪、强盗、敲诈犯都行，但就不是大盗。真正的盗贼从不需要劫持人质……”

“‘匪徒’差不多是更适合的称谓，”詹金斯同意地说，“但我怎么有资格去事后品评山鲁佐德给出的称呼？不管怎样，对于贝尔德上校和整个世界来说，他们都是真正的威胁。我们当然希望她的确已从他们手中成功脱身，但我们也不能完全寄托在这种希望上。她处于极其危险的境地，这点毋庸置疑。”

斯通皱着眉看了一眼詹金斯，很不喜欢他的消极态度。“我以为你不想我们用神灯去交换她，所以你为什么又突然插话说她有多危险？”

“正如你之前所说，斯通先生，最后的决定权在你们手里。我只是希望你们所有人能明白此刻的危急情况，你们应该做出哪种选择。单凭主观愿望的想法代替不了对目前局势的精准评估。”他的语气夹杂着一丝悲伤的色调，“当我说‘如果是我做选择也很艰难’，请相信我是认真的。”

“但这并不意味着我们必须放弃贝尔德。”他直面卡桑德拉和伊齐基尔，“贝尔德曾经为了救我们每个人把自己置身险境，而且次数多到我数不过来。我觉得，我们不能因为承担不了风险就牺牲掉她。”

“那四十大盗呢？”詹金斯问，“灯神呢？”

“当危险真的降临时，我们会从容面对的，走一步看一步，”斯通说，“等我们换回贝尔德，就会处理四十大盗。正如我老爸过去常说的，在你赢得最后胜利之前，挨几下揍是正常的。”

“拿破仑也这么想过，”詹金斯说，“还有卡斯特[①]也这么想的。”

斯通没有理会他刻薄的评价。现在没时间去设想最坏的结果。

“我要说的是，解救我们的朋友是首要任务。你们觉得呢？”

卡桑德拉双手拧在一起，很明显，内心很矛盾。“贝尔德不希望我们用神灯去救她，但是……”她脸上露出坚定的神情，“不，我不要失去她，无论她说什么。我们应该做对的事情，即使这个决定看起来没那么明智。”

詹金斯看上去很想对她的话有所回应，但考虑再三，他还是忍住没有开口。

“算我一个，”伊齐基尔说，“我不想争辩这些自称是大盗的绑匪究竟该怎么称呼。但我想我似乎还欠贝尔德一两回救命的恩情。她是个好人，即使她总是不太会欣赏我的装束。”

“对我来说，这就够了，”斯通说，“听上去，我们又到了同一艘船上……”

卡桑德拉的手机响起。斯通接起来。

“我们做这笔交易，”他严肃地说，“什么时候，在哪里？”

①卡斯特，全名为：乔治·阿姆斯特朗·卡斯特（1839.12—1876.6），美国内战时期著名的骑兵军官。他身经百战，打赢了多次著名战役，但最后在与印第安部落交战时，他与所率领的200个士兵都丢掉了性命。——译者注

25

· 2016 ·

“所以，当年你们就是这么离开海岛的？”

贝尔德蹲坐在飞行的魔毯上，魔毯载着她和绑匪朝着东南方向的亚利桑那州飞过去，在距地面大约150米高的夜空中翱翔。克里格和马尔贾娜分别坐在她左右两边，把其他盗贼手下都留在了拉斯维加斯。十年前巨鸟把飞毯撕碎以后，它的承载力明显不如往日了。

“可没你说的这么轻松。”克里格说。贝尔德已经无法把眼前这个人还认作马克。他始终紧盯着她，尽管魔毯飞得很高，把逃跑的希望都打消了。“马尔贾娜和我在那个该死的荒岛上搜寻了足足好几个星期，时刻都提心吊胆地警惕着巨鸟，最后，我们设法捡回了所有魔毯散落的碎片，然后把它们缝合到一起。那真是一段难以忍受的时光，尤其是巨鸟还吃掉了我们最后一位保镖。”他若有所思地停顿了片刻，“他叫什么名字来着？”

马尔贾娜耸耸肩，满不在乎。“这重要吗？”

“是不重要。”他轻抚起魔毯错综复杂的图案，现在上面有好几道粗糙的缝合痕迹。“可惜的是，尽管我们尽全力修补它，这魔毯还是磨损得严重。一如既往，它不会直接带领我们找到神灯，但能准确地追寻到正确地点的大致方位。”

贝尔德把剩下的线索在心里拼到一起。我们有剪贴簿，她想，他们有破损的魔毯。这两样东西都指引我们来到拉斯维加斯。

当魔毯快速平稳地掠过似乎无穷无尽的草地和蒿丛景观时，一股清凉的干燥微风拂过她面庞。即使作为守护者经历了很多事，贝尔德仍难以相信自己真的乘坐飞毯在天空中飞翔。卡桑德拉知道后一定会很羡慕，当然除了被凶残的罪犯拘为人质这件事。

“有件事我一直不明白，”贝尔德说，“为什么你们没有像搜查邓菲房车那样搜查他的套房呢？”

之前卡桑德拉和伊齐基尔寻找神灯时，卡桑德拉并没有提到豪华套房里被搜查过。

“哦，我们搜过了，”克里格肯定地说，“只不过小心地不被别人注意罢了。在乱七八糟的拖车公园里搜查一辆破败的房车是一回事，闯进赌城大街最奢侈酒店的豪华套房是另一回事了。我们需要更巧妙的手法，避免引起多余的关注。”

“四十大盗习惯在暗中做事，”马尔贾娜补充说，“我们悄无声息地来，走时也不会留任何痕迹。”

“但你们没找到神灯，”贝尔德说，“不是吗？”

马尔贾娜恶狠狠地瞪了一眼贝尔德。“是。”她承认。

那是因为你们没有卡桑德拉，也没有伊齐基尔，贝尔德心里暗暗为她的图书馆员感到自豪。看到另一个女人阴沉的表情，她心里很得意。自己生闷气去吧，四十大盗的二首领。你始终略逊一筹。

“这不重要了，”克里格说，“很快，神灯就又属于我们了。”

最后的决定权在我的团队，他们不想让你得逞，你就休想得到，贝尔德心里想。“我想，我继续劝说你不要召唤灯神，已经没什么意义了，是吗？”

“像几年前卡森说的那些话？”克里格盯着自己受伤的手，此刻和另一只一样，都戴着厚厚的皮手套。“我等了太久，忍受了太多痛苦，现在不可能放弃。”

“我们都不可能放弃。”马尔贾娜说，“四十大盗等待的时间甚至更长。但现在，终于我们能有幸重现我们千百年前的荣耀。”

“我认为我们对‘荣耀’的意义理解非常不同。”贝尔德看了一眼克里格，心里还怨恨他的变节，“我能不能问一下，如果你那阴奉阳违的手摩擦神灯之后，你头脑中会想到什么愿望？”

“没有‘如果’，是‘当’，”他大声纠正道，“第一件事，先发制人地把图书馆完全摧毁，防止你和你的朋友们再妨碍今后我们的光辉大业。”他苦笑着说。“想想之前卡森是如何对付灯神的，我不用想都能知道，灯神会非常乐意为此效劳。”

这种事的概率很大，贝尔德担心地想，之前詹金斯就说过那个灯中精灵是如何愤怒、如何热衷于复仇的。她的身体紧绷了起来，此时魔毯以每小时几百千米的速度载着他们掠过蒿丛，再到树林，之后来到森林。他们在高耸的黄松林上飘过，交易的时间和地点都越来越近了。太阳刚刚从陡峭的大地边缘下面冒出头。一条几英里宽的巨大红色陡壁峡谷在她面前延伸着，深深地削进大地中。朝阳的光辉点亮了广阔的悬崖、石柱和高原。岩石上不同颜色的带状纹理被压聚到一起，犹如色彩丰富的书页，印证着千万年间地质历史的变迁。

黎明来到了科罗拉多大峡谷。

* * *

伴随着一道可怕的闪电光芒，护林站关闭的一扇门忽然涌出了一群人——斯通和他的图书馆员伙伴。他们来到大峡谷北缘一处偏远的一间瞭望站，能出入这里的只有一条难走的泥土小路。太阳很快就会升起，但斯通颇费了些时间检查周围环境。现在是旅游淡季，这段峡谷被大多数游客放弃了，他们一般会蜂拥到几英里之外更受欢迎的南缘去。显然，这里是经过四十大盗深思熟虑挑选出的交易地点。这里不太可能会遇到干扰，但斯通也疑惑：没有魔法后门的帮助，这些匪徒究竟要怎么才能从遥远的地方及时来到这里？

"没有坏蛋的人影，"四处看了看之后，伊齐基尔说，"看上去我们最先到这里。"他走到悬崖边，往下面的峭壁瞥了一眼。"哇哦。这里可不是一般的高啊。"

"大概有 1.6 千米高。"斯通也走到边上。几年前，他和家人一同来到科罗拉多大峡谷，后来，又来这里研究许多在此居住的印第安部落。他怀抱着神灯，有点受不了它的温度。"瞧见大峡谷底下那条看上去很细的小河没？那其实是科罗拉多河 1.6 千米以外的样子。"

他希望四十大盗不是坐船来的。那样的话，他们得爬下山崖很远才能和他们会面。

不，他提醒自己。*是他们告诉我们在太阳升起时到这个瞭望站见他们的，他们当然希望这次交易越简洁快速越好。他们想要神灯的迫切，就如同我们想要回贝尔德的心情。*

"你确定我们这样做是正确的选择？"卡桑德拉问，受到清晨的寒意袭击，她抱紧了自己的双臂，“还记得詹金斯说的……”

詹金斯留在了附件馆，忙着做准备（不管是魔法的，还是现实的），以防万一大祸临头，灯神被释放。大概做足预防措施很合理，斯通心里想，这件事很容易就变成万劫不复。

“并不是说我不想救贝尔德，”卡桑德拉说，“只是，我们要冒的险太大了。”

“我们没有时间再去细想其中利弊了，”斯通说，“我们现在只能摇起骰子，然后希望骰子落定时，我们没有输。”

卡桑德拉疲惫地挤出一丝笑容：“好在，我还拿着邓菲的幸运币呢。”

“借来一用也无妨，”斯通说，“我们需要所有人的运气。”

伊齐基尔不屑地哼了一声：“我和你们说啊，伙计们。我的运气是自己赚的。全借你。”

“说好了，可别抵赖，”斯通说，“看在所有人的分上。”

他们背对着峡谷，满心期待地紧紧盯着崎岖的小路，这条路从茂密的松林里一直延伸到峡谷北缘。斯通没有听见任何车辆开来的声音。

“他们人在哪儿？”卡桑德拉焦急地问，“他们还磨蹭什么呢？”

斯通努力压抑着自己的焦虑。“太阳升起时，这根本就不是确切的会面时间。”

“当然是。”听上去，卡桑德拉很困惑他为什么会这么说。她在眼前的空中挥舞起手臂，看着大脑传输给她的别人看不到的太阳系运转模型。“一年里的这个时间，在北半球的这个区域，考虑到黄赤交角和我们与太阳的相对距离，太阳升起的时间就能精确到，6:19。”她把想象的计算模型抹去，“当然，这是山区标准时间。”

斯通脸上绽放出笑容，尽管眼下势态还很紧张。“我只是说，四十大盗也许不会像你这么精确。”

几乎没有人能这么精确。

他看了一眼腕表。现在是6:22。

冷静点，他心想，但这些卑鄙小人最好不是有意让我们苦等。

伊齐基尔不再继续这种没有任何结果的监视，他转过身，又开始欣赏起大峡谷的壮丽。忽然间，他僵住了，伸手指向峡谷。“嗯，看仔细点，伙计们。他们来了……从空中来的。”

直升机吗？

很奇怪的是，斯通没听到任何旋翼的轰鸣声，他转过身，看到了一块真正的魔法飞毯在他们面前下降，和《一千零一夜》故事里的一模一样。

“好吧，”他自言自语，“我早该料到会遇到这种情况。”

卡桑德拉异常兴奋。“我的天哪，你们看到没？”

“看见了，一丝一毫都不落，卡西，”斯通提醒她，“别忘了我们来的目的。”

她点点头，开始平静下来。“对哦，抱歉。”

“没事儿。我得承认，它确实很不可思议。”

飞毯在靠近他们时，逐渐减慢速度，上面载着伊芙、马尔贾娜，还有……贝尔德在军队时的老朋友？

“搞什么鬼？”斯通发觉自己好像漏掉了一两个重要的转折。他只能靠猜拼凑出所有故事，但他敢打赌，贝尔德一定也是被欺骗了——她和老友的“偶遇”也是不折不扣的幌子。这就解释了四十大盗是怎么在贝尔德防卫之前抓住她的，他想，贝尔德大概根本没想到会是这样的结果。

飞毯平稳地飞过峡谷，飘浮在山崖边缘上方，这样就在图书馆员和贝尔德、坏人之间形成了一条3米多的距离。马尔贾娜凶神恶煞般地瞪着斯通，显然，她还因为之前的黑胡椒事件怀恨在心。

“好了，”斯通大声喊，“我们到了这里，正如你要求的。现在交换吧。”

“我十分欣赏你的守时，斯通先生，”飞毯上的男子说道，“我也迫切希望赶紧结束这次交易。”

“你是谁？”伊齐基尔说。

“马克·克里格少校，”贝尔德抢在别人之前说，“也是四十大盗的大首领。”

“闭嘴！”马尔贾娜厉声呵斥道，“把你的嘴巴闭紧，臭婆娘，否则我把你的舌头割下来！”

“控制一下你的脾气，”克里格向他嗜杀如命的副手说，“我相信图书馆员们不会为受损的商品作交易。至于泄露我的身份……嗯，没什么要紧的。一旦我们得到神灯，我们可以变成任何想要成为的人。”

他直起身，从飞毯上站起来，一手拉着贝尔德也跟着站起来。

“把神灯扔给我，”他命令道，“否则，伊芙就要进行一次峡谷谷底旅行，有去无回的哦。”

“别给他，斯通！”贝尔德高声喊，“你不能让他们得逞！”

“我知道，”斯通说，“但我们也不能失去你。”

斯通生气地皱起眉，把那盏灯抛给克里格，后者很容易地就接住了。这位奸诈的少校大声对着魔毯说起了几句阿拉伯语，接着，飞毯飞走，远离了悬崖边，使得图书馆员们和贝尔德一行人的距离更远了，差不多有 6 米。

“喂！”斯通愤怒地叫喊起来，“你怎么这样，我们不是说好了吗？”

“我一定会遵守约定的，”克里格喊着回复，“在我弄清这盏灯是真神灯而不是另一盏假灯之后。”

斯通后知后觉地注意到，这双厚厚的皮手套是用来保护他双手的，如遇有机关陷阱的假灯，峡谷本身就为他们提供了一个扔掉假灯的绝佳场所。他想，这些因素大概都被考虑进怎么选会面地址这个问题里了，加上有峡谷的隔断，他们可以乘坐魔毯迅速飞离。即使是现在，斯通和其他人都无法够到贝尔德，也没办法帮她，如果飞毯载她离开，他们也几乎不可能追上飞毯。

“你快点！”斯通咆哮。

“我也想如此。”

克里格仔细地检查起玉灯，然后又递到马尔贾娜面前，让她仔细查看。“你觉得呢？这是你记忆里的那盏灯吗？”

“那都是十年前的事了。”她一边说着，一边斜眼仔细打量玉灯，“那时，我们正从坍塌的山洞里往外跑，还有一只巨鸟……对，我认得，就是它。”她的眼中立刻腾起了一团贪婪的火焰：“如果需要的话，我可以先摩擦它。”

克里格对这一提议嗤之以鼻。“我想，我会保留我这一优先权利的。并不是我不信任你，我当然信任你了，只不过……”

“我再说一遍，克里格，”贝尔德说，“别这样做。”

“你别浪费口舌了，伊芙，”他在摩擦神灯之前，深吸一口气，轻微颤抖的气流透露出他的紧张，就像十年前弗林那样，“出来吧，灯中的精灵！”

瞬时间，神灯有了反应，似乎被幽禁的灯神等不及了，要尽快从囚禁他的古灯中逃出来。一团发光的蔚蓝色浓烟腾起，灯神出现在魔毯上方，他巨大的脚站立在空中。斯通看到灯神骇人的模样，吓得张大了嘴；这个蓝色皮肤的巨人让弥诺陶洛斯和大坏狼[①] 都显得特别娇小。

“自由了！”灯神发出隆隆声，“自由了，可以来到这个世界复仇了！”

“别急，”克里格抬高声音对赫然出现的精灵说，“现在，是我拿着你的神灯！”

灯神向下瞅了一眼他。一股清晨的微风吹皱了精灵闪耀着彩虹色的皮肤。闪烁的金色眼睛盯着满脸惊愕的凡人。

“我看到了。你是何人？如今站在所罗门飞毯上的是何人？”

“四十大盗的大首领，”克里格宣称，“也是你的新主人！”

灯神皱起眉头，好像因为让他想起被软禁而愠怒，但他仍然朝克里格行了额手礼——臣服地低下他巨大的头，将原木大小的手指抚上眉头。

“好的，大盗首领。你有何吩咐？”

克里格脸上流露出胜利的喜悦。“首先……”

趁他的注意力全在灯神上时，贝尔德用她的手肘重击了克里格的喉咙，打断了他说到一半的话。他用手紧紧握着脖子，踉跄地退后几步。他的嘴张得很大，却没能发出一个音节，只有沙哑的咳咳声。

---

①弥诺陶洛斯，希腊神话中牛头人身的怪物。大坏狼，童话中的反面角色。弥诺陶洛斯和大坏狼都是《图书馆员》电视剧集中出现的魔法怪物。——译者注

他的喉咙，斯通立刻明白，她击中了他的喉咙使他没办法许愿。

马尔贾娜跑过去帮助他，但还没跑到时，贝尔德就从下面踢中了他的腿。他仍然像青蛙一样咕哝着，摇摇晃晃地跌坐到魔毯上，神灯从他手中滑落。马尔贾娜突然改变了方向，朝神灯扑过去。

“谁都不许动！它是我的！”

在魔毯上方耸现的灯神，轻蔑地嘲笑着飞毯上的打斗，急于催促还只说到一半的愿望。他雷鸣般的笑声在空中回荡，震得岩石和卵石从悬崖边滚落。

“多么激烈的运动啊！快点说吧，渺小的人类，你能说出来的！”

混乱让飞毯更加摇晃，使得神灯在颠簸的飞毯上弹跳了好几下。马尔贾娜没有抓住神灯，它危险地落到飞毯的破损边缘。想到神灯可能会掉进峡谷，斯通脸上露出了痛苦的表情，跌落到峡谷里自然任何人都能捡回它，但克里格和马尔贾娜因为有魔毯，很容易就能重新控制住当前局面。

“贝尔德！”他高喊道，“这边！”

“不！”马尔贾娜尖叫着拔出她的匕首，“它属于四十大盗。”

她朝神灯扑过去，要抢回神灯，但贝尔德抢先一步，将那盏灯朝着图书馆员们踢了过去。

“接着！”她喊道。

26

· 2016 ·

神灯在飞毯和峡谷边缘之间画出一道弧线，朝着瞭望站的方向掉落。灯神搅起一股凶猛的飓风，将神灯吹得左右摇晃，马尔贾娜在魔毯上疯狂地叫喊出阿拉伯语，让飞毯紧跟着神灯俯冲下去。很显然，她绝不会让神灯就这么轻易从手边溜掉。

“快散开！”斯通喊，“快接住神灯！”

我会尽全力接住，卡桑德拉心里想，尽管手眼协调运动从来都不是她的特长。她都已经记不清上一次接住过从图书馆中层楼扔给她的书是什么时候，更别提一盏从远处滚落过来的魔法神灯。

但这次事关大局，比之前都重要，也许……

斯通和伊齐基尔在悬崖边上来回飞奔，努力紧盯着神灯可能会掉落的精确方向，卡桑德拉却用她的脑子计算着。她的手在眼前摊开，然后自言自语起来。

“根据神灯的重量和下降的角度，考虑到风速和方向的变量，同时，计算一下踢时的力道以及任何潜在阻力……”她的头转向几码远的护林站小屋，“在这边！”

她疾速冲向小木屋，赶到屋前的南墙下，这时，神灯刚好撞到小木屋的斜屋顶，接着弹落下来。卡桑德拉伸出双手，准备接住它。

拜托啊，她心想，这次千万别搞砸了。

神灯正好就落在她打开的手掌中。

“耶！”她尖叫起来，“我接住了！”

瞬间，她的喜悦又被冷水浇灭了——她发现神灯的状况非常糟糕，因为灯神再次被释放出来的缘故。克里格的召唤，给了濒临破碎的神灯最后一击。准确来说，神灯在她手里开始破碎，瓦解。裂缝密密麻麻、弯弯曲曲地爬满了整个玉灯表面，如同阿拉伯太阳一样刺眼的光芒从扩大的裂缝中散发出来，整盏灯变得越来越烫，几乎无法触碰。蝉翼般的玉石薄片纷纷从灯身剥落，速度越来越快，如同山崩一样，愈加猛烈。神话中的神灯即将成为历史。

让灯神回到神灯中已经不可能了，卡桑德拉恍然明白。顶多，只有一次机会，在灯神完全自由去向整个世界（包括图书馆）复仇之前，只有一个愿望可以许。

“好！好！”骇人的蓝色巨人抑制不住心中的狂喜，“囚禁我的牢笼终于崩裂了！经过了这千百年的痛苦幽禁和束缚，我的自由即将来临！现在，让整个世界在我的愤怒面前颤抖吧，现在，让我遭受拘禁的所有人类都下地狱吧……从现在起，一直到千秋万代！”

“还没那么快。”卡桑德拉努力地捧起破碎的神灯，咬着牙坚持到最后一刻，“你现在还没自由呢。”

还有一个愿望。

一刹那间，她心里再一次想请求把她的脑瘤移走，但是，一如往常，更伟大的利益排在私利之前。

“灯神！”她朝着卷起狂风的灯神说，“我许愿让你拥有……无穷无尽的想象力！”

“什么？”他弯下腰，惊奇地看着卡桑德拉，“你刚才说什么？”

随着她许的愿望奏效，他闪着光的眼睛变得更加明亮。

“借助永恒之火的力量，我现在拥有想象力了！我的脑袋里已经燃起了思想之火！一千零一个想法点燃了我的想象力……不，是一百万个……一千万个……一万亿个……”

他紧紧抓着脑袋，好像试图阻止新的想法涌进来。周围空气反映着他混乱的思绪，逐渐变得狂野、汹涌起来。暴风雨的乌云逐渐积压在他头顶。热烈的干燥狂风从四面吹过来，吹得卡桑德拉和其他图书馆员离开了峡谷边缘，都掩住了脸，抵挡狂风和细沙。龙卷风在灯神身边旋转，就像新涌入到他脑海里的想法一样。巨人精灵在悬崖边和魔毯上方惊险地摇晃，好像因为接收到太多致命的想象力而晕醉。

“我脑中的想法转得越来越快，就好像有一群野马在我脑中狂奔，根本无法控制！”

卡桑德拉懂得这种感受。这就像她大脑的一次死机状态，只不过比她的要严重N倍。

很不好受吧？

灯神尽全力约束新进入脑海中那些肆无忌惮的想象，但却无力抵抗魔法带来的永无止境的冲击，他的脸因为痛苦而扭曲起来。“不！太多了！我根本无法选择。我能做任何事，能成为任何东西，能去任何地方……”

他彩虹色的实体身躯开始沸腾、蒸发，准确点说，他是立刻从万亿个方向被撕裂开。灯神扩展到无限大，开始变得越来越稀薄，几乎没有固态的痕迹，只剩几缕虚无缥缈的薄烟被狂风吹散，这时，卡桑德拉手中的神灯也破碎一地，只留下几片碎片残渣。

这正是精灵没有什么想象力的原因，卡桑德拉认为，因为他们根本不知如何管束想象力。

她擦去手上最后一点神灯残渣。

* * *

灯神的消逝过程如狂风暴雨般，吹起的大风同样也袭击了魔毯，魔毯边缘立刻向上卷起，保护它上面遭遇危险的乘客。贝尔德很感谢它的好意，但还是更喜欢它能有安全带或者其他像样的飞行防护装置。她脸朝下趴在颠簸的魔毯上，防止自己被飞毯甩出去。

卡桑德拉真是聪明的姑娘，贝尔德心想，真希望我能活着向你祝贺。

不久前没有成功扑到神灯的马尔贾娜依旧坐在魔毯上，但克里格却站了起来。他踉跄着站不稳，完全不顾汹涌翻腾的天气，绝望地去抓精灵消散的几缕薄烟，但烟雾很快就从他指尖溜走，留下那空空的手掌。狂热的眼球从他眼窝里凸出来。嘴里吐出一阵痛苦的闷咳声。

“蹲下，你个笨蛋！”马尔贾娜呵斥克里格，“你疯了吗？”

大概吧，贝尔德心想，很显然，他从一开始就不那么明智。

四十大盗的大首领并不理会同伙暴躁的劝告，也不顾剧烈凶险的天气，他一边无声地咆哮着，一边朝着消逝的灯神狂乱地挥舞起戴着手套的拳头。一股迅猛的暴风几乎掀翻了飞毯，站在边缘的他被甩了出去，在掉落到一英里深的谷底迎接死亡前，他甚至都没能喊出声音。不论如何，想到她昔日朋友和战友就这样摔到岩石上，跌落进大峡谷底部，贝尔德不由得皱起眉头。

你这是活该，克里格。你本不该如此了结生命的。

失去首领对马尔贾娜来说是否算得上灾难性损失，很难说。她一心要保住自己的命。她把匕首刺入飞毯，好让自己能在飞毯上固定住。当狂风凶猛袭来时，她紧握住匕首的刀柄，俯卧在魔毯上。

其实，这真是个不错的主意。

贝尔德腹部用力，蠕动着前行，她也抓住了那把插入飞毯的刀柄。她紧握着马尔贾娜的手，为了保住命紧紧抓着。她可不想像克里格那样跌入大峡谷的谷底，一点都不想。

"松开，图书馆员！"马尔贾娜朝她吐了口唾沫，"你们搞砸了一切，你和你的朋友们！"

"搞砸……拯救。这要看你看待事情的角度了。"

随着灯神消逝，天气慢慢地稳定下来，让魔毯一时间毫无方向地飘浮着。贝尔德想起在中东多次巡视时学会的基本阿拉伯语，她冲魔毯大声喊道："带我们去我的朋友那里！轻轻地！"

"不！不要听她的！"马尔贾娜命令道，她的口音比贝尔德的要准确很多。"带我们远离我的敌人！"

"清楚最后一道命令[①]！带我们下去！"

"不，带我远离这些邪恶的图书馆员！"

当两个女人在为控制权一声高过一声地打嘴仗时，魔毯一

①这里原作者为了表示贝尔德用不标准的阿拉伯语说"清除"二字，用的是拼写错误的单词，这里音译为"清楚"，非翻译、编辑错误。——译者注

会儿前一会儿后地来回撕扯。上面的流苏迷惑地乱颤起来。

“你别和我争了，”贝尔德冲马尔贾娜大喊，“你会让我们两个都丧命的！”

“把我的命运交到你手上？绝不可能！”

一声撕裂的响声让她们两人同时闭嘴。

噢，糟糕，贝尔德想。

令她震惊的是，深受争执苦恼的魔毯从中间一分两半，把两个女人瞬间撕扯开。贝尔德努力想抓住马尔贾娜的手，好保持两半地毯聚合在一起，但断裂的魔毯残片拉得太紧，分别朝不同的方向挣脱。随着魔毯被一分为二，最后贝尔德还是松开了马尔贾娜的手，贝尔德乘坐的残片急速朝着对岸的悬崖边冲过去。

这可不是最安全的空中旅行工具，她心里总结道，下次，我宁愿坐一架老式直升机。

此时，面对自己惊心动魄的危险，贝尔德已经无暇去考虑马尔贾娜。当魔毯以大约四十五度的角度斜向下冲向瞭望站时，贝尔德紧紧抓住飞毯残片的破烂边缘，她的朋友们都在举手召唤，冲她大喊。

“贝尔德！”斯通喊道，“快点！你在坠落！”

告诉我点我不知道的好嘛，她心说。贝尔德没有卡桑德拉那种神算的大脑，她觉得她能成功落到峡谷北缘上面的概率，大致和撞上峡谷红色岩石立崖的概率相当。

“加油啊，”她催促摇摇晃晃的魔毯，“你能成功。只需要再飞几码远就行。”

魔毯就像战斗机在航空母舰的甲板上降落一样，只不过不可能有航空母舰上的弹射和拦截装置。它飞过来的速度太快，而且降落时的角度也过大，飞毯看上去好像马上就摔到悬崖上了，但它用尽最后一丝力气，又抬升了一点高度，足够越过山崖。贝尔德松了一口气，但仍然担心她要面临的着陆会很难熬。

“当心！”斯通对卡桑德拉和伊齐基尔说，“她过来了！”

图书馆员紧忙跑开，给冲过来的飞毯让出一条路。贝尔德为了迎接冲击抱紧了身体，却忽然发现只剩一半的魔毯忽然将她缠起来，像个茧一样。她被紧紧地裹在飞毯里，如同见到恺撒之前的克利奥帕特拉一样。她摔到北缘悬崖边上，又在尘土和砂石上滑行了几码远，然后，才停下。她感觉到心脏怦怦直跳，嘴里不断喘着粗气，接着，她快速地低头检视了一遍身体。她浑身都被撞得瘀青，但并没感觉到有骨折的地方，很显然，一层层包裹她的魔毯像母亲般呵护了她，使她免遭擦伤之苦。

最重要的是：她还活着。

神奇吧？我猜奇迹永远都在。

筋疲力尽的魔毯躺在地上，一动不动，毫无生命力。她听到有脚步声奔向自己，之后，她又听到图书馆员的叫喊声。“坚持一下！”斯通高声说，“我们马上把你救出来！”

没多久，他们就将她从飞毯中解开，帮她站起身。尽管浑身疼痛到无法呼吸，她仍关注着任务。

“马尔贾娜呢？”她问。

“你自己看吧，”伊齐基尔朝大峡谷一扬头，说，“她看起来不太妙。”

贝尔德看到的景象正如他所说。若想要到达16千米外的峡谷对岸，马尔贾娜和她的半截飞毯高度已经坠得太低了。在最后一刻要到达悬崖岸边时，魔毯忽然失去方向，打着旋坠落下去，掉进谷底的科罗拉多河中，不见了踪影。贝尔德和其他人赶紧冲到悬崖边，恰好看到魔毯和它上面的凶残乘客摔进河里，河水立刻冲走了人和魔毯。

“你觉得她能活下来吗？”卡桑德拉说。

“从这么高的地方坠落，很难说，”斯通说，“没有望远镜，看不清。”

“没事了。”贝尔德从悬崖边走开，“现在，她或者其他四十大盗再也不可能染指神灯和灯中精灵了。你们几个成功地解决了这一难题。”

“还没有失去你，”卡桑德拉说，“谢天谢地！”

“我也想说这句话呢，”贝尔德肯定地说，“做得好！伙伴们。”

“那还用说？”伊齐基尔说，“你可是有伊齐基尔·琼斯做队友。”

“那是那是。”斯通开始朝护林站的小屋走去，“那，我们现在回图书馆吧？”

“也许先绕个路吧，”卡桑德拉说，“我们还有个跑腿的小活儿得先搞定。”

27

· 2016 ·

“所以，神灯永远地消失了？”

他们在赌城卡森大街一家 24 小时服务的餐馆里找到了邓菲，他正要往一台赌城随处可见的老虎机里投币。从他在老虎机上的赌注和他给一位漂亮女服务员的小费数额来看，斯通料到格斯没用多久就把他赢来的所有钱都输掉了。

“恐怕是这样。”斯通说。他们也尝试着捡起神灯的碎片，以妥善保管。但哪怕再轻微的碰触，那些脆弱的碎片都会立即破碎成粉末。“往好的方向看，你再也不必担心会有很多赌桌仇家和暴力帮会围追堵截你。”

“你说得有道理，”格斯承认，“无疑，我不应该忘记这点。”

既然四十大盗千百年来追寻的神灯最终化为泡影，如果走运的话，他们兴许可以把赢来的筹码兑换成现金，然后迅速逃回巴格达。当然，他们已经没有任何理由继续追踪邓菲了。而邓菲接受失去神灯的态度要比斯通预想的好很多。

“你不会太伤心吧？”他问。

格斯耸耸肩，冷静地说：“没有永远的连胜，但至少我曾经赢过辉煌过。”回忆起过往，他的脸上浮起笑意。“尽管，说实话，当你知道你最终结果是赢多输少的时候，就没有那么兴奋了。那还有什么激动的？”

“从这次经历你就没学到别的东西？”贝尔德问，“比方说不要依赖运气？”

“哦，当然了！幸运女神真的反复无常，但当你想要退出不再赌博的时候，你的运气会突然又变好。”

“好吧，你说的并不是我所想的教训，”贝尔德干巴巴地说，“但……无所谓了。”

“你说的话提醒了我。”卡桑德拉从她钱包里掏出一枚铜币(嗯，准确说是锌币)，“我想我有件东西要还给你。”

“我的幸运币！”格斯满脸喜悦，“现在我终于放心啦，我又会大赢一笔啦……终归有一天会的。”

斯通叹了口气，摇摇头。

“照顾好自己，格斯。”

* * *

“所罗门王的一半魔毯，给你带过来了。”

附件馆里，贝尔德把卷起的魔毯残片一端放到詹金斯面前的地板上。斯通放下另一端。

“有点滑行后的摩擦破损，抱歉。”她补充道。

詹金斯耸耸肩，表示不以为然。“图书馆里收藏的物件几乎没有什么是崭新的，上校，包括你面前的我。”

“我不知道，”她说，“在我看来，考虑到你这超长待机的情况，你保养得不错啊！”

詹金斯眉毛一挑。“我可是会把你的话当真的。”他用脚尖轻轻推了一下毫无生命力的魔毯，“图书馆又多了一件意想不到的藏品。我会为它找到精确的存放位置的。也许可以放在魔法编织飞行翼类，还用中东研究区交叉索引？谁知道呢？说不定哪天我们还能把另外一半魔毯带回来……未来的某一天。”

现在，贝尔德没有心情去研究这个。洗个热水澡，睡个安稳觉，是她迫切需要的。“那就这样了？灯神永远地消逝了？”

“我听你们说的，他是飘散到四方风里，”詹金斯说，“我认为我们可以放心地把阿拉丁神灯从遗失的魔法物品清单里划掉了。到时候，我想，我应该通知一下烈焰廷你们的调查结果……等到我有空的时候再说吧。”

“这个你就自行决定吧。”贝尔德的肚子咕噜作响，提醒她已经很久没有吃东西了，“那个，还有没有甜甜圈剩下啊？”

“恐怕没有，”伊齐基尔说，“但我也许能补救这一问题。”

“想都别想。”贝尔德心想，洗澡可以等等，先好好庆祝一下他们的胜利再说，“斯通，卡桑德拉，伊齐基尔，詹金斯，你们想吃一顿甜甜圈吗？我请客。”

“乐意至极。”斯通说。

“我也是，”卡桑德拉说，“尤其是我们要吃的可是那些沾满彩色朱古力糖汁的美味。”

“我想，明天再把所罗门王的魔毯归置到架子上也不迟。”詹金斯说，“和打败四十大盗、让疯狂的灯神消散相比，这件事太不值得一提了。我们走吧。”

“他说得没错，”伊齐基尔说，“但，你并不是真的打算给甜甜圈付款，是吧？”

“到时候你就知道了。”

很可惜，弗林现在不知道在哪儿。贝尔德迫不及待地想告诉他：她和她的图书馆员们完成了一件他过去追踪的案子——十年前他遗留下来的旧案。

下次我见到他再告诉他吧，就这样。

著作版权合同登记号：01-2020-4555

图书在版编目（CIP）数据

图书馆员与遗失的神灯 /（美）格雷格 · 考克斯著；赵阳译 .
-- 北京：新星出版社，2020.9
书名原文：The Librarians and the lose lamp
ISBN 978-7-5133-3957-5
Ⅰ. ①图… Ⅱ. ①格… ②赵… Ⅲ. ①幻想小说-美国-现代 Ⅳ. ① I712.45
中国版本图书馆 CIP 数据核字（2020）第 097497 号

幻象文库

图书馆员与遗失的神灯

[美] 格雷格 · 考克斯 著；赵阳 译

责任编辑：杨 猛
责任校对：刘 义
责任印制：李珊珊
封面设计：宋 涛

出版发行：新星出版社
出 版 人：马汝军
社　　址：北京市西城区车公庄大街丙3号楼　100044
网　　址：www.newstarpress.com
电　　话：010-88310888
传　　真：010-65270449
法律顾问：北京市岳成律师事务所

读者服务：010-88310811　service@newstarpress.com
邮购地址：北京市西城区车公庄大街丙3号楼　100044

印　　刷：北京美图印务有限公司
开　　本：910mm × 1230mm　1/32
印　　张：9.625
字　　数：216千字
版　　次：2020年9月第一版　2020年9月第一次印刷
书　　号：ISBN 978-7-5133-3957-5
定　　价：42.00元